迷 人 的 金 子

陆春吾 著

湖南文艺出版社
HUNAN LITERATURE AND ART PUBLISHING HOUSE
博集天卷
CS-BOOKY

·长沙·

世上若还有比一锭金子说的话声音更大的，那就是两锭金子。
　　——古龙《大人物》

承受好运须有较恶为多的德性。
　　——拉罗什富科《道德箴言录》

目录

CONTENTS

炼金篇（一）

01　三伏 / 002
02　吃席 / 008
03　生意人 / 014
04　交易 / 020
05　生天 / 025

销骨篇（一）

06　花园 / 032
07　肉汤 / 037
08　宿醉（上）/ 043
09　宿醉（中）/ 048
10　宿醉（下）/ 053

炼金篇（二）

11　错过 / 060
12　不速客 / 065
13　第三人 / 069
14　海底 / 074

销骨篇（二）

15　丢手绢 / 080
16　父亲 / 085
17　扯白 / 090
18　岛子 / 095
19　长夜 / 100
20　洞 / 105
21　屋舍 / 110
22　山村 / 115
23　鬼山 / 120
24　众灵 / 125

销骨篇（三）

25 遗恨 / 132
26 情窦（上）/ 138
27 情窦（下）/ 142
28 佳偶 / 147
29 焰火 / 154
30 兄弟（上）/ 160
31 兄弟（下）/ 165
32 饥肠 / 170
33 燃烧 / 177
34 冤家 / 183
35 巧宗儿 / 190
36 归零 / 195
37 金子 / 200
38 尸身 / 205

销骨篇（四）

39　相片 / 210
40　多一个 / 216
41　听墙 / 221

百川归篇

42　寻爹 / 228
43　复得 / 233
44　失控 / 237
45　走边（上）/ 242
46　走边（下）/ 247
47　读秒 / 252
48　绝杀 / 256
49　甘霖 / 261
50　大金与大骏 / 267

番外·他乡旧友 / 274
关于金子 / 277

炼金篇（一）

01

三伏

三伏最热的那几日，布噶庄涌了两千多年的山泉，终于见了底。鱼跟作物，一并死在龟裂的大地上。

今儿，又是个残忍的晴天。

时才晌午，白辣辣的日头当空悬着。风歇了，云退了，天火蒸腾，热浪凶猛，万物无处躲藏。

老迈的农人在茶田心碎。

本应柔软翠绿的嫩叶，被烤得萎靡卷曲，这一夏的茶，多半是废了。许久未落雨，他恨不得用腔子里的血去灌，可这狗日的旱天，血管里淌的都是火。

老人手撑膝头，艰难起身。狗躲在他的影子里，蔫头耷脑，抻长了舌头。

茶园在半山腰，可以俯瞰大半个村子。往日最为繁忙的时节，如今暮气沉沉。

这些年，村里人走的走，散的散，只剩下未长成的和已老去的。茶树一茬茬地死，茶厂一家家地关，空出的山地，用来埋不认识的外乡人。

而今的村子，靠"吃"死人过活。

老人在烈日下眯缝起眼睛，远处松林间，错落着一簇簇青白色的墓碑，微微闪着亮。

昨儿个，村东头那座老院子重又开了门，灯火燃了一宿。村里的人都知道，这是又死人了，家家户户做好准备，等着冯平贵使唤。

"走吧。"

老人拍拍狗头。

"咱爷儿俩瞅瞅去，看这回，死的又是谁。"

两个土褐色的瘦长身影，就这样一前一后、晃晃悠悠、毫无戒备地，踏进故事里去。

围墙根下，李大金搬了个矮脚木凳坐着，看不认识的人进进出出，张罗父亲的葬礼。

一连几日，他就没捞着睡个囫囵觉，此刻热气一蒸，有些倦了。脑瓜子刚耷拉下来，便结结实实挨了一巴掌，睁开眼，面前立着个不认识的老太。

老太当地人打扮，小碎花汗衫。

"新来的？让人瞅见你大白天的困觉，饭碗可不保啦。"

白发蓬乱，脸盘子黝黑，汗液困在褶子里，闪着亮，像一汪汪小小的海。

"多大了？"

"呃，"大金眨巴眨巴眼，"三十来岁。"

"没问你，"老太朝里面一抬头，"我问棺材里那个。"

"哦，他呀，他五六——"大金搓搓后脑的乱发，"喀，五六七八十吧。"

老太没在意他的磕绊，直勾勾盯住院里正在搭建的灵棚，唇一噘一噘的，皱得像只饺子。

"这么大阵仗，得造多少钱哪。"她吧嗒吧嗒嘴，"咱们种一年的茶，挣的都不够办这一场的。还是有钱好，活着享福，死了也风光。"

大金不知该如何接茬，戳在那儿干挠脸。老太瞧他这副样子，凑上前来。

"头一回参加？"

大金想了想，父亲的葬礼，确实是第一回，于是点点头。

老太一下来了精神，攥紧他的腕子。

"你知道参加白事,哪两个字最要紧?"她伸出两根指头作为暗示。

大金有些迟疑:"真心?"

老太一摆手:"吃席。"

她左右张望,压低了声音:"这家有钱,菜硬,来吃席的肯定也多。你机灵点,去里面扫听扫听[1],几点开席,到时候咱俩早来,偷摸混进去,也占个好地方。"

说完她咧开嘴乐,露出空荡的牙床。

"快去,我等你信。"

李大金欲言又止,最终还是应承下来,旋身[2]进了院。

大院里,一众人来来往往,脚打后脑勺地忙活丧事。垒灶台的,搭灵堂的,贴挽联的,扎纸活的,摆供桌的,搓麻绳的……所有人蓄势待发,准备为李老爷子的亡故大哭一场。

可是,所有人都不认识李老爷子。自然,李老爷子也不识得他们。

眼前忙活丧事的,一会儿灵前哭丧的,乃至前来吊唁吃席的"亲朋好友",都是当地村民。

这个名叫布噶庄的小村子地处偏僻,背山面海,往来进出的只有一条盘山的窄道。土壤不适合耕种,村民守着大块的荒地,脑子活络些的便另寻了一条出路:有偿土葬。

按理说,本村的坟地只让埋同族的人,可只要交足了钱,哪怕是外国友人,也能埋进布噶庄的祖坟。

有个叫冯平贵的,更是顺势开了家公司,组织村民做起殡葬一条龙的生意来,还专门找文化人给攒了句响亮的口号:此身安处是吾乡[3]。

不过后来他嫌太绕口,自个儿另想了句:

布噶庄,埋过的都说好。

大金抬腿迈进正屋。

屋子四下背阴,一股子霉气。地上铺着麦秸,上面搁着纸扎的童男

---

[1] 方言,从旁打听、探寻。
[2] 转身。
[3] 化用苏轼的"此心安处是吾乡"。

童女、金山银山。几个披麻戴孝的妇人跪坐在那里，打着哈欠，联网打麻将。

供桌上没有遗照，只有张白纸制的牌位，写着"先考李小金之灵位"。香炉、蜡台、长明灯、三牲一俎[1]、荤供[2]、十三色供果[3]，盘子摞盘子，乌泱泱地挤了满一桌子。

大金偷了块枣糕，悄悄往嘴里塞，走了没两步，差点撞上棺木。

杉木制的棺材朝南面当门放置，宽大厚重，棺盖严丝合缝，浮着层冷光。

仍是昨晚的样子，看样子没人开过，万幸。

趁没人注意，李大金贴近棺材，小声念叨：

"我跟你说啊，你就是托梦来撅[4]我也没用，咱俩的父子情分，今天就是个头儿了。这次你老实待着，白[5]再跟着我了——"

"早着呢。"

他一蒙，吧唧，枣糕掉在了地上。

回头，正撞上一张汗津津的国字脸。一个陌生男人来回扯动领口扇风，热烘烘的汗酸味扑面而来。

"棺材封得太早了。这隼和槽得错开，留下个两寸来长的缝，等家属告别完了才能合上。谁这么不懂规矩？"

男人回头吆喝，周遭人个个低着脑袋，不言语。

"这他妈谁干的好事？"

"那个……我干的——"大金不好意思地搓搓手，"昨晚上，我把老爷子放进去之后，顺手盖上了。"

男人退了一步，上下打量。

"哟，李总，父亲葬礼，您还亲自跑一趟啊。"

李大金，噼啪烟花厂厂长，也是他们今年最财大气粗的客户。

---

[1] 鸡、鱼、猪。俎：古代祭祀、设宴时用以载牲的礼器。
[2] 油炸食品。
[3] 供奉神佛或先祖用的果品。
[4] 方言，骂。
[5] 方言，别、不要。

男人面上堆出笑来，忽又觉得不合适，马上收了回去，上下摸索，打裤兜里掏出张让汗泡软乎了的纸片，捋了两下，双手递过去。

大金接过名片扫了一眼：

二手菊花殡葬公司总裁冯平贵。

"您看着可年轻哩，"冯平贵恭维道，"敢问贵庚？"

"三十二。"

"怪不得，古人云，三十二立嘛。"

"你也——"大金想礼尚往来地夸回去，傻望着他的国字脸，搜肠刮肚，"呃，你为人方正。"

冯平贵笑着摆摆手，又瞥了眼棺材，啧啧嘬起了牙花子。

"这事不怪您，当地白事规矩多，这样，您等着，我去找人再给弄开——"

"不用，"大金急了，一把扯住他后脖领，"不用，不用再开了，这开开合合的，回头再给闪感冒了——"

他清清嗓子。

"喀，老爷子要是发烧了，到那边去，喀，也得那个不是，别给人当地添麻烦。"

冯平贵一怔。

"要不说您是一厂之长呢，这格局，这觉悟，这高度，我真是实名制地佩服。李大厂长，您还有什么意见，尽管提，我们马上调整。"

"那个……"大金环顾一圈，指着立在墙角的枣红色纸马，"红马拆了，换成绿的。老爷子骑匹红马过去，那不完蛋了，不吉不吉，换成绿的。"

"对对对，"冯平贵点头不迭，"我们考虑不周，现在没绿马，确实哪儿都去不了。"

"还有，白光烧电脑，也给烧个路由器，要是那边没有网，他要个电脑有什么用，自己玩'扫雷'？"

"是是是，我一会儿就跟王师傅说一下，这扎纸活也是门大学问，得紧扣上时代脉搏。"

"对咯，文娱活动也得搞上，给扎副麻将，再给搞三个牌搭子，都要年轻老太太。

"还有，老爷子喜欢养生，给扎个小茶壶，扎个豆浆机，扎个保健球。

"再扎个鱼竿，扎个游泳裤衩——"

"等等，李厂长，您思绪先别急着发散。"冯平贵一把薅住大金舞动的手，"除了纸活，咱还有没有别的事需要确认了？"

"别的事？"

"对，别的更重要的，比如——"

大金猛地一拍脑门。

"你不说我差点忘了，还有个最要紧的，我就是为这事来的。"

"您说。"

大金小心避开周遭的闲人，附在冯平贵耳边低语。

"咱们，几点吃席？"

02

吃席

唢呐响的时候，吊丧的人鱼贯而入。

人都是打村里雇来的，这也是合同里的一项。

李大金原本想拣几个人简单走个过场，不想冯平贵软磨硬泡，巧舌如簧，在他的百般鼓动之下，大金心一横，手指头随着价目表一溜儿滑到了底，点了点最贵的，也就是店里的顶配：

万艳同悲。

他望向冯平贵："什么叫万艳同悲？"

"来吊唁的一水儿是漂亮姑娘。你想，老爷子往那儿一躺，旁边一溜儿的美人围着他哭哭唧唧，得多带派。"冯平贵冲他眨眨眼，"只可惜我活着，不然高低自个儿先来一套。"

大金听罢，挠挠下巴，不言语。

想想也是，自己将来估计是享受不了了，这回跟着老爷子长长见识也是好的，略一思忖，扭头就把钱付了。

反正不是自己的钱，花着也不心疼。

结果到了这天，来的确实是漂亮姑娘，不过那是搁在几十年前去论。

唢呐一响，十来个老太太相互搀扶着进了场，脚一沾地就开始号，一边号，一边拍棺材，棺盖当鼓，敲得响天震地。中间还掺着个大爷，鱼目混珠，也跟着以手捂脸，装模作样地呜呜哭。

大金傻了，扯扯老头。

"那个……大爷，你就白哭了吧——"

"不行，拿钱办事，这是职业道德。"老头一把挣开，继续跺着脚号啕，"老李，老李，我舍不得你——"

而门外赶来吃席的，将院子填得满满当当。

男的、女的、老的、小的，拄拐的、抱孩的，两腿的鸡鸭、四腿的猫狗，手肘挨手肘，脊背贴脊背。这边抵住脑袋喊喊喳喳，对过儿喝酒划拳吆吆喝喝，上百张嘴各说各的，闹闹哄哄，来回打着岔唠嗑。

先前遇着的老太因为大金的通风报信，抢先一步，寻了个最靠近厨房的位子。

厨子是专接红白席面的，早见惯了生死。大胖脑袋上无喜无悲，只是热得烦躁，斜叼烟卷，左手负责持刀猛剁，右手负责把烟灰择出去。

烧鸡焖肉熘肥肠，草鱼肘子杂菜汤，旺火上一烧，大锅里一过，十二道硬菜，转眼出了锅。

人群突然静了下来。

下一瞬，势如破竹，常常盘没落定，菜已光了。

大金急了，付钱的是他，可三道菜下来，他的筷子不是被别人夹住，就是夹住别人的筷子，急赤白脸忙活半天就抢到几片爆锅的煳葱花，别的愣是一口没吃着。

灵棚那边也不得安生。

响班是两拨人现凑的，一中一西，有土有洋，结果两边互看不顺眼，扭头较上了劲。长号唢呐对着吹，马锣架子鼓并头打，圈里的驴受了惊，也扯开嗓子跟着嗷嚎个没完。

走穴歌手则见缝插针，人堆里窜来窜去，鼓动大家点歌，十块一首，十五两首。

现场乱成一锅糨糊，众人各忙各的，哭丧的哭丧，抢菜的抢菜，竞技的竞技。

请的主持人临时有事到不了，冯平贵亲自站上台去，声情并茂地念起追悼词。

"今天，我们相聚于此，是为了沉痛哀悼李大金的父亲，李小金先生。李老爷子是我们素昧平生的老乡。入了村里的土，便是村里的人，与布噶庄的我们手拉手，心连心——"

"冯大哥——"

大金倚着台子，冲他招招手。

"大哥，你先白念了，下来趟。"

冯平贵点点头，举着麦，冲远处的歌手吆喝："柱子，别他妈窜了，上来唱歌。"名叫柱子的歌手闻声颠颠过来，撅着屁股往台子上爬。

当"我真的还想再活五百年"的歌声回荡起来时，冯平贵一路小碎步，朝大金跑了过来。

"李总，有何指示？"

大金俯在他耳边，提高音量："什么时候结束？"

"按照当地规矩，得停灵三天。"

"三天？"

大金一怔，将冯平贵扯到墙根下，压低了声音。

"你们加加速，中午弄完，我下午就走。"

"加速倒是没问题，"冯平贵讪着他，直龇牙花子，"不过，这时间缩短，服务内容可是不变的，您瞧，这钱——"

"钱好说，"大金拍拍他，"这点放心，我就图个快，天黑之前，我必须得走。"

"这么急吗？老爷子的碑还没刻好——"

"不用刻碑，有现成的放一块就行了。"

"啊？"

"老爷子一辈子就好赶时髦，这老了，也让他洋相一把。"大金搓搓鼻子，"现在小年轻不都流行什么盲盒吗，咱也给他搞个墓碑盲盒，抽到啥算啥。"

不想冯平贵听完，垮下脸来。

"李总，您的孝心，还真是点到为止，"他嘴角一抽，扯出个冷笑，"别看低了人，做我们这行的，讲究个死者为大，凡事都有规矩——"

"我加钱。"

"不是钱的事。"

"加一倍。"

"流程很复杂,杠子队还需要时间准备呢。"

"加双倍。"

"真不行——"

"三倍。"

十五分钟后,出殡的队伍便组好了。

"李老爷子,躲钉哟。"

随着一声喊,有人塞给大金一柄斧子、一颗长钉。

"主孝长子,钉。"

大金并不懂其中的规矩,只是顺从地上前,茫然地打了一圈。

白事知宾在他耳边小声念叨:"抡斧子,把第一颗钉子砸进去。"

大金点点头。斧子比想象的要沉,一双双眼睛盯住他看,他心下不免有些紧张。咽了口唾沫,干脆眼一闭,手一横,抡高了就劈。

咔嚓,歪了,一斧子正劈在棺材板上。

大金慌了,赶忙张大眼,又补上了第二下。

咔嚓,又劈在棺盖上。

旁边看热闹的哧哧低笑:"只听过劈山救母,头回见劈棺救父。"

眼见着大金要劈第三下,白事知宾一步跨上前,夺过斧头就给钉了下去,又命旁人匆匆忙忙地将其他几颗子孙钉敲了进去。事毕,擦擦额上的冷汗,抖着嗓子吆喝。

"老爷子,西行上路。"

八个庄稼汉分列两排,铆足了劲起身,嘿的一声,棺材却丝毫没有离地。

试了三回,三回皆不中。

办白事的,话有三不说:不能说死,不能嫌尸臭,不能嫌棺重。

此时,负责抬棺的一个个立在那儿,不开口,直拿眼往白事知宾身上瞥。

知宾也不开口，偷摸给冯平贵使眼色。

"这是吉兆，说明咱李家人贵重。"

冯平贵凑到大金身边，比了个大拇指。

"不过李总，我有一说一，老辈的讲究棺材不落地。这大院离着墓地可远，为保顺利，要不，咱多加几个，改成十六人抬棺，也让老爷子风光下葬？"

李大金点点头，冯平贵迈开两步，又拧身回来，乐得牙比眼大。

"当然，这个是另外的价钱。"

现场另搜罗了八个大爷来帮忙，人多了一倍，总算是哼哼唧唧把棺材抬了起来，棺材跟着众人，颤悠悠地往外走。

白事知宾又塞给大金一个陶盆，俯身在他耳边低语。

"摔。"

见他木呆呆地瞅着棺材没反应，那人又捅了他腰眼一下。

"快，孝子摔盆啊！"

大金这才反应过来，把陶盆高举过头，大力甩了出去。

啪，陶盆落地，四分五裂。

一声脆响，像是一个信号，绑棺的麻绳被绷断，棺材侧翻在地，棺盖裂了。

有什么滚了出来。

只一瞬，唢呐哑了，吊丧队不号了，就连打包饭菜的人也默默放下了塑料袋。

负责抬棺的心虚着往后退，看热闹的却壮着胆子往前拱。大金慌了，扒拉开人群往里钻。

可棺材里面没有李老爷子。

棺材里面满满当当的，全是金子。

黄澄澄的金子，日头底下，映射着耀眼璀璨的光。

对比之下，一旁纸扎的金山黯然失色，棺材里货真价实的金条张扬着逼人的富贵，亮堂堂地，打在每个人的脸上。

人人都在心里盘算：一根脱贫，两根致富，三根脱胎换骨，而眼前是成百上千根……

李大金扶着寿棺,强撑住身体。环顾众人,眼神有些失焦。

"人来[1]?"

声音嘶哑苍白,他指指棺材,又重复了一遍。

"人在哪儿?"

下一瞬,红着眼的人群渐渐逼近,拢成一个圈,将他和金子围在正中。

"你们要——"

话音未落,黑压压的贪婪铺天盖地,呼啸而来。

---

[1] 方言,相当于"呢"。

03

生意人

跟李大金办白事的院子一峰之隔，有座春山茶厂。

厂子落在山脚，规模不大，不过是几排自建楼房，主要收购和加工附近茶农的绿茶。

近些年，生意逐渐稀少，旱天之后茶叶歉收，厂子更是再没开过张。老板前几个月处理了设备，遣散了员工，一把大锁封住了铁门。

如今厂子大院荒草蔓延，人烟凋敝，就连看门的狼狗都不知去处，唯有土褐色外墙上尚残留两行油漆斑驳的红字：

私人厂房，游客禁入。

今日的厂子里有人。

眼见着暮色四合，房内却没有点灯，暗影寸寸漫上来。

屋中央置着张茶台，红泥小炉燃着橄榄木炭，时而爆裂，噼啪作响。炉上沸着水，自壶口升起缕缕白烟。

炉膛内微弱跃动的焰火，是偌大房间里唯一的暖光，不偏不倚，正打在男人的脸上。

"事情到这一步，总要讲个缘由吧。"

说话时，男人并未抬头，自顾自地沏茶。

垂低视线，悬高壶口，煮沸的山泉汩汩而下，化作一条细顺柔软的川，杯中茶叶打着旋儿，上下浮动，重新舒展。

男人名唤廖伯贤，人称贤哥，刚接替前任，从堂主升为喜福会新一代大佬，为人处世颇有些手段，因总是慈眉善目，笑脸盈盈，江湖诨号"笑面狮"。

"我找的人，我组的局，我打通的关系。为了这一单，我千里迢迢，亲自从橡岛过来。交易现场，头家[1]一打开箱子——"

廖伯贤顿了顿，持杯的手微微颤抖。

"一打开箱子，里面蜷着个不认识的阿公。现在道上起了谣言，讲我贤仔走私阿爸，卖父求荣——"

他猛地收住话头。

"话说回来，阿公，您到底哪位啊？"

"嘿嘿，"坐在他旁边的老头放下茶杯，谦虚地摆摆手，"区区大爷，不值一提。"

"您怎么会在箱子里呢？"

大爷并未回答，反而低下头去，不急不慢地呷了口茶。他先是呼哧呼哧地吸溜水，又呸呸几声把茶叶吐回盏中，接着又开始呼哧呼哧地吸溜水。

一屋人敛气屏声，昏暗中耐着性子等他的答案。

直至一整杯茶喝完，大爷方才抬起头来，缓声道：

"你问我，我问谁去？"

小弟气急要上，却被廖伯贤一把拉住。廖伯贤见对方这般气定神闲，不禁多了几分猜测，生挤出一个笑来。

"阿公，您在哪条道上混的？"

"308。"

廖伯贤一愣，来之前做过功课，可没听说当地有个叫308的帮会，于是一拱手。

---

[1] 方言，老板。

"新组织哟，赐教，敢问归哪个管？"

"归……城管吧。"

大爷两手一搭，笑着拱回去。

"我在国道 308 路边卖瓜，敢问你们在哪儿练摊儿？"

廖伯贤脸色一僵，瞪向身后的人。

"大只狗，你搞什么飞机！卖瓜的怎么会在交易现场咧？你不是说提前验过，保证没问题吗？"

绰号"大只狗"的男人挠挠头："贤哥，你一直不讲交易的是什么，我以为头家换了口味，要的就是阿公呢。"

"弄干净，我不想再看到他。"

"了[1]。"大只狗上前一步，伸手摸向后腰，"我这就做——"

"做你个鬼，讲多少遍了，这不是我们地头，莫要搞事！我们这次的身份是生意人——"

廖伯贤压低声音。

"生意人，懂吗？最重要的是什么？"

"什么？"

"是讲礼貌！和为贵！"

"懂了，"大只狗点头不迭，"最重要的是和为贵。"

"你——"廖伯贤疲惫地合上眼，"你的问题，我们私下再谈。来人，先送阿公回家。"

手一挥，三五个壮汉上前，几人半推半架，拖着大爷朝门口走去。

"茶叶不错，杯子我也捎走啦，门口箱子还要不要啦？我捎回去装瓜。对了，恁[2]到底卖什么的——"

砰的一声，大门关闭，大爷的絮叨也跟着戛然而止。适才扬起的浮尘，亦无声落了地。

廖伯贤迎着橙红火光，摘下眼镜，轻轻擦拭。

"趁现在没有外人，我不妨将话摊开来讲。今日丢的是金条，一整

---

[1] 方言，明白。
[2] 方言，你、你们、你的。

箱，价值上亿。我原本不想声张，就是怕人心叵测，节外生枝。没承想，千算万算，还是遭了内鬼暗算。

"此次交易，不仅是我们打通海外市场的第一步，更事关喜福会的声名，各位弟兄今后能否见得了光，就在此一举。"

"我明白，大佬过世不久，帮会内部人心不稳。若有人想趁乱搞小动作，我廖伯贤绝不同意，就算错杀一千，也要把内鬼揪出来。"

他重新戴上眼镜，视线在人群中游走，各堂口小弟垂着头，绷着脸，不敢言语。

"眼下最重要的，是在事情闹大之前将货悄声追回。这件事，定要寻个靠得住的人去做。"

他无视大只狗的跃跃欲试，转向暗影中的另一个人。高身量，宽肩膀，黑面庞上吊着一双细眼，打进门起就倚着墙，闭目养神。

"阿仁，你身为恩哥护法，手段我是知道的。交给你的事件件有着落，不知我贤仔能否差遣得动？"

名叫阿仁的慢吞吞起身，抬腕瞄了眼表。

"我下班了，有事明天讲。"

"你怎敢这样跟贤哥讲话，"大只狗抽出刀来，"一个杀手讲八小时工作制？那要不要给你缴社保啊？"

"我不是好人，也不是好员工，这点恩哥清楚。"

"恩哥？如今恩哥在哪儿？"大只狗逼近，"少了庇护，你莫要狂，信不信阎罗要你今日死——"

"那不行。"

阿仁随手捏住他的腕子，轻轻一扭，刀转瞬落了地，当啷一声脆响。

"我的命，我自己说了算。"

言毕，阿仁转身朝外走去。

"那他的命呢？"

身后惊起一声惨叫，阿仁定住，廖伯贤的手下正用刀抵住一人的动脉。

"蛋仔是你亲自带的,十多年下来,形同兄弟。"廖伯贤语气温和,"他的命,你不会坐视不管吧?"

刀刃进了几毫,皮肉渗出血珠,蛋仔唇色青白。

"贤哥,"阿仁蹙起眉头,"这什么意思?"

廖伯贤却并不看他,一手捏茶匙,一手端茶壶,歪着头,疏通着堵在壶嘴的茶叶渣。

"你是老资历,看在恩哥面子上,我动不得你。可这次交易,你们组负责看守,现在货丢了,按照规矩,总要有人负责吧。"

他端起杯盏,在蛋仔的啜泣中小口饮着,声音不疾不徐。

"除你以外,整组人送去马老板那边,周身能用的,能卖的,拼拼凑凑,多少也能挽回些损失。"

廖伯贤手一勾,下一秒,蛋仔攥住左腕,伏在地上打滚惨叫。

阿仁不言语。他看不清褐黑色的血,寻不见断指,但嗅得到夜风中逐渐浓郁的腥气。

"阿仁,你有你的原则,我有我的方法。每天,我会选一个你的手下,每隔一小时,断一截手指,断完手指,断脚趾。

"然后是耳朵、鼻子、眼睛。再然后,心、肝、脾、肺、肾。

"我会让他们清醒地痛苦,眼睁睁看着自己,一寸寸地消失。"

廖伯贤抬眼,收敛了笑意。

"直到,你带回货为止。"

"仁哥,救我,我不想死,你救我——"

阿仁低头,望着蛋仔那张涕泗横流的脸。

前晚在大排档,蛋仔灌着扎啤跟他一醉方休,而如今,同一个蛋仔却跪在他脚边,流着泪说不想死。

"仁哥,我怕,我真的不想死,我想回家——"

阿仁蹲下,轻轻掰开蛋仔紧扣的四指,默然走出门去。

凄厉的号啕声在身后蔓延,他没有回头,径直朝前走去。

直至迈出厂房,直至铁门关闭,直至哭声远去,耳畔只剩密林间的蛐蛐吟唱。

他迎着夕照,眯起眼远眺。

风拂松海,倦鸟归林,山腰上的人家升起炊烟,本应是一个平静祥和的夏夜,本应一切尘埃落定。

可他的双手却一片赤红,那并非夕阳的缘故。

哭爸[1]。

阿仁骂骂咧咧,逐着日落,朝山那边走去。

---

[1] 方言,一种较粗俗的脏话,或者表示糟了、遗憾。

04

交 易

李老爷子死了。

李老爷子没了。

李老爷子在死了之后，没了。

天色将暮，灵堂里被撞得乱七八糟，花圈纸人散落了一地。鼻青脸肿的李大金脚踏棺材，两手持刀，呼哧呼哧地喘着粗气。

对面的村民三两一堆，以手遮口，喊喊喳喳，偶尔有那胆大的，朝前探一步，可一对上那双赤红的眼，便又识趣地退了回来。

"金哥，别激动。"冯平贵贴着墙边，小心翼翼地迈过门槛，"你是要寻爹，不是要去见爹，先把刀放下。"

李大金瞥他一眼，并不言语，但刀口向下垂了几分。

"咋说呢，这事责任主要在我，后果我一力承担。"

冯平贵摸过来，试探性地握住大金的肩膀头子。

"金子我先拉回去，至于您父亲，找到之后，不日送回。"

大金猛地起身，冯平贵吓得向外逃窜，不想被一把扯住衣领，拉回屋里。

"我有件事想问——"

大金将将开了个话头，却顿感四下静了下来，一抬头，正撞上一双双抻长了的耳朵。于是他踉跄上前，关门闭窗，将落日余晖与他人的好奇，一并锁在门外。

屋里只剩下他跟冯平贵两人。

日头落了西山，灵堂里的光线登时黯淡下来。头顶的钨丝灯忽明忽暗，投下一方摇摆的昏黄。墙角的蜘蛛无声织网，捕捉着嗡鸣的蚊虫。

"经常这样吗？"李大金哑着嗓子。

"哪样？"冯平贵嘴上回答，目光却钉在刀上，微微退了几步。

"下葬的死人，经常不见吗？"

大金将刀一扔，颓然抱头，窝坐在棺材板上。

"还是就我家的没了？"

"李总，实话实说，我干殡葬这么久，也是头一回见着。"

刀一落地，冯平贵也跟着松了口气，这才壮起胆子，扒着棺材仔细朝里观瞧。只见满满登登的金条，在灯泡的照耀下，涌动着温润柔和的辉光。

"金……金哥，"冯平贵眼不错珠，不住地咽唾沫，"我儿子看的动画片里，有个奥特曼给怪兽打死了，死后就是变成了金子。你说，咱家老爷子，会不会有奥特曼血统？"

"恁爹才奥特曼！"

大金一起身，冯平贵赶忙撤步。

"我问你，昨晚上到现在，谁靠近过棺材？"

"就你。"

"确定？再没人单独来过？"

"忘了吗，昨晚上你特意支开所有人，说要亲自给老爷子入殓，等我们再进去时，你都盖上盖了。"

"可是，"大金胡乱搓着脑后的乱发，"我放进去的确确实实是个人啊……"

"古有狸猫换太子，今有金条换老头，图什么呢？"

冯平贵掏出盒烟，给大金让了支，自己也叼上一支。

"李总，事到如今，您跟我撂句实话，咱家老爷子——"

"不是奥特曼！"

"这我知道，"冯平贵一偏腿，也跟着坐在棺材板上，"咱家老爷子，是不是有什么特殊来头呀?"

大金猛地被一口烟呛住,剧烈咳嗽,平复之后,用掌根抹了把泪。

"没什么,就一个普通老头。"

"那就奇了怪了,谁会用金子换个老头回去呢,这说不通哇。"

两人一人一头,分坐棺材两端,各自抽烟,间或瞥一眼中间的金子,若有所思。

"欸,我忽然想明白一件事。"

冯平贵眯起眼来,两指夹烟,脸上的笑容有几分古怪。

"你刚刚说,昨晚放进去的是个人。"

"对。"

"今天开棺,就变成了金子。"

"是。"

"那也就是说,这些金子也不是你的。"他拾起一根金条,慢慢摩挲,"这是无主的金子。"

大金一怔,转瞬明白了。

"冯哥——"

他矮下身来,低头狠嘬了几口烟。

"我活着走出这个村的概率有多大?"

"你这话是什么意思?"冯平贵一撇嘴,"别胡说八道,咱现在可是法治社会。"

大金摆摆手,苦笑道:"那我换个说法,如果我今晚执意要走,死于意外的概率有多大?"

"这难说,"冯平贵凑过脸来,仍是笑着,"下山的路可不好走,特别是晚上,时常有不熟悉路况的掉下山崖,尸骨都找不全。"

大金点点头,木着脸,一垂手,在泥地上蹍灭了烟头。

"冯哥,咱俩做笔交易吧,只要你保我囫囵出去。"

灯光昏暗,他能看清的只有冯平贵上扬的嘴角。

"开个价吧,你要多少金条?"

冯平贵略一思忖,伸出五根手指。

"五根?"

冯平贵摇头,笑。

"五十根?"

又摇摇头,还是笑。

大金直嘬牙花子:"难不成五百根?"

冯平贵看着他,晃了晃手。

"五成,我要总价的五成。"

"你这——"大金霍地起身,将要发怒,扭头却瞥见贴在窗玻璃上的一张张脸。

大院里没有上灯,因而只见得人影攒动,面容却模糊不清,恰似他此刻的处境,众人在暗,他在明。

心淌血,牙咬裂,却终是松了口。

"成交。"

"那今晚十二点,我送你下山。"

冯平贵一把握住大金的手,潮乎乎的。

"李总,合作愉快。"

冯平贵躲在围墙根下,不住地瞅手表,十一点四十二分。

左右张望,焦虑难安。

嗒嗒嗒嗒,脚步声愈来愈近,负责打探的柱子一路小跑而来,在他面前刹住了脚。

"这回看清楚了。灯灭了,李大金人还在,就戳在院子中间,不知道上什么神[1]呢。"

冯平贵点头,一摇手,五六个人在暗影中围成个圈。

"一会儿别乱,等我信号,只要我进屋一咳嗽,你们几个就上。记住,麻袋套头,别让他看见长相,只要控制住他,金子就全是咱的了。"

"叔,"柱子啪啪打着蚊子,"万一这小子报警呢?"

"他不敢,我摸清楚了,金子本来就不是他的,报警全没。"冯平贵

---

[1] 方言,一种迷信活动,形容鬼神附体的样子。

冷笑，"咱们仁义，到时候给他留个几根，这小子也是赚的。"

"俗话说得好，饿死胆小的，撑死胆大的。"扎纸活的老王附和道，"要是这票成了，哥几个这辈子吃穿不愁。"

"行，那都听冯哥的。"

"对，听哥的。"

话音刚落，呱嗒呱嗒，又是一阵匆忙的脚步声，听方向，是打灵堂大院那边过来的。

"谁？"

冯平贵还没明白过来，就听见一个破锣嗓子喊得响天震地：

"不好啦，死人啦，李大金自焚啦！"

05

生天

"你——"

"你什么你,都这时候了,还分什么你我!"

黑影抡起马锣,兜头给了冯平贵一下子,震得他耳朵嗡鸣,眼冒金星。

"你们先去,我再喊其他人来,快快快,救人要紧!"

冯平贵蒙了,刚要细问,屁股后面又结结实实挨了一脚,给他踹了一个趔趄。

"赶紧的!"

等回头再瞧,黑影早一溜烟儿蹿出去好远,边跑边沿路砸门,马锣敲得震天响。

"来人啊,救火啦!"

躁动撕裂了暗夜,全村的狗狂吠不止,村舍的灯一盏接一盏地亮起来。

不明所以的村民打炕头上惊醒,惺忪着睡眼,趿拉着鞋,纷纷披衣出门,手扶门框左右张望。

冯平贵一拨人率先赶到,只见办白事的老院子门户大开。

刚迈过门槛,就觉得热浪逼人,汗顺着脖子淌,面庞也给烧得红辣辣的。

庭院当中,烈焰冲天,富丽的金山在更为刺目的灿艳火光中燃烧,化作地上蜿蜒流淌的太阳，化作天上橙红明灭的星。

一个焦黑色人影伏在最上面，看不清面庞，只隐约见得肢体抽动，臭气呛人。

"操。"

冯平贵眼红着，脸却白了。

"舍命不舍财，这小子是他妈活活抠死的。"

他叱喝身后的人。

"愣着干什么，救火，救金子啊！"

几人这才反应过来，转身朝水库奔去，跟后面赶来的村民撞了个满怀。

院里院外，乱哄哄的一片。

打水的，运水的，不小心泼歪了水的，被莫名浇了一头水而跺脚骂娘的，抢东西的，喊加油的，看热闹的，讲风凉话的……

除了救火，他们什么都干了，大汗淋漓，狼狈不已。

十来分钟后，金子燃尽，火自己灭了。

夜色如墨，村子重新遁入黑暗。

没人言语，耳畔是此起彼伏的喘息，唯有零星几声狗吠自遥远的暗处传来，兜兜转转，打着旋儿，落在李大金一动不动的尸身上。

冯平贵踹了柱子一脚："过去看看。"

柱子畏缩半天，终是拗不过长辈，只得苦着脸，擎着手机上前。

"是他吗？"年长的几个隔着老远吆喝。

"不好说，"柱子退了几步，哭声颤颤，"瘦了，黑了。"

"这不是屁话吗，烤肉吃过没？烧焦了能不皱吗？"话一出口，冯平贵自己先恶心上了，"你好好瞧瞧，还有救没？"

柱子蹲在地上，用长棍小心地拨拉："叔，这身子里烧出东西来了。"

"是不是烧出舍利子了？"有人嘀咕。

"屁，你瞅他对他爹那不孝样，"冯平贵摇摇头，"八成是肾结石，这小子看着就肾不好。"

"铁丝，"柱子大喊，"烧出一截铁丝来。"

"铮铮铁骨不是个比喻吗？"围观的窃窃私语，"还真能烧出铁来？"

"这有啥奇怪的，"旁边的人抱着胳膊分析，"他老子死了变金子，儿子死了变成铁，都是金属，说得通。"

"欸？"柱子一屁股跌在地上，手脚并用，飞速后撤，"现原形了，李大金现原形了！他不是人，他有四条腿！"

"啥玩意儿？"

一众人围了上去，个个擎着手机照亮。人一多，胆子也就壮了，仔细一看，有人便发觉情况不对。

"有点眼熟，这不是我扎的纸人吗？四条腿的是那小绿马。"

老王用脚蹬开"烧焦"的躯干，露出下面尚未燃尽的金子。

"底下的也不是真金啊，这不是二嫂她们叠的纸元宝吗？"

"我就说吧，金子怎么可能烧着。"

"大半夜的烧纸活，在这儿装神弄鬼的。"

冯平贵意识到了什么，一扬手，打断了众人的议论。

"谁发现着火的？谁第一个喊的？"

"不是我。"

"不是我。"

"也不是我。"

问了一圈，村里人竟都说不是自个儿。冯平贵心里一咯噔，头上被马锣抡过的地方隐隐作痛。

"李大金呢？"他略略提高了嗓门，"刚才谁看见李大金了？"

众人你瞅我，我瞧你，都摇头。

冯平贵推开人墙，大步向前，一脚踹开了正屋紧闭的房门。仍是傍晚时分的样子，棺材在当中搁着。然而，棺材里空空荡荡的。

金子没了，人也没了。

"驴也没了，"一人气喘吁吁地跑进屋来，"他骑走了我家驴。"

"好你个奸商李大金，非但不分我钱，还顺走一头驴。既然你不仁，那休怪我不义！"

冯平贵抄起门后的铁锹，咬牙呼唤众人。

"顺着下山路，追！谁先逮到，金子归谁！"

李大金趴在树上，乐呵呵地看冯平贵在大院里发疯。

若不是他撒尿时看见柱子在墙头上探头探脑，差点就中了冯老鬼的圈套。

如今他藏在枝繁叶茂之间，耐着性子，静待脱身的时机。

等年轻的持着棍棒追出去了，年老的拄着拐棍回屋睡了，村里的狗也不再叫唤了，月牙隐进云里，他抱着树干，一点点蹭下来。

蹑手蹑脚，转身进了后院。

他知道冯平贵的人看住了他的车，也断定他们一旦发现自己不见，定会第一时间追出去，因而将金子藏在院里，反倒是最安全的，毕竟灯下黑。

为了营造逃跑的假象，他还特意放跑了一头驴。想到驴的主人，大金心里多少有点过意不去，写了张欠条，用石头压住，搁在了圈里，希望主人明早能看见。

眼下所有人都沿着山路朝下追去，村里没了看守。他从草垛子底下摸出金子，大摇大摆地运到自己车上，一路哼着小曲，畅通无阻。

既然冯平贵他们堵住了下山的路，那他就一路朝山上开——他赌这盘山路是个圈。

车子飞驰，转眼出了村，山路蜿蜒，右手旁是无垠碧波。看月色照海，李大金心底无比畅快。

逃出生天后，一颗悬着的心落了地，陡然而富的喜悦紧接着炸开。

昨儿个他还是个工厂倒闭的穷光蛋，今天摇身一变，成了亿万富翁，余生不必再为碎银奔走，唯一的烦恼就是钱多到花不完。

李大金拍着方向盘，狂笑不止。

对，他得学学怎么花钱。

先给亲朋好友都买上房，一人一套，不，一人两套，单双号轮着住。

再给自己雇个司机，上坡的时候专门帮他蹬自行车。

然后雇俩助理，跟电视剧里面的贵妇人似的，无论在哪儿，屁股后面专门有人给擎个椅子，走哪儿坐哪儿。以后不管是地铁还是公交，嘿，永远有座。

再然后呢？再然后兼济天下，回馈下琴岛的广大群众，买"热得快"，一箱一箱地买，都插进大海里，造个恒温海水浴场。

对了，还有父母——

一想到父母，大金的笑碎在脸上，挂不住了。

尸体到底哪儿去了？总不能自己长腿跑了吧？

他百思不得其解，搞不懂到底是哪个变态，会用金子去换个死老头。

山路颠簸，悬在后视镜上的平安符晃来晃去，似是某种预兆。长路尽头，一辆没开灯的货车，正悄无声息地尾随他向深山驶去。

而李大金没有注意，他只是苦着脸，翻来覆去地琢磨着同一个问题：

爸爸去哪儿了？

销骨篇（一）

06

花园

牛老头年初的时候非常愉悦。

贪财捡了块石头，却阴差阳错帮着警察拿住了凶手，立了功。[1] 虽然报纸上对他的称呼不过是"热心市民"，可他觉得自己摇身一变，已然成了台西镇的名人。

打那以后，牛老头更加眼观六路、耳听八方，每天拖着狐狸狗朝九晚五，打卡似的满大街溜达，逢人便逮，逮住就讲，风雨无阻。

小半年下来，狗遛瘦了，人听烦了，个个见了他就跑。

如今眼瞅着入了夏，气温一升，街头巷尾的闲人更少了，除了坐轮椅跑不过他的马大爷，他实在抓不住别人来讲述自己的光荣事迹。

于是乎，在遛狗和抓坏人之外，牛老头另辟了一条消遣途径，那便是养花。

他家住一楼，卧室的窗子正对着小区的后院墙。二十多年的老小区，设施老，物业也老，种啥花草基本上靠天意——看鸟吃完了拉什么种子。

牛老头自然不喜欢窗根底下星星点点的小白菊花，不吉利，也不喜欢常青植物，同样觉得不吉利——毕竟平时好炒股，眼里见不得绿。

思来想去，牛老头购买了一大批月季和蔷薇，贴墙边种下，很快便

---

[1] 案件详情参见本书作者的另一本书《一生悬命》。

花繁叶茂，郁郁葱葱。拳头大小的花苞竞相盛放，遥望过去，红馥馥的一大片，吉利又喜庆。

牛老头得意起来，每日吃完饭，就站在窗口欣赏自己的手艺。可慢慢地，他隐隐觉出几分的不对劲——这花似是长了脚，一天天地往前挪。

没错，这花自己在跑。

如若不仔细观瞻，许是看不出差异，可是，牛老头确实记得清清楚楚，自个儿原本是紧贴院墙种下的，为的就是遮挡老损斑驳的砖墙。现在当中的三株月季，离墙面愣是多出了半米多宽的距离。

第二天起来再看，嘿，又朝前跑了两株。

他左思右想捉摸不透，到底是碰上了哪门子变态，吃饱了撑的，跑他花院里来玩"一二三，木头人"。

晚饭的时候，他把这事告诉了老伴，老伴只说他是马尿灌多了，烧坏了脑子，二人当即吵起来，这一吵吵，反倒把花的事给忘了。

当晚一点半，牛老头醒了，正闭着眼满地划拉着找拖鞋呢，迷迷瞪瞪间，就听到窗外墙根底下窸窸窣窣响个不停。

他登时清醒过来，知道自己这是赶上现场了，赶忙紧贴窗台矮身蹲下，悄悄地掀起两片帘子，打中间狭长的缝隙朝外窥探。

午夜月色如水，黑黢黢的花园里，空无一人。

然而，却见一株月季无风自抖，簌簌甩了两下脑袋，朝前走了两步，停了。

牛老头狠抽了自己一巴掌，又使劲搓搓眼。

没一会儿，只见另一株月季也跟着抖了起来，晃晃悠悠挪了几步，走到刚才那株旁边，立住脚，也停了。

十来分钟的工夫，几株花就这么走走停停朝前挪，最终齐刷刷地站成了一排。

"哎哟——"牛老头喃喃自语，"月季成精了。"

他当即揣起手机，朝外奔去，边跑还边琢磨呢，这段要是拍下来寄给《走近科学》节目组，那还不得震他们一下子？弄不好都能颠覆唯物主义世界观，在教科书上跟马克思肩并肩。

可真等着跑到了外面，牛老头又怂了。

夜色之中，白日熟悉的景致变得陌生起来，四下里乌漆墨黑，什么也瞅不清楚，耳边只剩下他自个儿急促的呼吸声。

花园里繁茂纤长的野草，沾着露，草尖细软潮湿，拂过他赤裸的脚背。一下一下地，似有若无，柔软中带着细小的尖牙，痒中掺杂几丝疼，牛老头身上不由得起了层鸡皮疙瘩。

就在这空当，花园深处又吱吱嘎嘎响了起来，声音越移越近。

"谁在那儿？"牛老头强装镇定，声音却尖锐得劈了叉，"我告诉恁，科学时代，未经许可，不准成精！"

他刚吼完，花不动了，声不响了，只剩下后山里布谷鸟的啼叫。

布谷，布谷。

牛老头有了科学傍身，心中不免生出一丝胆气。他折了根树杈，拨开层层叠叠的花枝，一步步蹚过花草，直直奔向后墙的方向。

草汁的清丽，混着新泥的土腥，浓郁地灌进鼻腔。

脚下一个趔趄，牛老头赶忙扶住旁边的月季，这才没跌跤。待稳住后低头一瞧，只见花与后墙之间的泥地上，不知何时被人挖了一个深坑。

坑底黑黝黝的，似乎有什么东西蜷成一团，看不分明。

他朝前探身，擎起手机往下一照，当即惊叫出声。

一个蓬头垢面的男人侧身躺在坑底，双目紧闭。

牛老头撒腿就跑，不想两腿一软，失去平衡，径直跌进坑里，一屁股正蹲在尸身上面，坐了个结结实实。

牛老头木在原地，周身血都凉了，只剩下一颗心咚咚咚咚地擂着腔子。正不知怎么往上爬呢，一双手忽然拍了拍他屁股。

"牛大爷，挪挪腚。"

"尸体"在他身下闷哼一声。

"你坐我肋骨了。"

马大骏回到家的时候，已经凌晨两点多了。

他一身汗酸，灰头土脸，身上白汗衫挣开了线，拖鞋帮子上也全是泥巴。

他将铲子挨着墙角，轻轻搁平，扒在房门上敛声倾听，直到听见南卧父母深沉的鼾声，才算是松了口气。

刚才，尽管他跟牛老头反反复复地解释，说自己是趁着晚上出来做个沙疗，可对方愣是不听，一次次追问他的真实目的。

逼到最后没法子了，只能说自己敬佩他花艺高超，一时鬼迷心窍，准备偷几株月季回家，才算是完事。

好在小区里老一辈的都是一个厂的熟人，这才没闹到报警的地步。

大骏道了歉，听老头絮絮叨叨，夸耀了三四回遛狗途中跟犯罪分子斗智斗勇的故事，自己又赔着笑脸，声情并茂地赞扬了五六遍牛大爷老当益壮，并且答应明天请客喝酒赔罪，牛老头这才勉勉强强，松手放他回家。

可大骏知道，牛老头是出了名的大嘴巴，不出几天，全小区指定知道他"偷花不成，装神弄鬼"，糟心的还在后头。

不过现在也顾不上什么名声不名声了，他有更要命的破事得了结。

马大骏抹了把汗，再次确认父母睡得深沉，这才蹑手蹑脚地进了厨房。

咔嗒一声，将门反锁。

既然花园的计划行不通，他只能走那条路了。

他寻出早就预备好的塑料布，平平整整地铺在瓷砖地上，深吸口气，戴好塑胶手套，站到冰柜跟前。

冰柜半人来长，很深。他敞开盖，神情平静地打里面捞出冻羊腿、冰鲅鱼、过年的饺子、端午的粽子……

转眼间，零零散散的吃食铺了满地，白色寒气汩汩地升上来，这才显出最下面冻着的东西。

尽管早有准备，马大骏还是吓了一跳。蹲在地上缓了半天，方才颤巍巍地扶着冰柜起身，冲着里面双手合十，拜了三拜。

"我也是实在没法了，您老千万别怪我。"

他抽出斩骨刀来,无声举高。
"要是不愿意,现在就说,别等着我动手了,后面再赖我。"
对方自然没有回答。
老人只是合着眼,两膝抵胸,胎儿一般安详地蜷缩在冰柜深处。

07

肉汤

"怎么不吃？"

大骏眼前浮现起冰柜里的老头，喉头一动，反手将面前的肉汤推远。

"没胃口。"

"趁热吃，我特意上早市买的新鲜排骨。"

母亲似是没听见一般，夹起块肉，扔进他本就满溢的汤碗。

"白啃得太干净，给欢欢剩点肉。"

名叫欢欢的串串狗已经老得头晕眼花，下巴上的短毛也变得灰白，嘴里呜咽个不停，紧抱着大骏的左腿，一下一下地，哆嗦着往上蹭。

在一人一狗的监督之下，大骏只得慢吞吞地托起碗，臊眉耷眼地低下头，用筷子瞎拨拉。

昨晚上预备着劈第一刀时，母亲醒了，顺着光寻过来，哐哐砸门，问他在里面作什么妖。大骏着了慌，手忙脚乱，将尸体连带着杂七杂八的吃食，一股脑塞回了冰柜。

而母亲显然是误会了，只以为大骏是半夜馋肉吃。

"厂子那边怎么样了？"

母亲忽然发问，眼却没瞧他，探身打椅背上抽出条洗得泛白的毛巾，披进大骏父亲汗衫的脖领里面，动作娴熟。

"早好了，"大骏含糊其词，脸埋进碗里，"我都上一个多礼拜班了不是——"

"净糊弄我,昨晚上小飞他妈来跟我说了,看见你白天在三角花园那块儿,跟些民工一块儿蹲力工活。"

父亲抓筷子的手抖个不停,肉悬在嘴边,颤颤巍巍就是吃不进去,汤汁顺着下巴往下淌。母亲赶忙拾起毛巾一头替他擦拭。

"你跟我说实话,是不是失业了?"

"没有,"大骏头伏得更低,假装去逗弄桌下的狗,"厂长走的时候说了,保证不会让我们失业,就是在家避避风头。等事一平,工资和赔偿金一块儿补上——"

"都避了大半年了,还没避过去?"

母亲皱眉,直接下手抓起块排骨,将肉一丝丝剔下来,左手垂下去,喂狗;右手抬起来,喂马老爷子。

"大骏啊,你做人就是太老实了,人家说什么你都信。要我说,那李大金就是个没毛的猴,一百来斤的人,九十多斤的心眼子,弄不好,哼哼,弄不好他自己早跑路了。"

"不能,"大骏一摆手,"俺俩从小玩到大,他不会坑我。"

"他坑你的时候还少?!"母亲剜他一眼,呛声道,"恁烟花厂爆炸这事,电视上可都演了,人家记者说了,李大金那是无证经营,恁厂子根本没资质。"

"再说了,现在过年也不让放鞭放炮的,就算开张了,又能卖给谁去?千万白再跟前年一样,用爆竹抵工资了。人家小孩来拜年,别的长辈都给红包,你倒好,给一把蹿天猴。"

她停住,弯腰拾起马老爷子甩到地上的勺子,在围裙上蹭了蹭,重新塞回他手里。

"当时没炸着你,那是我天天烧香祷告的功德,那是菩萨保佑。你看看姜川现在,上个茅房都得看别人脸色,下半辈子怎么办?曼丽可跟着遭老罪了,结婚这才多长时间,要是当初跟了你——"

"别说些那个,过去的事了,"大骏一仰脖,吸溜吸溜喝光碗底的汤,"你要是真心疼她,哪天给炖个鸽子,我给送医院去。"

"怎么的，这么些年爱屋及乌，你连她老头一块儿喜欢了？"

母亲白他一眼，端着几人的空碗朝厨房走去。

"不管怎么说，曼丽结婚落定了，你也该死心了。三十多岁的人了，赶紧成个家。我跟恁爹说闭眼就闭眼，没别的心事，就想着走之前看你有个三口之家。"

大骏端着剩菜盘子跟进厨房："我跟曼丽，再加上她老头，正好凑上一家三口。"

"呸，整天就说些屁话。"母亲啐他一口，"去去去，上外面遛遛欢欢跟恁爹去。"

大骏搁下盘子，笑着刚要退出去，突然定住了。

"你干吗？"

母亲手扶冰柜，吃力地拔掉插头："化化冻，待会儿拾掇拾掇冰柜，怎么了？"

"白动，"大骏上前一步，挡在冰柜前面，"你不是老咴喝胳膊疼吗，白碰凉的了，等晚上我弄就行。"

"你会弄个屁，"母亲扒拉开他，"好狗不挡道，上一边去。"

"你看不清，回头再割着手——"

"我怎么看不清？谁说我看不清？"

母亲听到这句忽然拔高了调门儿。她一生争强好胜，最怕旁人说个"不"字，她自从几年前右眼患上白内障之后，变得更加敏感多疑，既不去医院做手术，也不许别人念叨她视力差。

就在二人争执不下时，母亲的庙友英子姨领着小孙子来串门了。大骏如蒙大赦，赶忙将人让进来，又连拉带推地将母亲拖离了厨房。

"快白折腾了，晚点我来收拾，你只管陪好姊妹喝喝茶，拉拉呱。"

果然，老姐儿俩一见面就手攥手，面对面，眉飞色舞，嘀嘀咕咕。

母亲一会儿笑嘻嘻地逗弄小孩，一会儿垮下脸来指指自己的右眼，偶尔还伸出食指，冲大骏这边狠劲点两下，引得英子姨也跟着扭头瞅他，视线由上到下，意味深长。

大骏识趣，在二人开始教育他之前，一手牵狗，一手推着父亲，急匆匆地转身就走。

出门前，他还特意给厨房上了锁，将唯一的钥匙塞进了后裤兜里。

他推着父亲，在小区里一圈圈地绕，心急如焚。

可没法，只要他一往家的方向踅，狗就趴在地上不肯动，父亲也按住了轮椅不让挪，他俩齐心协力，搞得他寸步难移。

大骏只得哄着他俩，看欢欢明明没有尿，也愣是跷着条后腿，颤巍巍地将小区里的树蹭了个遍；还得时刻留意着父亲，只要他嘴里"啊啊"出声，就赶忙弓腰，将脑袋伸过去，任由他将掐下来的野花缠到自己头发里。

几年前，聪慧了一辈子的父亲，忽然开始记不清事情。

开始是忘带钥匙，后来是叫不上老朋友的名字，但是大家都没太在意，老人嘛，记性差点也是常有的事情。

某个冬夜，下班回来的大骏看见父亲牵着狗，雕塑一般，立在暮色之中，肩上落着一层薄薄的雪，问他怎么不回家，父亲铁青着脸，一言不发，只是跟在他身后上了楼。

后来他才知道，出去遛狗的父亲，一掉头，忘了家在哪儿。

某个天色阴沉的午后，出去买菜的父亲跌了一跤，就再也没能站起来。

打那以后，父亲好像忽然老了，本就不善言辞的他，话更少了。慢慢地，旧日的朋友也不再上门，他一日日地躺在床上，眯缝着眼睛，盯着窗外的太阳看。

四季的光影在他脸上轮转，而父亲似睡非睡，始终是一副惘然的表情，不知在想些什么。

再后来，父亲终于摆脱了现实的苦难，在梦里寻得了自由。

疾病让他重新蜕变成一个孩子，将隐藏了一辈子的情绪一股脑地迸发出来，开心了就笑，不高兴了就闹，再也不必去看谁的脸色，再也不用去扛什么责任，他在糊涂中，求得了恒久的安稳。

大骏是家中独子，父亲病倒后，吃喝拉撒都得有人陪着，他就跟母亲倒着班照顾，转眼已过了两三年。

而今母亲糖尿病愈发严重，引发了白内障，劝她去医院手术，她总以各种理由推说不去。大骏知道，她是舍不得钱，过惯了苦日子，总想着省吃俭用，攒下点积蓄，好留给他结婚使。

别看她嘴上天天催他结婚，其实心里也清楚，家里这破条件，拿什么娶人家姑娘呢？

这五十来平方米的老房子，已是他们最后的庇护。

于是母子二人心照不宣，每次她本能地催，大骏就笑着岔开话题，母亲则顺坡下驴，只骂他不着调，对家中的贫困全然不提。

"爸，你说我该怎么办？"

大骏将轮椅停在树荫底下，轻轻理顺父亲脑后的乱发。

马老爷子却没空理他，弯下身子，吃力地捡起路边被人踏过的凌霄花，仰脸冲着他笑，手一拱一拱的，要给他戴上。

大骏顺从地垂下头来，任父亲揪起一绺头发，粗鲁地拉扯。

"报警？报警不行，这事我自己都稀里糊涂的，我发誓，我是真不知道那个老头哪儿来的。"

他低着头，看着地上父亲同样佝偻的影。

"爸，我不是怕死，我是怕给抓进去了，你怎么办？俺妈又怎么办？"

正说着，一双手搭在他肩头，他被惊得一身冷汗，猛回头，是邻居小飞。

小飞是这片出了名的酒彪子，从早到晚泡在啤酒屋里，喝多了就闹事，事平了又去喝，喝得一双手抖个不停，什么正经营生也干不了，成日偷鸡摸狗地瞎混。

大骏不愿搭理他，点头笑笑便要走，没想到小飞一把薅住他的袖子，环顾左右，神秘兮兮地耳语起来。

"分我点，我就不说出去。"

"分你什么？"大骏一怔，摸摸头顶，"花？"

"我要那个干什么。"小飞不耐烦地摆摆手，"我说，白小气，猪肉分我点。回头我让啤酒屋加工加工，小油一炸，金黄焦香，啧啧，再配上

·041·

小扎啤那么一喝,给个神仙也不换。"

"什么神仙?"大骏眨眨眼,"什么猪肉?"

"装什么,你那晚上干吗去了,当我不知道?实话告诉你,我可全都看见了。"

此话一出,头顶的日头呼啦一下子就黑了,天旋地转间,大骏强撑在轮椅上。

"白胡说八道啊,"他四下张望,下意识去捂父亲的耳朵,"你……看见什么了你?"

"半夜三点,你用自行车驮着一大包东西打猪场回来,不是猪肉,还能是什么?"

小飞撞了他一膀子,又眯眯泛红的肿眼泡,暧昧一笑。

"那么沉的一大包,不是头猪,难不成还能是个人?"

08

宿醉（上）

鳖孙，让你猜对了，还真就是个人。

马大骏心底一颤，嘴上却什么也没说，只僵着脸，甩开小飞的纠缠，推着父亲拖着狗，急匆匆往家里走。

自然，也无视了不远处牛老头的招呼。

通了，如此一来，全说得通了。

事到如今，大骏终于想明白了，那个不认识的老头为什么会被冻在他家冰柜里。小飞的威胁似是某种指引，补全了他醉酒断片后缺席的记忆。

这事真要追的话，那得追到半个礼拜前。

那晚，他接到老胡的电话，说想寻个地方聚聚，大骏一口应承下来。一块儿干了七八年的活，这还是工友们头一回约他。

店是他推荐的，永盛家常菜，一对中年夫妻经营的小馆子。

门面不大，民房改的，没什么装修，高处架台电视机，屋里塞几张小桌子，就算成了。菜品多是家常菜，赢在量大实惠。

大骏之前常去，一来二去就和老板混熟了。不忙时，跛腿的老板就倚着柜台跟他闲扯几句，抱怨下如今生意难做。

自打知道他家下有个即将高考的闺女，上有个瘫了十来年的老娘，大骏得空就帮着宣传馆子，逢年过节也都是从他家打包肉菜回去，算是照顾下生意。

这天，大骏提早预备好，天还没擦黑[1]，人就进了永盛家常菜的门，轻车熟路地寻了张靠里的桌子，跟老板点了几个硬菜，叫了几扎酒，又预先垫付上饭钱。

他知道，厂子停工之后，大家日子都不好过。相较下来，自己这个本地人多少还算宽裕些，起码省去了房租这个大头，便懒得计较那么多，只念着今晚喝个痛快酒，唠唠心里话。

毕竟，他在家里也是只能报喜，不敢报忧。

没多久，昔日的工友们陆续进了门，围桌而坐，加他拢共六个。

几句程式化的寒暄过后，众人几乎同时哑了口，饭桌上弥漫着一股子微妙的尴尬。

虽是一块儿造粒、称药、打泥头的老伙计，但大骏跟他们几个并不十分熟稔，说到底，也只能算是工友关系。

如今工作没了，唯一的联结也就断了，至于这"友"还能不能算得上，又能再算多久，一时间，大骏心里面也没了底。

他本就不善言辞，何况中间又隔了六七个月的光景，再见面，不免多了份小心翼翼，话语间试探着彼此的温度和界限。

偶尔随别人东一句西一句地拉着家常，讲些没滋苴拉味儿的车轱辘话，更多时候，只是"喀喀喀"不住地清嗓子，一旦跟谁眼神交会，便附上一个干巴巴的笑，表明自己没有恶意。

好在菜一入口，酒一下肚，气氛缓和了几分，大骏也跟着松了口气，活泛起来。

他端着杯，听几人天南海北地胡侃，要么相互吹捧，要么相互拆台，自顾自地嘿嘿傻笑。

众人你一言我一语，话题就着酒，很快又绕到了那起事故上。

去年冬天，噼啪烟花厂给爆竹装药的那间库房发生了爆炸，五人受伤。这事惊动了媒体，电视和报纸轮着报道了一天，厂子很快也被关停，接受调查。

---

[1] 方言，天色开始黑下来。

台西镇的老百姓议论纷纷，有人说是操作失误，有人说是器械老化，有人说知道内幕：死了不少人，只不过里外勾结，沆瀣一气，厂长带头藏匿尸体，瞒报伤情。

还有人说，事故的根源就在于烟花厂的名字不吉，叫什么噼啪，一听就得炸。

不过一觉过后，这场意外很快就被其他意外所掩盖。没法子，谁让这世间最不缺的就是悲剧。

过了没几天，鸣不平的忘记了，看热闹的散去了，人人期盼着农历新年的到来，一派欢喜中，日子大步向前，只有受伤的工人就此搁浅在病榻之上，日复一日地徘徊于墨色冬夜，不见天光。

"那王八蛋有信儿了吗？"说话的是程明，问的是大骏。

虽然这世间有许多个王八蛋，但在座的心里面门清，此处特指李大金。

大骏摇摇头："没信儿，我俩也再没联系过。"

闻言，饭桌上有几个低下头去，程明则响亮地喊了一声。

"我就知道问不出个什么来，你俩兄弟情深，我们不过是外人。"

这话引得大骏微微反感，却又不好发作，只能耐着性，接连又念叨了好几遍"真不知道"。

话一落地，其余几人互递眼色，大骏只装作看不见，低头喝酒。

恰此时，老板一瘸一瘸地过来了，搁下一盘子虾米拌黄瓜，一盘子辣炒蛤蜊，满脸堆笑。

"哥几个喝好，这两个菜算是送的。"

随着老板走远，程明夹起片蛤蜊："你跟老板认识？"

"算是吧，"大骏逐渐有些烦躁，"之前来过几次。"

"怪不得。"程明用胳膊肘捅捅旁边的人，"我就说吧，怪不得他非选这家吃。"

"不是，程明你到底什么意思？"大骏拉下脸来，"有话直说，别老在那桌子底下捣鼓小动作。"

"我没什么话，就送你一句，人在做天在看，昧良心挣来的，小心有命挣没命花。"

大骏霍地起身:"说清楚来,说清楚,我怎么对不起良心了?"

"坐坐坐……"老胡一把将他按下,又瞅了圈周围的看客,打起圆场,"自家哥几个,起什么急?有话好好说,咱今天主要是解决问题,别伤了多年感情。"

他掉过脸来,拍拍大骏的手。

"小马,老哥实话跟你讲,不容易,我们几个今年过得都不容易啊。厂长那边,你要是知道什么,给我们透个信,我们也好早做打算——"

"对,我们也好规划规划,"旁边人附和道,"该回老家回老家,不在这儿傻等了。"

"别坑弟兄几个,"另一个垂下头去,声音小得近乎听不见,"我们真没钱了。"

"等等,我蒙了,脑子嗡嗡乱。"大骏环视一圈,"你们觉得,我应该知道什么?"

"再装?"程明冷哼一声,"我们都得着信了,说厂子的地皮已经转出去了,要改养猪,一车车砖头水泥往那儿拉,圈都垒好了,下半年就开。"

"这不也挺好的。"大骏眨眨眼,"咱培训培训,一块儿养猪,虽说脏点、臭点,可起码比做爆竹安全吧,这是好事——"

"你他妈是真能装,还要我再说吗?"程明点点桌子,调门儿拔高,"跟咱没关系,一分没有,不——"

他朝地上啐了口。

"是跟我们几个没关系,你跟李大金要好,早给你安排好位子了。"

"你胡咧咧些什么?"

"马大骏,你自己心里清楚,咱今晚上为什么选这儿?"程明粗短的手指一下下戳着他的肋骨,"你带人来吃,应该有回扣吧?"

大骏攥着酒杯,手不住地抖。

"怎么的,马大骏,平日憨了吧唧地给李大金当狗腿子,心眼子全用在算计我们哥几个身上了?"

血冲脑门，等大骏清醒过来，一杯酒全泼在了程明脸上。

下一瞬，程明号叫着扑过来。

桌掀了，碗摔了，众人厮打起来。

大骏只觉头重脚轻，脚下一绊，磕在地上，紧接着被谁压了下去。混乱之中，他好像挥了几拳出去，又好像挨得更多。

耳畔乱糟糟的，有人劝架，有人尖叫，有人拍照，而他眼前一黑，只觉得莫名其妙：今晚不是来唠唠心里话的吗？怎么就变成这样了？刚才哥几个还碰杯来着，怎么就突然打起来了呢？

半小时后，大骏独坐在马路牙子上，捡了张皱巴巴的卫生纸，一点点擦拭额角上的血，疼得龇牙咧嘴。

有人打后面扯扯他挣开的衣领。

是饭店老板："兄弟，没事吧？"

"没事没事，"大骏狠狠地摆摆手，扭头，却瞥见老板娘正蹲在地上，弯腰捡拾摔碎的餐碟，心底不由得泛起一股子愧疚，"不好意思啊，你说今晚弄的——"

他讪讪笑着，垂着头，来回搓弄手里的卫生纸。

"你说这事弄的——"

老板一摆手，止住他的絮叨。

"既然你没事，那就说说赔偿的事。"

"欸？"

"刚才，你们掀了三张桌子，摔了十套餐具，折了把椅子，掼[1]了半箱啤酒，还有，两桌客人让你们打跑了，没结账——"

老板住了口，逆着光，一双眼直勾勾盯着他。大骏忽然觉得那张脸十分陌生。

"兄弟，你看咱是私了，还是我报警？"

---

[1] 方言，扔、摔。

09

宿醉(中)

当啷啷,一枚钢镚落地,兜了几个圈,一溜烟儿滚进过道深处瞧不见的角落。

"就这些了。"

大骏将钱包翻了个底朝天,抖了几抖。

"再多的,一个子儿也没了。"

老板没言语,将钱拢成一沓,沾着唾沫点数,半晌才抬起头来。

"这也不够啊,还差一百多呢。"

"要不我每天过来给你们刷碗扫地,"大骏抹了把后脖子的汗,"不用管饭,我白干一个礼拜。"

"你就没存款吗?"

"有,不过大头都在你手里了。"

大骏开口,不想扯痛了嘴角的伤,咝咝倒着气。

"我寻思请客嘛,整的都取出来了,卡里就还剩下十二块六。你如果要的话,明早我去趟银行,上柜台都取出来。"

"我活这么久,头回见着为了请客倾家荡产的,你真是傻——"

老板顿了顿。

"啥也不说了,损己利人,老哥佩服。"

大骏没听出这明褒暗贬的弦外之音,只惨兮兮一笑。

"主要我们厂大半年没开工资了,我爸妈每个月吃药也得花不少钱。

你看这样成吗，剩下的一百二，我每月分批还，你要是不信，我可以现在就给你打个欠条。"

说着，他薅了几张餐巾纸，扭着身子，往柜台上一趴，歪歪扭扭地写起来。末了，他又沾着脸上的鼻血，庄重地将五个指头摁了个遍。

"好了。"他自个儿小声念叨了几遍，将纸巾推过来，"你看看，中不中。"

老板捏着没有血的地方，慢吞吞地举至眼前，纸上的字迹龙飞凤舞，勉强可辨：

今日马大骏欠老板一百二十块钱，每月还三十，不还王八蛋！

找人揍我，没话说！

老板低头看看欠条，又抬头看看大骏，拧着眉憋了半天，终是一挥手。

"你走吧。"

"那我先走一步，不好意思啊，给你们添麻烦了。"大骏双手合十，不住地点头，弓腰退出门去，"真是不好意思。"

可走了没两步，他旋身又折了回来。

"你又怎么了？"

老板微微起身，老板娘也攥着刀，打后厨探出头来。

"那个……那个什么，"大骏蹲在地上，红着脸，在泡烂了的啤酒箱里翻找，"钱我也赔过了，里面要是有没碎的，让我带回去吧。"

他寻出几瓶，搂在怀里，声音瓮瓮的，头仍是垂向地面。

"不灌酒，我今晚上肯定睡不着了。"

十来分钟后，大骏驮着一箱子啤酒，飞驰在夜色之中。

老板发了慈悲，给他挑挑拣拣，拾了大半箱，又用塑料绳帮他牢牢捆在自行车的后座上，大骏这才千恩万谢地走出门去。

他没有回家，反而径直骑向了坦岛，向着城市最浓的一处夜色埋头猛蹬。

坦岛在台西镇的西南边，是一处僻远的岬角，人迹罕至，而噼啪烟花厂正建在这片远离民居与喧闹的海边荒地上。

说是厂子，其实就是一排废弃了十多年的瓦房，李大金脑子活，走关系盘了下来，买了几台二手机器，挂上个招牌，就是算开了业。

工人也不知道是他打哪儿招来的，三教九流都有，反正干这行不用什么文凭，只要胆大心细肯吃苦，除了不能抽烟，不能穿化纤衣服，不能带手机进去，其他哪儿都挺好。

大骏是自告奋勇来的，刚开始跟着在"刁底"工房学"刮饼"[1]，后来发现"装药"工房挣得更多，便去了那边。

每天从凌晨四点干到转天上午九点，在遍布防雷杆和静电消除仪的房间里，给一盘盘捆好的红色空筒装填火药，一个月干下来，挣个四五千不成问题。

大骏从未想过这份工作是否高危，因为大金让他放宽心。他俩打小一起长大的，大骏信得过他，大金说安全，那就是安全。

直到媒体曝光，大骏才知道，整个厂子根本是无证经营，各项指标都不合格，就是个违法的黑心小作坊，自己能囫囵个地干到厂子倒闭，那都属于福大命大。

爆炸发生后，李大金面对伤者家属的围追堵截，声泪俱下，拍着胸脯保证，说自己一定负责到底，让伤者先安心养伤，医药费他全权承担。

掉过头来，他又冲着其他员工声泪俱下，同样胸脯拍得震天响，让他们看在昔日情分上，不要对外乱讲，各自回家避避风头，拖欠的工资转过年来必定双倍奉还。

可结果呢？

结果打那以后，李大金人间蒸发，踪影皆无。

大骏越想越气，越气越急，不由得抬起屁股站起来蹬，把脚踏板踩得哗啦啦地响，将街景与路灯尽数甩在身后。

今晚酒桌上他暴着青筋袒护大金，其实心底也是将信将疑。

如果程明一个人说，他肯定不信，可老胡是个实在人，如果连老胡

---

[1] 给爆竹筒封泥底。

也这么说，那事情八成是真的。所以他定要自己赶来，亲眼瞧瞧是非黑白。

夜风更紧了些，将他的汗与额发一并向后掀去，鼻腔里弥散着海风的腥咸，就快到了。

大骏拐下柏油大道，驰向颠簸的土路，身两侧是黑黢黢的松林，穿过这片林子，山的顶处，那片光秃秃的平地，便是烟花厂的所在。

他听着自己的心脏在腔子里剧烈蹦跶，分不清是因为慌乱还是悸动，扶把的手颤个不停。

骑了有个百十来米，隐约之间，他瞥见一捆捆的金属杆横在路边，于月色下泛着冷白。

停车观瞧，他认出那是十来根拆下来的防雷杆和静电消除仪，蓦然，黑色的不祥伏在他肩头，郁热夏夜，他激出了一身冷汗。

他慌得扔下车子，只听得身后丁零当啷的脆响，想必是后座上的酒又碎了几瓶。可此刻他实在是顾不上其他，挓挲[1]着两只手，撒腿朝山头跑去。

远远望见了厂子的轮廓，四下堆垒着小山样的沙土与砖头。

大骏仍是不信，仍是跑，直到跑到厂子门口，扶着膝猛喘。抬头看，熟悉的围墙，熟悉的铁门，可是全然陌生的招牌：

喜福生态养殖有限公司。

一颗心沉甸甸地向下堕，拖得他寸步难移。

挨了大半年的贫苦，挨了一晚上的胖揍，捧出一颗真心，等来的却是一个与己无关的结局。

他没跟任何人讲，厂长李大金消失的前一夜私下来找过他，说自己要去外地筹钱，希望大骏能支援点路费。大骏二话没说，将母亲存在自己这里的退休金尽数给了他。

今后怎么办呢？钱是穷人的命，财散尽了，命也就不久了。

月色之中，他扶着车子，颓然地向山下走去，后座破损的酒水，滴

---

[1] 方言，手、头发、树枝等张开。

滴答答地落在地上，像琥珀色的泪滴。

如果他就此离开，之后的一切本也与他无干。

然而，他却做出了此生第二懊恼的决定。

马大骏抓起酒瓶，一瘸一拐，向着空荡的厂房走去。

10

宿醉（下）

后来呢？

大骏坐在冰柜顶上，膝上搁着个不锈钢盆，一边择豆角，一边拼命回想那天晚上接下来发生的一切。

他依稀记得，自己提溜着几瓶酒，蹒跚地走到围墙根下。

他要报复，他要一把火点了整个厂，他……他都把酒瓶子举起来了，却又忍不住迟疑起来。

这厂子要是真烧了，新厂长怎么办？毕竟他跟自己无冤无仇。下面工人又怎么办？是不是也跟自己一样失业了？

现在找份工作可不容易，万一他们上有老下有小的，一家子都指望着这份工资糊口呢？自己这不是造孽吗？

大骏做惯了好人，就连复仇都不想伤及无辜。思来想去，发现只能从自个儿身上下手了。

对，他决定了，就在厂门口，一把火点了自己。

上新闻，上报纸，他要狠给昔日的兄弟看，他要让误会他的人在大半夜里内疚得睡不着觉，他要让媒体重新关注起烟花厂爆炸事件，他要远程硌硬死李大金。

大骏一手擎起瓶酒来，一手满纸箱里摸索，划拉半天才发现，老板没给酒起子，索性把瓶口往嘴里一塞，门牙绷紧，咬住了，一撬——瓶盖没开，牙掉了。

半截门牙径直飞了出去,他捂嘴蹲在地上,大脑也跟着清醒了几分。

不行不行,掉颗牙都这么疼,待会儿火一烧,那还了得?

凡事不能冲动,得讲究科学。

思来想去,他又一次决定了,科学自焚。

于是大骏席地而坐,怀抱大半箱子啤酒,一瓶接一瓶,左右开弓,汩汩地往肚子里灌。

他要先给自个儿来个麻醉,由里到外全用酒精泡个透,争取一点就着,全麻自焚,无痛上路。

再后来呢?

再后来,他只记得嗓子眼痒痒,夜风一撩,忍不住伏在地上呕吐起来。

吐着吐着,天旋地转,他伸手去扶墙,不想墙一闪,自己跑开了。

他跌进云里,星星围着他吵架,许多的猪跳舞,他扑上去抱住了一头,猪哼唧着挣扎,他哈哈大笑,骑着猪就跑……

再后来,他就断片了。

等醒过来的时候,已经是凌晨五点,他蜷在自家厨房的瓷砖地上,半身是血,半身是泥,身上盖着片白色塑料编织袋,腥臭。

大骏揉着眼,缓慢地坐直身体,脊背疼得要命。周身觉得一股子恶寒,原来是冰柜没有关,正四敞大开地往外冒着冷气。

他打着哈欠往里一瞅,傻了。

仰面躺着个老头,双眼微张,眼球浑浊,胸口没有任何起伏,显然已死去多时。

大骏扑通就跪下了。

这老头谁啊?

这老头怎么在他家啊?

这老头不会是他弄死的吧?

还没等他想清楚,隔壁卧室传来父亲响亮的咳痰声,母亲打着哈欠,趿拉着拖鞋往厨房这边走来,大骏赶忙脱下汗衫扔进冰柜,抓起几袋子速冻水饺盖在上面，眼不见为净。

一连几日，他茶饭不思，而今日小飞的话算是给他提了醒：

第一，这老头势必跟厂子有关。

第二，这老头是自己喝得醉三马四，骑着自行车，一脚一脚蹬回来的。

第三，自己驮老头这事有目击者，而且很可能不止一个，将来真要是闹哄起来，自己恐怕难择干净。

得报警吧，是得报警，毕竟是人命官司，总不能在自家冰柜里冻一辈子。

大骏掏出手机，连按了两个数，可第三下却始终没有勇气落下来。

老头是什么时候死的？是自己驮他之前，还是自己驮他之后？还是自己驮的路上给颠死的？而且，好好的老头，为什么会在编织袋里呢？

正胡乱想着，砰的一声，卧室门被撞开，母亲叉腰立在门口。

"你是不是有病？"

她一把给他从冰柜上揪下来。

"我就下楼扔趟垃圾的工夫，回来咱家冰柜没了，我一顿好找，差点就报警了，好端端的，你把冰柜挪你屋来干吗？"

"我——"大骏喀喀两声，"我这不寻思换换装修风格嘛——"

挨了两脚之后，大骏不得不把冰柜重新搬回厨房。

"最近你不对劲，"母亲背对着他洗菜，"是不是有什么事瞒我？"

"没有。"

"我问你，你最近晚上老不在家，在外头没作什么妖吧？"

"没有。"

"真没有？"母亲回头瞅着他，"别想骗我，你尾巴一翘，我就知道你要拉什么屎。"

大骏不搭腔，装模作样地去抠菜板上的木刺，不去看她。

"恁牛大爷跟我说，你昨天大半夜跑到他花园里——"

一颗心抽抽起来，大骏低头紧闭着嘴，生怕自己一松口，真相就自己吐露出来。

·055·

"你是不是搞对象了?"

"啊?"他茫然抬头,"这个真没有。"

"这个可以有。"

母亲慢悠悠地转过身去,继续搓洗着芹菜叶上的碎泥。

"我跟你说,别老想着我跟恁爸的病,你们年轻人,该享受享受,等你们到我们这个年纪了,给你钱都不知道该怎么花了。

"还有,你搞对象吧,该花的得花。别心疼,别抠搜,你长得随你爸,又不好看,找着个对象不容易。

"你说你又没钱,又没样,人家小嫚[1]能看上你,说明她心眼好,你也得对得起人家。这叫什么?这就叫两好搁一好。

"所以,你给人小嫚好好地去挑束花,不要去偷,这个钱不能省。没钱给妈说,妈有——"

大骏听着母亲的唠叨,往嘴里塞了半截黄瓜瓢,胡乱地点着头。

"还有,我跟你说,就算你搞对象,也别往小树林里钻,特别是坦岛那块儿。"

母亲打攒的塑料袋里翻出个大的,弯腰套进垃圾桶。

"最近不太平,听说那边小树林里死人了。"

大骏突然直咳嗽,红着脸憋出几个字。

"死谁了?"

"这我哪儿知道,我也是听恁英子姨说的。说有个晨练的大姨,天天在那儿撞树,回家发现衣服后背上黑乎乎的一块,往盆里一泡——"

母亲找出几头大蒜,利落地扒皮:"我就说吧,这些东西哪儿有广告上那么好洗,一般的洗衣粉根本搓不干净,就得先泡,而且必须凉水泡——"

大骏打断母亲的跑题:"然后呢?"

"然后,泡下来红通通的一大盆,"母亲瞪大眼睛,以示恐怖,"一大盆水,血红血红的。"

---

[1] 方言,女孩子。

"大姨衣服掉色?"

"腥得要命,估计是血。"母亲摇摇头,"还有人在附近泥地里发现一小块白色的玩意儿,梆硬,说是牙。"

大骏赶紧把嘴抿上:"再然后呢?"

"这事都传开了,越说越玄乎,恁牛大爷分析,八成又是凶杀案,他准备晚上带着手电亲自去看看,要是真不对劲,立马报警。"

"报警?"

"那当然了,万一真有事呢?"母亲大力捣着蒜,"现在只有血和牙,其他的没找着,估计是给藏起来了。一想到这个杀人犯可能还在外面到处晃悠,我这心里就堵得慌。报警好,报警给他抓起来,枪毙。"

大骏头上冒了汗,摇晃着站不稳。

"怎么了?是不是中暑了?"

母亲偏过头来,用视力尚好的左眼瞅住了他。

"今晚上吃凉面,你多吃点蒜,杀菌,听见没有——"

没有,母亲后面的话,马大骏是一句也没听进去。

他傻愣愣地望向窗外,一抹红澄澄的夕阳正落入海中,盯久了金光闪耀的晚霞,眼前反倒是漆黑一片。

隔壁响起了《新闻联播》的前奏,黑夜正在拉开序幕。

今晚,他给自己下了最后通牒,今晚必须做个了断。

炼金篇（二）

11

错过

李大金发了，李大金飘了，李大金觉得自己富甲一方，无所不能了。

直到小汽车在山沟沟里没了油。

车卡在半山坡上，不上不下，进退两难。

周遭是层层叠叠的山，怪石嶙峋，犬牙交错，棕红色花岗岩被日头烤得冒油，李大金极目远眺，山海之间，不见人烟。

他不想停在原地等下去，万一冯平贵他们追上来呢？

他将金子分作几份，一部分装进行李箱，一部分塞入手提袋，还剩下十几根没处搁，便将上衣脱下来，袖口一系，勉强挽成个包袱，朝后一甩，扛在肩上。

他显然低估了金子的重量，走了没有百十来米，就给坠得腰酸背痛，两股战战，加上一天一宿没吃饭，此刻头晕眼花，冷汗顺着脊梁沟往下淌。

就在他眼前一黑，即将朝前扑下去的那一瞬，一双手打后面搀住了他。

"小哥，你还好吧？"

李大金落在后座，光着膀子，不住地朝前探身，从前座的座椅靠背处抽纸巾来擦汗。

轿车里冷气充足，吹得他重新焕发生机，甚至连打了几个喷嚏。纸巾擦完汗又被他转手抹了鼻涕,软塌塌地攥在手里。

沉甸甸的包袱就搁在腿上,他若无其事地用两条胳膊拢住,挡了个严严实实。

"好人啊,得亏遇见恁,"他笑笑,冲坐他旁边的白衣男子点点头,"不然得跑死我。"

"客气了,顺路载你一程,应该的,"开车的大只狗也报以憨笑,"大哥常教导我们,生意人嘛,出来谋事,和气为贵。"

"恁做生意的?"李大金张大眼,"什么生意?"

大只狗打后视镜看了眼廖伯贤,试探性回道:"我们包了家茶厂,顺便也包了几个山头,准备种——"

"人生的环境,乞食嘛会出头天;莫怨天莫尤人,命顺命歹拢是一生——"

喧闹的彩铃埋住了他后半截的话,大金顺着铃声,看向始终沉默的廖伯贤。

"大哥,你这个手机铃声很艺术啊。"大金用胳膊肘捣捣他,"你也喜欢伍佰?"

"啥?"

"歌手,伍佰,"大金扯着蹩脚的普通话,"这不是他那个……叫什么来着,《世界第一名》?"

廖伯贤没理会他,微微侧身,接起电话。

"阿仁,"他警惕地瞥了眼旁边,压低声音,"你讲。"

"这个歌我也会唱两句,"李大金转过脸去,继续撺掇大只狗,"闽南语我自学过,后面的歌词是什么来着?是缘分,是注定……"

"什么叫只找到车?"

"好汉剖腹来参见……"

"东西呢?"廖伯贤左脸贴紧手机,抬手堵住右边耳朵,"人呢?"

"求名利无了时……"

"什么叫不见,大白天的,好好的怎么会不见?"廖伯贤降下车窗,索性将整颗脑袋探了出去,"你说有人接应?难不成他还有同伙吗?"

"千金难买好人生。"

"没时间了,赶紧找到!"

廖伯贤和李大金两人几乎是同时收了声。

廖伯贤重重地跌回座椅,扭头看向窗外飞速后撤的树影,脸色阴沉。车里陷入短暂的尴尬,只有风声猎猎,吹拂着他的白色对襟短褂。

"大哥,"李大金小心翼翼地伸出胳膊,"人前面开着空调呢,你开窗不环保。"

车窗被他自作主张地升了起来,这下廖伯贤连风景也没得看,只能在墨色玻璃上,与气闷的自己大眼瞪小眼。

"大哥,"大金挪动屁股,试着继续寻找话题,"要找人?"

"嗯。"

"什么人?"他龇牙一笑,"跟我说说,万一我认识呢。"

"不劳烦了。"廖伯贤头朝后一仰,闭目养神。

大金点点头,没一会儿又来了精神:"恁不是本地人吧?"

"橡岛人。"

"哎哟,怪不得啊,讲话软绵绵的,听着很文明。"

大金凑过去:"怎么样?"

廖伯贤慌忙朝后躲:"什么怎么样?"

"咱祖国母亲现在发展得不错吧?"他眨眨眼,"白叛逆了,早回来早拉倒。"

廖伯贤懒得搭理,胡乱点头。

"都说两岸一家亲,相逢是缘,要不咱合个照吧——"

廖伯贤一把将他推开,大金一怔,身子探向前排,又去跟大只狗嘀咕。

"你这个哥们儿,挺内向啊。"

"我们大佬,呃,"大只狗边说边拨着方向盘,"大哥,最近上火,嘴角有泡,不大爱讲话,有什么事你问我就好。"

"大哥为什么上火?"

"就是我们原本有场交易,结果箱子一开——"

"喀。"

廖伯贤一清嗓子,大只狗立马住了口,但憋了没几秒,他一撇嘴,又开始忍不住念叨起来。

"具体的不能讲太多,就是……你了那种感觉吗?就是原本一切顺利,突然,莫名其妙地,多了一些东西——"

"我懂,我真懂,我可太懂了,"大金一把搂住前座椅,全然不顾膝上的包袱咚的一声滚了下去,"我当时也是,一开盖,我靠,脑瓜子都麻了——"

"对,真的吓死人了,里面突然多了个——"

"大只狗,专心开车,"廖伯贤突然睁开了眼,"快些开,送完小哥,我们还要赶去谈买卖,不要误了时间。"

"了。"

大只狗朝后扭头,冲大金一笑。

"小哥,待会儿给你送到码头就可以吗?"

李大金在码头下了车,车子一拐,又行了几百米,等到彻底看不见大金挥手道别的身影,隐忍了一路的廖伯贤终于发作。

他抬起屁股,打后面一巴掌狠拍在大只狗的后脑勺。

"夭寿!又不是巴士,不要胡乱载人!"

"贤哥,我不是看他可怜嘛,他长得好像我死去的阿伯啊。"

"你再干蠢事,我就送你去见阿伯!"

廖伯贤寻出条帕子,细细擦拭真皮座椅上大金留下的汗渍。

"也不把一把自己的斤两,拜托你上道点,咱是帮会,又不是救济会,要做好事,你怎么不出家当和尚啊?"

大只狗撇撇嘴,小声反驳:"上次你还不是派人送卖瓜的阿公回家……"

"你还跟我顶嘴,你——"

廖伯贤抄起后座的一样东西作势要打,手却突然悬在半空。

"这什么?"

四四方方一长条,用层层纸巾裹得严实,掂在手里有些许分量。

"哦，那个呀，"大只狗嘿嘿一笑，"小哥好客气，讲我们搭他一程，非要送件小礼物给我们，说藏在了椅子下面，还叮嘱一定要等他走远了再打开，神神秘秘的……"

廖伯贤没等他说完，三两下就撕开外层包裹的纸巾，一整根黄澄澄的金条冷冰冰地躺在他掌心。

"干[1]，"他眨巴眨巴眼，喃喃自语，"干了。"

"贤哥，怎么？"

"掉头！掉头！掉头！"

廖伯贤揪住大只狗的头发，疯狂摇晃。

"给我把人追回来！"

---

[1] 方言，事情变坏，糟。

12

不速客

"谢谢啊,小伙。"

大金握住对面人的手,使劲晃了两下。

"欸,小伙,你谁啊?"

对面摆弄发动机的青年顶着头乱蓬蓬的卷发,回过脸来,一笑,俩酒窝。

"哥,我鹁鸽崖的,姓王,你叫我宝进就成。"

"你叫我大——"大金顿了顿,"叫我大哥就成。"

渔船发动起来,青年抽出条污漆漆的抹布来擦手。

"大哥,你不是本地人不知道,这载人的小船,一天就一班。而且现在不是旅游旺季,时间更没个准。要不是遇见我,保不齐你得在日头下面白晒一天。"

他抬起头,眯眼望向海岸。

"那俩人你认识吗?"

几十米开外,廖伯贤和大只狗正在码头边上蹿下跳,隔海望去,只见二人拼命舞动两手,却不知在喊些什么。

"那是我橡岛的朋友,"大金扶着船帮,湿了眼眶,"没想到,短短的一路,居然处出感情来了,橡岛人民真热情啊,还专程跑回来送我。"

他起身,双手拢成喇叭。

"别送啦,回去吧。"

李大金左右挥动着手臂。

"再见！有缘再见！"

渔船拐了几个弯，晃晃悠悠，驶向深海，廖伯贤和大只狗的身影，连同远处连绵的群山，一并消失在视线尽头。

目之所及，除海天一色，再无旁物。船只行走在碎琉璃间，大金出神地望向海面，阳光倾泻而下，像摇曳的金箔，晃得他睁不开眼。

"大哥，你这箱子和包袱里装的是啥？"宝进盘腿在大金对面坐下，"怪沉的，一搬上来，船都沉下去一大块呢。"

说着，他伸出一只手就要摸，大金赶忙挡住，着慌地将箱子护到自己身后。

"没什么，里面全是石头。"

"石头？"

"对，那个什么……绿石，"他搓搓鼻子，"其实，我是个地质学家。"

"大哥，看不出来，你还是个文化人哩，"宝进竖起大拇指，眼睛亮闪闪的，"好好研究，带着我们这块儿好好发展，也让我们少吃点苦。"

大金笑笑，没言声，只清了清嗓子，就别过脸去，伸手去抠弄船帮上的油漆。

这是艘老旧的渔船，风吹日晒，海水浸蚀，外层蓝色的油漆斑驳剥落，露出内里酱色的木头。船头挂着一只破旧的汽车轮胎，宝进告诉他这叫靠球，是停船时用来缓冲的，便宜耐用的民间智慧。

大金屁股底下垫着一盘缆绳，身后堆砌着塑料桶和泡沫箱，再加上他的行李，腿伸不太开，略感局促。一吸气，一股子浓郁的鱼腥味蹿进天灵盖，些许呛鼻，好在海风拂面，也不算太难捱。

毕竟人家载他进城也只要三十块钱，他也不愿计较太多。

大金倚着船帮，看宝进在另一头理顺着渔网。

他指指桅杆："小伙，如果咱用帆——"

宝进脸色一僵："快'呸呸呸'，不能说那个字，不吉利。我们在外打鱼的，最忌讳这类字眼。大哥，这个叫篷。"

他双手合十，嘴里念念有词，面朝大海，向着未知的神明虔诚地拜了几拜。

"有讲头的，比如，我们在码头上卸完货了，不能说没有了，而要说货满了。再比如，不能两腿悬空坐在船边，容易被水鬼拖去做替身；也不能吹口哨，对龙王不敬，容易招来台风和大鱼的攻击。"

大金被他说得一愣一愣的，挠挠头。

"对不起啊，不知者不怪。"他也学着宝进的样子拜了几拜，"这么些规矩，还真是行行出状元。"

"我也只是知道些皮毛，其实我们家是以种茶为生的，这不近几年气候不好嘛，茶叶做不下去，就租条船来打打鱼，勉强糊口。"

"你这个船——"大金住了嘴，又赶紧冲着甲板拜了几拜，"看起来也挺高寿了，没想过换个新的？"

"确实是老船了，不过不讲究那些，能用就行。"

宝进搓着背心下摆的泥，淳朴一笑。

"要是换了大船，那一天光出海的油钱就要四千多，自己一人还开不动，得再雇几个帮工。哥，你知道不，现在单一个人，一天就算什么也不干，人家陪你跑一趟下来，工资就是一千五百块。

"再说了，海里货也少了，经常一天下来什么也捞不着，白白搭钱。还是老船好，一人吃饱，不用操心别的，再个，脾气也摸透了，安全。"

渔船像是能听懂一般，摇晃着脑袋，载着二人，颠簸向前。

"那要是碰上收成好的时候，能挣着大钱吗？"

"当天打的当天卖，特别是夏天，放不住。"宝进伸过手来，在他面前比画，"红娘鱼就两块钱一斤，虾虎鱼十块，海蛎和蛤蜊那些更是堆成一堆，赔钱卖。有时候一天下来，也就打个三四十斤的东西，你算嘛。"

大金默不作声，心里寻思着，要不下船的时候，也给他扔几根金条吧。

"不过不打鱼的时候，我也跟着跑跑白事。"

"白事？"

大金猛地抬头，暗中攥紧手中的包袱，冷汗浮在脊背上。

"对，布噶庄有个冯平贵，你知道吗？"宝进低下头去，重新整理起渔网，像是没注意到他的异样，"我得空时候，就跟着他干。"

"哦，是吗？"

大金住了嘴，假装去看远处的风景。头顶上，几只海鸟似是闻到了腥气，张着翅膀，盘桓嘶鸣。

"哥，听说了吗，城里来了个大老板，专程给金子办葬礼。"

宝进忽地抬起眼来，直勾勾地瞪着他。

"你说招笑不招笑，这不浪催的吗？"

"哈哈哈，纯属有病。"大金嘴上应和着，眼珠子却滴溜乱转，扭头寻摸着陆地。可除了天尽头有座小小的馒头岛，四下空荡，只有深不见底的海，再无其他依傍。

"欸？我怎么没看见其他渔船？"大金假意岔开话题，"咱没跑错路吧？"

"当然没有了。"

宝进起身，大力抖动着渔网，将绳子顺时针方向挽在左手上，背心下的腱子肉一耸一耸的。

"毕竟现在又没开海。"

"那你这——"

"我这不是专门为你跑一趟嘛。"

宝进回身看他，背对着太阳，黑晃晃地笑。

"哥，我们还有句俗话，叫'十网九网空，一网就成功'。"

"什么意——"

话未尽，只见宝进右手一提，一甩，渔网大张，从天而降，似天罗地网般，将大金纠缠裹挟，挣扎不脱，他脚下一绊，扑跌在甲板上。

紧接着，一柄鱼叉又刺向了喉下。

宝进擎着鱼叉，居高临下地俯视着李大金。

"想活命，就把金子都交出来。"

13

第三人

　　张扬着倒钩的鱼叉,距离大金颈脉,不到一寸。
　　喉头涌动,对面的叉也跟着起伏,李大金与王宝进四目相对,两滴汗在同一瞬坠落。
　　"大哥,你信我,"宝进面目狰狞,额上条条青筋,"我真是个好人。"
　　大金不开口,只盯着眼前闪烁的寒光,他后撤,刺就逼近,枉死近在眼前。
　　"这片海上就咱俩人,大哥,我跟你撂句掏心窝子的话,我是真心想要你的金子。"
　　宝进抬高鱼叉,又近了一步。
　　"李大厂长,算我求你了。"
　　"你这是个求人的态度?"大金头一昂,"先把鱼叉给我拽[1]了!"
　　宝进顺从地将鱼叉一丢:"真求你。"
　　"不乐意。"
　　"那我就扎你。"宝进复拾起鱼叉。
　　李大金连滚带爬,挣扎着滚到船头,支棱起脑袋,尖着嘴叫嚣。
　　"你再敢往前一步,我就在船上吹口哨了,我还就他妈召唤龙王了,大不了船一掀,咱俩一块儿死!"

---

[1] 方言,丢,扔。

"那都是封建迷信,世上哪儿有什么龙——"

咚,一声闷响,船身左右摇晃。

二人皆定住,四下环顾,却只见海面上风平浪静,无任何异样。

"你晃的?"

大金摇头。

"你晃的?"

宝进也摇头,右手握紧鱼叉,大金一见,又吹起口哨。

咚咚,这回是两声。老旧木船晃动得更加剧烈,几近掀翻。二人脚下趔趄,头晕目眩,一前一后扑身过去抱紧桅杆,撞了个头挨头、肩抵肩,才算是勉强稳住身子重心。

大金瞪着宝进:"真有龙王?"

宝进瞪着大金:"吹哨就来,这龙王声控的?"

咚,咚,咚,三声。二人顺着响动,同时低头看向甲板——声音来自脚底。

紧接着,海水迸裂,浪花四溅,哗啦啦的水声中,船身朝左侧倾斜,大量海水倒灌进来。宝进站立不稳,脚下一滑,整个人摔进泡沫箱里,大金则趁机从渔网中挣脱,压他肩膀,锁他脖子。

"救命,咕嘟咕嘟,救命——"

第三个人的声音恰在此时响起,近在耳边,却又转瞬即逝。

大金停了手:"欸?你刚才听没听见什么——"

宝进顺势抄起个塑料桶,一把扣在大金头上,大金眼前一黑,胡乱挥拳,宝进麻利地爬起来,朝后拧他的胳膊,逆转战局。

"救命——"

"真有声音,在那边,"宝进也住了手,"大哥,你快看那边!"

"我看个屁看,你先把桶给我摘了!"

二人暂时停战,将金子护在身后,齐刷刷瞪向渔船左舷。

一双手,湿漉漉、皱巴巴的,正扒在船帮上。海水自指尖往下滴,一滴,两滴,洇湿一小片甲板。

"这他妈又是什么?"

宝进挠挠头，对自己的答案并不十分确信。

"美人鱼？"

渔船尚在行进之中，发动机轰鸣，那双手支撑不住，重跌回水里，转瞬间便被水流推远，化作十米开外的白色海面上一个若隐若现的幻觉。

咕嘟，咕嘟，最后几颗水泡也覆灭，层层涟漪散去，海面重新恢复了寂静。

"刚才，那是个人吧？"

大金眨巴眨巴眼，缓过神来。

"操，那是个人，救他！"

他踩着船帮就要跳，却被宝进一把攥住了膀子。

"渔人有渔人的规矩，但凡遇见落海的，不能去救。那是水鬼拉替身，强行救人便是坏了他们的好事，记仇的水鬼会缠上渔家，让他就此再也打不到鱼。"

"那你的意思是——"

"算了，"宝进一咬牙，鞋一蹬，"反正我本来也捕不到鱼，先救了再说。"

扑通，二人近乎同时跃进水中。

十来分钟后，两人一左一右，相对而立，中间的甲板上，瘫着个昏迷不醒的男人。

黑衣黑裤尽数湿透，紧箍在身上，胸口不见任何起伏。

男人比想象中更沉，仅凭一人难以救起。刚才两人不得不合力将落水者翻了个身，一人一手托举头部，让他的脸浮出水面，另一手奋力朝前划水；另一人则一会儿抓住肩膀，不让男人乱动，一会儿抬起身子，推着向渔船的方向蹬。

此刻，人是拖了上来，可他俩也累得东倒西歪，一个斜坐在缆绳上，一个蹲在自己的行李箱上，各自气喘吁吁，再也没了打架的力气。

日头滚烫，很快便蒸干了脊背上的水，脖颈被晒得红肿脱皮，汗一淌，生疼。

"这怎么回事？"大金拢着自己的行李，匀着气息，"附近也没见着船啊，打哪儿来的？"

"不知道，"宝进摇摇头，"估计是个失足青年吧。"

"你不会用词就白瞎用。"大金朝男人一抬下巴，"先救人，赶紧的吧。"

宝进点头，手脚并用，跌跌撞撞地爬过去，深吸一口气，却觉得眼前一黑，一头栽倒在男人旁边。

"你能不能行了？"

"缓缓，"宝进大口大口呕着海水，"我先缓缓，刚才快累吐了。"

吐了能有个十来秒，宝进拭去嘴角污物，重新打起精神来，强支着两条膀子，哆哆嗦嗦地跪坐在落水者身旁，刚要低头查看他的口鼻，手却突然停住。

他抬头，纠结地望着大金。

"你待会儿不会趁机偷袭我吧？"

大金摆摆手："心有余，力不足。"

宝进又盯住大金瞧了一会儿，话几次涌到嘴边，犹犹豫豫，又几次咽了回去，最终俯下身去，耳贴近男人的左胸。

"大哥——"

"怎么了？"

"真结实，"宝进敲敲男人的胸口，"这个人没少练块，肌肉硬邦邦的。"

"白耍流氓，救人！"

宝进点头，再次趴下去。

"有心跳，"他笑着拍打，"他还有心跳！"

"你白那么使劲压他，再压就没了，你给他嘴里吹吹气。"

宝进熟练地捏开男人的嘴，简单清理了几下，好在并没有多少泥沙。他深吸一口气，将要低头，却见身下的人两眼一睁，目光灼灼地盯着他。

"你醒——"

宝进话没说完,男人抬膝抵着他的小腿,朝外一顶,右手兜住他的脖子,一个翻身,便将宝进牢牢压在身下,打靴筒里抽出匕首,反手一横,正架在他脖颈底下。

阿仁的额发滴着水,水滑进眼里,些许遮挡住视线,他咬住牙,强睁着眼睛,目不转睛地瞪视大金。

"金子给我。"

他呼吸急促,手却纹丝不动。

"不然,宰了他。"

14

海 底

大金一怔,而后笑了,身子往后一靠,跷起二郎腿。

"宰吧。"

"啊?"

"你不宰我瞧不起你,"他一昂脖,向着阿仁挑衅,"你有本事现在就动手,白废话,直接咔嚓一下,给他个痛快,我没意见。"

"我有意见,"宝进急了,"我救你,你宰我,你还是人吗?"

匕首向下了几分。

"不不不,不是,我的意思是,哥们儿你这样会不会太冲动,"宝进结结巴巴,"再说了,你俩都不会开船,我死了,回不了岸,大家谁也活不成。"

阿仁一愣,起身,匕首也跟着挪开了几分。

由于廖伯贤催促,他在港口寻了条破船就往海里冲,到了中央才想起来自己根本就不会开,船翻人落海,剩下的路程是游过来的,力气早已损耗了大半。

刚才在海里一扑腾,腿又转了筋,如今疼得要命,可面上不便表露,只能强撑着。

他看向宝进:"你开船载我回去。"

"行。"

他看向大金:"你把金子交给我。"

"不行。"

阿仁一怒,刀口再次压了下来。

"大哥,他说的不行,你砍他去啊。"

宝进梗着脖子,朝一侧拼命躲闪。

"你老朝着我一个下手算什么?我和他根本就不认识啊!"

大金本是窝在一旁看热闹,寻思只等两人打起来,他来个鹬蚌相争,渔人得利,可没承想,阿仁乜他一眼,另一只手一伸,打后腰摸出把枪来。

枪口黑洞洞的,正对准他的大脑瓜子。

大金笑不出来了。

"兄弟,有事好商量。"

他左右腾挪,枪口跟着他移动。

"咱仨别急着开干,统一一下诉求。"大金举起手来,"我先说,我只要金子。"

宝进跟着举手:"我也要金子。"

"巧了,"阿仁冷脸,"我也是。"

"那咱仨分分?"

三人略一思索,答得异口同声。

"不行。"

风吹云走,遮住了日头,一片影笼住老旧渔船。

宝进盯着阿仁,阿仁看着大金,大金觑着宝进。各怀鬼胎,暗自盘算。

大金脸上升起个笑来,朝着阿仁近了一步。

"我怀疑你的枪——"

砰!

"哦,真枪啊——"他飞速后撤,"第一次见,跟着您开眼了。"

大金讪讪笑着,却见地上的宝进一个劲地冲他使眼色。

鱼叉正落在宝进左手边不远处,一起身便能够到,只要阿仁侧侧身,只要阿仁不注意……

宝进眨了两下眼，大金懂了。

"你有枪了不起？"

他唱起黑脸，目的就在于激怒阿仁，吸引注意力。

阿仁果真看向他："你想怎样？"

"我——"

大金打了个磕巴，眼见着宝进已悄悄起身，左手攥住了鱼叉，因而硬绷住，咬着牙，又往前挪了一步。

"我就想告诉你——"

"怎样？"

同一瞬，宝进举起鱼叉，阿仁扣动扳机，大金朝前一扑，怒吼一声：

"你死定了！"

二人被背对背捆住，缆绳一圈一圈，从下巴绕到手肘。

阿仁只给宝进留出两只手来开船。

"我都不想撅你了，好好的，你能把自己给绊倒。"大金冷哼一声，"你当你是小美人鱼？你肚脐眼下面那俩分岔是刚长出来的？要不是咱俩背对背，我真想啐你一脸。"

宝进蔫头耷脑，不说话。

甲板中央，竖着宝进刚才插偏了的鱼叉。阿仁盘膝而坐，将大金的行李与包袱尽数打开，金条摊了半船，正挨个点数，算着总量。

"小哥，"大金对着他谄笑，"小哥，金条都给你了，我俩不要了。这样吧，你也别客气了，不用再送了，船一靠岸，我俩自己走就行。"

"不行，"阿仁头也没抬，"还差一样东西。"

"都在这儿了，还差什么？"

阿仁起身，走到两人跟前。

"你俩的命。"

"为什么？"

"因为你俩知道的太多了。"

"我俩知道什么啊？"

阿仁衔起支烟:"不要再演了,你们肯定知道我是喜福会派来的杀手,也肯定知道喜福会是橡岛数一数二的大帮会,更加知道这批金子是喜福会准备走私到海外的,这不仅关乎帮会未来的发展,更关乎新上位的廖伯贤要如何立威。"

他眯起眼,看向二人。

"你俩知道这么多秘密,还想活?"

"在你说之前,我们确实不知道。"

"对啊,"宝进点头,"现在,我们是真知道了。"

忽然间,渔船左右摇晃,猛地向一侧倾斜。宝进和大金打了个趔趄,阿仁强扎马步,才算稳住。

"又来了?"大金傻眼,"恁组织到底派了几个人来?"

阿仁没言声,只擎着枪,小心地靠近船边。

"谁?"

阿仁大喝一声,海面上并没有人影,唯有风声阵阵,浪花激涌。

"宝进兄弟,我打听个事,"大金压低声音,"你船上,原来就有个喷泉吗?"

"没有啊。"

"哦,"大金点头,"明白了,那就是船漏了。"

大金蹲着往上蹦。

"杀手朋友,白耍帅了,地上那么大个洞你看不见吗?"他急得跺脚,"鱼叉底下有个大窟窿,你赶紧找个什么东西给堵上哇,不然咱仨就一块儿海葬啦!"

船舱本就狭小,堆满渔网缆绳,三个成年男人,又加上百斤重的黄金,负载过多,转眼间,汩汩海水就打甲板上的孔洞涌了上来,浸湿了鞋底。

阿仁一怔,拔出鱼叉。

咕嘟咕嘟,水流激增,海水没过脚踝。

阿仁再一怔,将鱼叉又大力插了回去。

咔嚓,甲板彻底断裂,海水撒着欢喷冒,瞬间没过小腿,渔船加速下沉。

"别慌，听我的，"宝进白了脸，"先给我解开。"

阿仁略一思忖，还是一刀挑开麻绳。宝进与大金分开，重获自由。

宝进指挥着他们抓浮具，找容器，朝外舀水，然而，已是无力回天。海水打四面灌进来，泡沫箱子在船舱里漂来荡去。

大金突然想起什么，弓下腰去，手忙脚乱地一阵摸索，将沉在船底的金条慌乱地扔回行李袋中。

渔船倾斜，一根根金条堕入海中，一闪，便消失不见。

船沉了。三人被浪吞没。

海水灌进耳道，浸没口鼻。大金听不清宝进在远处吼些什么，咕嘟咕嘟，心底寂静，只剩下水声。

他朝上蹬腿，奈何包里的金条太过沉重，只被坠得向下。

他舍不得松。

呼吸艰难，胸口挤压，肺部憋得快要爆炸，一张嘴，一连串的小气泡向上升去。

大金抬头，看见光，在遥远的头顶，摇晃，缩小。四下越来越黑，越来越冰，人间离他而去，千里迢迢，变成银河尽头的一颗小星。

他不甘。

不能死在这儿，烟花厂的员工还在等着他回去，他还要用这些金子去救他们的命。

还有他爸，还有——

意识渐渐模糊。

李大金环抱黄金，向无尽的海底沉去。

销骨篇(二)

15

丢手绢

海风吹来，大骏打了个寒战。

他坐在广场边的木椅上，脚边放着只蛇皮口袋。鼓鼓囊囊，金黄色的，当中印着硕大的"尿素"二字，鲜红夺目，耀武扬威。

蛇皮袋本是老家亲戚用来送地瓜的，不想今晚竟给大骏帮了忙。某种液体自塑料编织的缝隙间洇出来，沾到地砖上，小小的一圈印，与灯下他的影融为一体，他没察觉。

马大骏抬头四顾，若无其事地吹起口哨来。

跳完广场舞的大姨大爷们，三三两两，挽着胳膊，甩着手，打眼前一拨拨地过去。夜色渐浓，风中浸着股潮湿的寒意，散步消食的，遛狗拉呱的，陆陆续续回了家，嬉笑远去，广场空荡冷清下来。

他看了眼手机，九点四十五分，台西镇的夜生活即将结束。

大骏起身，两手抄袋，在周遭小步转悠，时不时回头，视线并不敢离开蛇皮袋太久。

广场边缘种着排法国梧桐，黑黢黢的树影间，藏着个同样墨黑的身影，手持长棒，来回挥动。

一个大爷在舞棍。

舞棍？他定住脚一瞧，哦，原来是在粘知了。

他重新踱回去，在板凳上坐定，与蛇皮口袋刻意保持一段距离。

他在等。

等夜深，等人散，等大爷把知了粘完。

等抛尸的好时机。

离了冰柜，尸体上的冰碴开始化水，滴滴答答的，袋子底下的印记越来越大。

晚饭时，他预想了很多种抛尸方法。剁，他下不去手；埋，他找不到地；自首，那不可能。纠结之际，他听见隔壁的争吵。

砰的一声，钝器落地，紧随其后的是一声威胁。

"你信不信我跳海去。"

"跳去，"另一个人尖锐地反讥，"吓唬谁啊，反正大海又没有盖，有本事现在你就跳去。"

大骏闻言一愣，福至心灵。

对啊，大海没有盖。

古人不都云了嘛，海纳百川，何况是一个干巴巴的老头呢，能纳，纳得下。

天黑透，待父母睡沉，他换了身不准备再要的旧衣裳，扛着袋子就出了门——没蹬自行车，不想留下太多证据。

一路戴着口罩，低头，专挑老街，紧贴着墙根下走，万幸没遇见什么人。

琴岛虽三面环海，但留给他的选择很有限，毕竟没有车，去不了太偏太远，总不能扛着尸首坐地铁、过安检。

思来想去，还是选在台西镇附近，人少，海野，地头熟悉。

他一路走一路挑，浅海不行，沿岸三五步，岸上有钓鱼的，海里有潜水的，钓鱼的还经常把潜水的给钓上来。前些天新闻上不是演了吗？一个潜水的大爷，十分钟被两拨人钩上来好几回。

大骏不想冒险，这片的钓鱼佬技术差，劲又大，除了鱼，什么都敢往上钓。

最终，他选中了大峡广场，准确点说，是琴人坝。

广场形似一个硕大的逗号，尾上的那一撇，便是深入汪洋的狭长堤坝。长堤尽头，立着一座巨大的白色灯塔，灯塔早已被废弃，仅剩副空架子。

因为谐音"情人坝",前些年作为网红打卡景点,吸引了不少年轻眷侣前来拍照,如今风头过去,再次陷入被人遗忘的命运。

大骏又看了眼手机,快十一点了,知了和大爷都没了声息。

广场冷下来,只有零星飞蛾不倦地飞扑着橙色街灯。天高海阔,一钩弯月,他与老人仿佛世间残存的最后两个人类,一死一生。灯塔墓碑一般,矗立在远处的墨色海面上。

它在等。墓穴已备好,只待冤魂降临。

"走吧。"

大骏对着袋子轻声招呼,自然是没有回应。

海风呼啸,浪拍打着堤岸。四下没有灯,路面湿滑,大骏拖着袋子,一点点地朝前挪。

不知为何,大骏总觉得暗处有眼睛盯着自己,可张望了一圈,海与天连成一片混沌,什么都看不见。

肯定是疑心,他安慰自己,这深更半夜的,正常人谁会躲在这儿呢?

挨到灯塔根下,大骏住了脚。耳边只剩下涛声,间或夹杂着自己慌乱的呼吸声。

他朝前迈了几步,脚下一绊,似是踢到了什么,咕噜噜滚远,扑通一声,落入水中。

他懒得去管。一颗心怦怦跳,只顾着将那蛇皮袋横在地上,调整好角度,手脚哆嗦得不成样子,但他不敢停,只怕略一迟缓,自己就丢了一鼓作气的决心。

只要一脚,尸体滚下去,大海自会吞噬一切证据,等再浮上来,指纹毛发都被冲刷得干干净净,谁也寻不到他头上来。

大骏暗自打气。

只要一脚,便又可以回到寻常日子去,可以抬头挺胸地走在青天白日之下。

只要一脚。

他猛提一口气，提膝，抬腿，将将要踢——

天亮了。

面对突如其来的白昼，大骏蒙了。

几盏探照灯亮起，照亮地上的蜡烛与鲜花，气球与彩带，藏在灯塔后的人欢呼着蹦出来，将一个手持玫瑰的男人推到大骏面前。

"亲爱的，你——"

惊讶的男人看着惊讶的大骏，周边是同样惊讶的亲朋好友。

一双手将他扯出鲜花摆的心形圈："大哥，你往边走走，没见着人家求婚呢？"

"对，准备好几天了，被你一脚蹬坏了。"

另一人指指地上摆的名字。

"人家叫小王，那个点被你踹海里了，就剩下个小王。"

"小王是谁啊？"

声音打背后传来，真正的女主姗姗来迟，气急败坏地指着地上摆的字。

"我说你最近怎么行踪不定，原来是准备跟小王求婚啊。"女孩一包抢过来，"费心了，大半夜的，还专程把我叫来，怎么着，给你俩证婚是吗？"

求婚变争吵，起哄的变劝架的，乌泱泱地吵吵闹闹，拉胳膊扯腿地推搡，只有大骏提着他的尿素袋子站在状况之外，心想：

这他娘的都是些什么事啊！

半夜十二点十五分，大骏扛着袋子，走在陌生的街头。

老头没抛出去，还做了半天和事佬，要不是身上没钱，差点连份子都随出去了。末了还跟一帮子人拍了合照，一个手持摄像机的男青年差点把镜头贴他脸上，非让他送几句祝福。

"大哥，随便说两句吧，"青年冲他笑笑，"留个纪念。"

大骏脸上也跟着笑，暗自寻思，这哪儿是留纪念，这简直是人赃并获，要给我留罪证啊。他将蛇皮袋子藏到身后，红着脸直搓手。

"新婚快乐，happy——"

本想来个洋气的,结果"happy"了半天也没"happy"出个所以然来。

"happy……嗯……发财。"

新郎看他扛着个大包,非要给他送回家,大骏只得胡乱编了个地址。如今他站在午夜的十字路口,自己也掉了向,不知道身处何地。

街灯昏暗,树影婆娑,他掮着尸体,默然无声地朝前走。老头完全化了冻,一路哩哩啦啦,冰水顺着背脊往下淌,他一步一抖。

穿过一条暗巷时,身后传来由远至近的轰鸣,一辆摩托车飞驰而来。

大骏没有回头,也不想躲闪。

大不了你撞死我,一了百了。

他正念叨着,车擦着肩膀过去,一阵凉风,他忽觉肩头一轻,袋子没了。

抢劫。

他遇上飞车抢劫的了,被抢走的正是他肩上的蛇皮口袋。

可没承想,袋子太沉,直接将俩劫匪从座上拽了下来,狗趴在地。摩托车也跟着侧翻,轮子嗡嗡空转。

一时间,一人两匪,面面相觑,中间是那只尿素袋子。

气氛有些许微妙。

大骏突然松了口气,抬高两手,后撤一步。

"喜欢就拿去,白送你们啦。"

说完,大骏扭头撒丫子就跑,咯咯的笑声回荡在夜色之中。

16

父 亲

没送出去。

大骏刚跑了一条街,就听见身后愈来愈近的轰响,摩托车很快追了上来,在他面前一横,带起一阵风。

"晦气!"

匪徒两手一扬,一道黑影扑面而来,砰的一声响,蛇皮口袋重重跌在地上,滚了几圈,翻到他脚下,停了。

摩托车扬长而去。

袋子显然被人打开瞧过,惊惶之下,没有重新扎紧。老人脑袋摔在外面,脖子磕歪了,拧成个诡异的弯。几绺灰白色的发,泡在街边的一摊污泥里,腥臊烂臭。

老人不在乎,一言不发,面目安详。

大骏蹲在地上,伸手,想要帮他扶正。试了几下,都没掰回来。大骏手上没轻重,一使劲,咔嚓,脖颈歪斜得更加厉害,像株不堪重负的向日葵。

老人并没有责怪他。

他心底忽地涌上一股不忍。老头子跟自己无冤无仇,枉死却又不得入土为安,还要被他人这么来回折腾,死无尊严,像皮球一样地遍地踢。

"造孽啊。"大骏叹了口气,不知在说谁。

他将袋子重新扎上口,扛上肩头,沿着闪烁不定的街灯,一直朝前走。口子勒不紧,不知怎的,走着走着,一条胳膊耷拉出来,手正垂在他的脸旁,啪,一走就是一巴掌。大骏没停下,一下下地挨着,觉得自己该。

两点多的时候,他到了自家楼下。老小区,没电梯,只能背着尸首,一阶阶地往上爬。

夜已深,人未眠,单薄的墙壁隔不住秘密,各有各的悲欢。

一楼亮着灯,墨绿色的防盗门半敞,烟雾缭绕,尼古丁混着蚊香的气息。白炽灯下,一圈人凑在一堆打"够级",嬉笑怒骂间,扑克牌被摔得震天响。

二楼是对小夫妻,见人点头,未语先笑。老公为多挣钱,专跑夜班出租,媳妇害怕,就一宿一宿地开着电视机,声音贼大。也不看,就听声,屏上的人演着他们的戏,她眼一闭,做着自己个儿的梦。

三楼是小飞家,又是吵闹的打砸声,以及绵延不绝的骂与哭。

众人早已习惯,这个酒疯子每逢喝多了,回家总要闹上一场。想他妈一个寡妇,忍耐几十年给他拉扯大了,一天福没享,还得跟在这个孽种后面,四处收拾烂摊子,日复一日的煎熬,年复一年的屈辱。

旁人看不惯,想着教训两句,可老太太护犊子,逢人就讲:"你们不知道,小飞其实孝顺得很,人不坏,就是脾气暴躁点。"

日子久了,别人也就懒得管了,再撕打起来,只当听不见,随他家闹去。

马大骏一层层往上爬。背着老头一路走回来,他力气早用透了,累得气喘如牛,两股战战。

可他不敢停,生怕遇见哪家的活人,再来个节外生枝。一步一颤,一阶一喘,扯着楼梯扶手,把牙根咬酸,胳膊带腿,将身子生生往上送。

直至拐过头来,上了四楼与五楼之间的平台,他才停了步,泄了劲,袋子一撂,坐在地上休憩。

四楼没人住,不,曾经是有人住的。

那年除夕，炉子没封好，一氧化碳中毒，一大家子都没了。住院的老头勉强逃过一劫，旁人帮忙瞒着，他也没多想，只埋怨家人对自己不上心，这大过年的，连饺子也不给送一盘。

等他出院回了家，纸兜不住火，水落石出。老人没哭，没闹，只晃晃愣神，怔了大半天，双手合十，谢过每一位安慰走动的邻居。

当天晚上，他就挂在了客厅的暖气管上，跟着去了，于彼岸阖家团圆。

邻居们跟着唏嘘哀伤了一阵子，缓过神来，就开始骂，骂晦气，骂一家子短命鬼，带低了整栋楼的房价，房子今后怕是都不好出手。

再后来，就生出许多传说。楼下的说，半夜总听见天花板有走动的声音。对面的说，看见过窗口人影晃动，一家子笑呵呵地包饺子。

四楼住对门的一户实在是怕得不行，隔月就搬走了，之后再没人敢来。入夜之后，整一层黑洞洞的。

大骏倒是不怕，怕什么，死老头见得多了，旁边不就窝着一个吗？常言说得好，虱子多了不怕咬。

再说了，四楼的大爷以前常跟他爸一块儿下象棋，知根知底。他知道，那大爷是个好老头，死了也定是个好老鬼，不会害他。

要是世上真有鬼，他倒希望尿素袋子里这位能给自个儿托个梦，告诉他，这一切到底是怎么回事。

大骏坐在台阶上，抻开两条长腿，汗顺着膝盖窝往下淌。

袋子被撂在旁边，他想了想，松开袋口，将老人的上半身放了出来，也给他透透气。

老人脖子一歪，倚在他肩上，只看影子，亲密无间。

大骏叼起支烟，停了会儿，又另抽出一支来，塞进老人嘴里。

声控灯灭了，四周昏黑一片，两指间的星火是唯一的亮堂处。

"大爷，贵姓啊？"

老人没理他。

"哪儿的人啊？"

老人依旧没说话。

"你说你这么多天不回家,家人不得担心死?不得到处找你?"

老人合眼抿唇,专心抽烟。

"不过,我也没见着附近有发寻人启事的,都没有人找你。"他捅捅老头,"怎么着,跟家人关系不好?欸,你家是男孩女孩?你不会是个孤寡老头吧?不会没人管你死活吧?要是这样,对我来说是好事——"

他住了口,眼里的光重新暗了下来,吃了不少亏,总学不会将自己的乐踩在别人的痛上。

"我希望不是,要不然你这辈子太可怜了。"

烟烧到了尽头,他也终于吐出一直想说的话。

"大爷,我看你慈眉善目的,应该也是个好老头。"

他冲老头苦笑。

"你再等几天,等我给我爸妈挣出点养老钱,我就去自首。我相信警察同志肯定能还咱俩个真相,要真是我杀的你,我绝对偿命——"

被一口烟呛住,他捂着胸口,剧烈咳嗽。声控灯亮了,青白色的冷光填满逼仄的走廊。

大骏抹着泪抬头,却见一道影,正打在对面的墙上。

有人。

有人站在他后面,不知站了多久,也不知听去多少。

大骏登时僵了,木然回头。

只见自己的父亲马老爷子扶着栏杆,站在楼梯口,宽大的裤衩底下是两条瘦弱的腿,颤颤巍巍的。他左脚穿着拖鞋,右脚赤脚,歪歪扭扭地朝前挪,像刚学会走路的苍老的幼童。

"爸,你——"

你什么呢?他自己也不知后面要问什么。

你怎么站起来了?

你怎么自己出来了?

你听见什么了?

你不会报警吧?

要说的太多,反倒一时间哑了口。马老爷子望着他,眼神一反往日的混沌，目光如炬，神志清明。那一瞥，浸着失望、怀疑、愤怒与悲悯。

"大骏啊——"

时隔几年，再一次听父亲唤自己名字，却是在这种场合。他无数次祈求父亲恢复神志，却不想碰巧是在抛尸的这天。

"你——"

不愧是父子，话都说半截。

马老爷子伸出条手臂来，枯瘦干瘪，一个劲地朝前伸，向他探来。似要打，似要扶，抖得如同北风中的枝丫。

大骏耐着性等，等一个结果，等一个发落。

可他万万没想到，等来的却是父亲脚下踉跄，一头从楼梯顶上栽了下来。

17

扯白

人乏累，全仗头顶的灯提着一股子劲。

急诊室里灯如昼，没有温度的冷光，照着一张张木然穿行的脸。走廊里遍布床和椅，病人或躺或坐，如在博物馆一般，展览着各色病痛。

收款处，马大骏手肘撑在冰凉的台面上，于玻璃上望见自己的倒影，面色青白，像只未死的鬼。

"押金三万。"

里面收款的当他没听清，又说了一回。

"三万？"大骏抿了下唇，重复道。

"对，三万。"收费员打了个哈欠，"现金还是刷卡？"

"三万，就能保证治好是吧？"

"这是住院押金和手术初始费用，不够的话，后面需要额外再补。具体等检测结果，看你们选什么材料，找哪位医生手术。"

大骏磨蹭着："那个……能不能……便宜点？"

他觍着脸笑，仿佛笑就能遮得住窘迫。

收费员一愣，别过头去，继续噼里啪啦敲着键盘。

"这儿不是菜市场，没人跟你讨价还价。"

大骏倒也不恼，搓搓鼻子，还要说什么，一只手拍拍他肩头。是排在他身后的男人，男人居高临下地俯视他，面上虽笑，眼里已然躁了。

"哥们儿，你要是不急先让我们交，孩子那边等着打针呢。"

"就是,"后面的跟着帮腔,"我们还急着看病呢。"

"交不交?不交闪边去。"

"没带钱凑什么热闹?"

长长的交费队伍躁动起来,千夫所指,贫穷就是原罪,穷人哪里配生急病。

"有钱有钱,就是忘带卡了,"大骏撤出身来,忙向不相干的人解释,"你们先来,你们先。"他笑着,让着,贴着瓷砖,做贼心虚一般地退了出去。

可最终又能退到哪里去呢,他爸还在阴阳之间等着他挽回。

马老爷子一头栽下来,周身多处骨折,最严重的是颅骨,水泥台阶正磕到后脑,人现在昏迷不醒,亟待手术。

大骏一步步朝前挪,心底将认识的熟人捋了一圈,盘算着这等年景中,哪些亲戚朋友还能掏出闲钱来救急。

他老远看见走廊尽头,逆着光,一道人影正左右张望。

他妈站在那儿,茫然四顾,身上穿着十多年前买的那身居家服。

"大骏啊,"她急颠颠地过来,一把扯住他的手,"医生说恁爸脑子里有个什么瘤子,一跌跌破了,还得再——"

母亲颠三倒四地说了许多,可大骏什么也没听见。

他与外界之间忽然多了一层膜,悲喜怨嗔,各不相干。

他看着那些行色匆忙的人,看着拧眉呻吟的病患,看着哭累了的小孩将脑袋靠在母亲肩上昏睡,鼻头微红,张着嘴呼吸,想起疼来了,便在睡梦中继续哼唧几声。

他忽地想起小时候,每次来医院都慌得不行,害怕压舌板,害怕消毒液,害怕冰凉的听诊器,害怕其他小孩的号哭。

最怕的当然还是打针,特别是屁股针。不得不打的时候,母亲就骗他,笑着说:"你跟着护士姐姐去里间吃糖豆。"

他总是笑着进去,哭着出来,可下回一说吃糖豆,他还是会上当。

"怎么办?"

他回过神来,母亲指尖冰凉。

"大骏,我之前存你那儿的钱,是不是不够?"

母亲盯住他,仅有的一只好眼流着泪,眼神中充满恳求,仿佛只要他点下头,父亲便有救。

妈,钱被大金卷跑了,咱现在是彻彻底底的穷光蛋。

残忍的真相涌到嘴边,他停住了。他看见母亲的前襟上,印着的带蝴蝶结的小狗。

衣服被洗了太多次,小狗已经脱胶开裂,碎成一片片干渣,支离破碎地笑。这件衣服无论花色还是款式,都不适合她,买下的理由无他,只因便宜。

"够。"

现在,他变成了发糖豆的大人。

"我有钱,有很多很多钱,放心吧。"

从小,父母就教育他,一定要做个诚实的孩子,可他还是学会了撒谎。

从什么时候开始的呢?

从认识李大金开始。

"这不叫撒谎,这叫变通。"说这话时,十来岁的李大金得意扬扬。

李大金很早就意识到语言是能够操控人心的。同一件事,说法不同,结果也不同。犯错的时候,话到嘴边,说一半,吞一半,把不利于自己的那部分隐去,受罚的便不会是自己。

李大金好像总是比马大骏更灵活些。大骏是块硬邦邦的石头,而大金是风,是水,是活了千年的妖精,知进退、能屈伸,无论境遇如何,总是能寻得最好的结果。

审时度势是种天赋,是马大骏一辈子学不来的本领。

十五岁那年,李大金撺掇他写下战书,兄弟俩要一起跟学校里的小混混一决雌雄。等到了现场,眼见对方人多势众,大金却将战书向他手里一塞。

"大骏,你不是要送信吗?"

大骏一人单挑整个团伙,结果可想而知。

事后大金也不悔，笑嘻嘻地凑过来。

"嘿，我不是看见曼丽在边上嘛，寻思让你出出风头，谁知道你这么差劲。"

说罢，撞一撞他的膀子。

"不是我说，你真该锻炼了，身板太弱了，赶明儿我监督你。"

一通话下来，大骏反倒成了扶不上墙的烂泥，对大金的良苦用心感激不尽。

二十一岁那年，俩人在海边洗海澡，碰见个溺水的。大骏二话不说跳下去救人，等着救上来了，周遭也围了一圈看热闹的，七嘴八舌，问见义勇为的叫什么名，大骏累得气喘吁吁，只摆摆手："雷锋。"

而大金却理理头发，声如洪钟："我叫李大金。"

第二天，李大金的名字印在晚报的封面上，传遍了琴岛的大街小巷。

再后来呢，李大金当了厂长，马大骏给他打工，每年过年能多领一箱子鞭炮。他家的鞭炮，总是比邻居家的响得更久一些，红纸落地，铺满厚厚一层。

那是大骏一年之中最为风光的时刻，大人小孩都围着他讨好，索要各式免费的花炮。

等到烟蓝色的雾气散去，出了腊月门，人们便又一次遗忘了大骏。

因而大骏的盼头很简单，就是过完年了等过年。

可李大金不一样，他总是站在聚光灯下的那个。

人人更喜欢能说会道的李大金，他们骂他，可他们也依赖他，大金总是有胆子、有主意。李大金的存在让马大骏真正懂得，原来人世间的运行法则并非善恶，而是有没有用。

一个能给别人带来好处的恶棍，远胜过一无是处的好人，他是个好人，可是全无用处，一个无害亦无用的、蠢钝的好人。

马大骏背靠走廊，蹲在地上，盯着自己夜市上买来的拖鞋。

奶奶在世时总告诫他，要做个老实人。可奶奶不会知道，如今"老实人"已经变成了骂人的话。见风使舵的，个个风生水起；老实巴交的，却总是人见人欺。

"今天是个好日子，心想的事儿都能成——"

刺耳的铃声响起，大骏赶忙去掏口袋。

原本喜庆的歌词在急诊室里显得格外不合时宜，大骏在旁人异样的眼光中接起电话，对自我的厌弃又多了几分。

"喂？"

可很快，他的注意力就被电话里的消息攫住。

"人找着了？在哪儿？"

声音流畅地传达过来。大骏登时起身，眼前一黑，赶忙扶住了墙。

"什么？淹死了？"

18

岛 子

他挣扎着上了岸，筋疲力尽。

翻过身来，呕出肚腹中的腥咸海水，连带着一尾小鱼。身下并非沙滩，而是赤红色的宽广石台，坚硬潮湿。银白色小鱼大张着眼迸跃，鱼尾啪啪抽打地面。

他盯了一会儿，终是不忍心，踉跄着，用尽最后一丝气力，挥手将小鱼扔进海浪。

这是哪儿？

李大金瘫在地上，以手遮眼，耳畔只剩下自己急促的呼吸声。头顶烈日高悬，可他还是冷得发抖，牙齿疾叩，咯咯作响。

身侧是一面高耸的变质岩石壁，巍峨逼天，红黑灰青白，石层五色相间，斑斓若锈。四周错布着大小石墩，海涛湍急，二者相击，一时间银沫飞溅。

他在岛上，海上的石岛。

依稀记得，王宝进掏出渔网之前，他曾经四下观望过。当时在海面尽头，远远有座绿莹莹的馒头岛。自己应该是游到了这里。

落水的最后一刻，他还是选择了保命。

手一松，身子便轻盈地上升，成千上万根金条代他葬身海底。这一日将成为他毕生的执念，亿万富翁的美梦只持续了一天的时间，他连一根金条都没得到，转眼间便浮华梦碎，又一次一贫如洗。

李大金趴在石滩上，心痛得生不如死。

日头蒸干了身上的水，白色盐渍凝在后脊梁上，皮肤绷得紧巴巴的，又疼又痒。他磨磨叽叽地在身下划拉，将硌着自己的小石子一颗颗甩走，等摸到裤兜的时候，停住了。

四四方方的小长条，硬邦邦、凉冰冰的。

金条。

他腾地一下弹起来，左右裤兜翻了个底朝天，拢共寻出六根来。

最后的六根。

对，他想起来了，船沉之前他曾拼命往裤兜里塞了几根。大金将仅剩的金条贴在脸上，又亲又啃，嘿嘿傻笑。

"喂——"

有人。他慌忙将金条塞进裤腰里，这才抬头去看。恍惚间，一个黑色的人影打远处朝他走来，愈来愈近。

卷毛，傻笑，大高个。

王宝进。李大金认了出来，宝进这王八犊子也没死。

他挣扎着起身，左右环顾，寻找能打架的玩意儿，结果眼前一黑，扑通就给人跪下了。

自打昨晚从布噶庄出门，他就没捞着吃口热乎东西，这连打带游一路折腾下来，大概是低血糖了。心跳飙升、冷汗直淌、脸色瞬间变白，眼前却是一片黑。

出师未捷，先死为敬。

"你给我停下，"他强撑着叫嚣，"再过来，我不客气了！"

没承想，话音刚落，宝进居然真的停了。紧接着，他撒腿就跑。

"欸？"

大金疑惑着回头，却与杀气腾腾的阿仁四目相对。

"你——"

还没"你"完，头上重重挨了一记，当即昏死过去。

宝进和阿仁相对而立，双双挂了彩。不远处是昏迷的李大金。

他的网和鱼叉，他的枪和匕首，通通落入海去，赤手空拳地打了一下午。宝进虽不会打架，但是耐揍，就这么折腾到了日落时分。

此时二人的体力和精神双双逼近极限，一个气喘如牛，一个脚步虚浮，再纠缠下去都没有好处，决一死战，迫在眉睫。

夕阳入海。

宝进大喝一声，一拳挥向阿仁的脑袋，而阿仁身子灵活一闪，伸手握住宝进的拳头，向腰间用力一扯。左转身，上右步，另一手钩住后颈，一记利落的夹脖拧摔，转眼宝进被摔在地上。

宝进跌得眼冒金星，再没了挣扎的气力，干脆闭上眼等死。

谁知勒住他喉颈的手一松，对方突然停了手。再睁眼，阿仁已经自顾自走远，只留给他一个蹒跚的背影。

宝进坐起身来，有些诧异，冲着他大吼。

"不杀我了？"

阿仁头都没回："明早九点。"

"啥？"宝进几步追过去，"怎么还定点的？"

"天一黑我就收工。"阿仁一瘸一拐地向前，"滚远些，下班后我不想看到工作在眼前晃悠。"

"你不怕我跑了？"

听到这句，阿仁总算是住了脚，回头睨他一眼。

"有本事就逃逃看。"

宝进转身就跑。

可是入夜之后四野漆黑，唯有海浪咆哮。宝进精疲力竭地转了一大圈，根本找不到上山的路，再远的地方林密水深，他也不敢摸着黑贸然行进。相比之下，之前所在的石滩是唯一平坦开阔的安全地带。

兜兜转转，宝进无意间又绕了回来，此时阿仁已经生起一团篝火，赤着膀子，用撕碎的布条擦拭身上的血。他远远望了眼宝进，又低下头去包扎伤口。

宝进在火光边缘停住，二人隔着一段距离。他手握石头，偷眼打量，只等半夜这人一合眼，一石头给他控制起来。

阿仁后背受了伤，斜插入半截碎木刺，他伸长胳膊，龇牙咧嘴，依然够不到。宝进蹲在一旁瞅了半天，犹豫再三，上前帮他一把拔了出来，又闷不吭声地坐了回去。

阿仁一怔，嘴巴动了动，却什么也没说出来。伤口处理完，他一时间也没了事情可干，对着火光发呆，肚子咕噜作响。

"你杀过不少人吧？"

阿仁沉默，用木枝拨动篝火。

"你不杀我行不行？"

阿仁依旧不说话，只往里添了几根柴。

"干脆你也别回去了，反正金条没了，你回去也没法交差。"

"我下班了，不要老提工作的事。"

木柴爆裂，橙红色的火星打着旋儿升上天空。岛上没有灯光，反衬得头顶星河璀璨。

"都是死人，密密麻麻的死人。"阿仁喃喃。

"哪儿？"宝进惊恐，四下张望。阿仁却没搭腔，自顾自另开了一个话茬。

"你知道为什么我今晚不动手吗？"

"你是不是夜盲症？"

阿仁没理他，而是抬头望天。

"星星在看。"

宝进点头。他完全没听懂，也不敢胡乱接话，只心中暗自叫苦，不仅碰上个黑社会，还是个神经病，这可怎么脱身。

阿仁拨动木柴，火舌跃动，又亮堂了几分。

"按你们当地的说法，死去的人会去哪里？"

"我们，呃，信马克思，"宝进字斟句酌，不想激怒他，"一般死了都去火葬场。"

"喊，一点都不美。"阿仁身子朝后一仰，"在我们那边，传说人死后，会变成天上的一颗星星。"

他低了声音，也垂下脸来，脸上有羞愧一闪而过。

"我不想她看到我杀人。"

"她是谁？"

没有回答。在这沉默之中，宝进却觅出一条生路。

"你要是杀我，我就上去告状。"他以手指天，信心满满。

"你敢！"阿仁声似威胁，却怕得变了脸色。

"你杀我，我就敢，"宝进梗着脖子后撤，"我都死了，还有什么不敢的。横竖拉你垫背！"

"那我就去那边再杀你一次！"

阿仁冲过去作势要打，宝进双手护头，连声大喊："星星看着呢。"

果然停了手。阿仁揪住他的背心，一把将他提溜了起来。

"笑。"

"什么？"

"我让你笑。"阿仁咬着牙，钩住他的肩膀，在他耳边念叨，"她不喜欢我跟人打架。"

"我们是兄弟，刚才是说笑的。"他抬头望向夜空，转脸又瞪住宝进，"你也说。"

"我们——"宝进被他卡住了脖子，"我们是兄弟。"

"好一对海尔兄弟。"

第三个人的声音。李大金自暗处走出来，手里握着把枪。

"既然你俩兄弟情深，那我一颗子弹，送你们一块儿上路。"

19

长夜

"欸，咱仨是兄弟，有话好好说。"

鼻青脸肿的李大金试图拨开枪口，而阿仁一声不吭，又瞄了回去。

"别怕，"宝进在他耳边低语，"这人有夜盲症，晚上瞄不准的。"

"这——"枪就怼在大金脑门儿上，"这很难瞄不准吧！"

他试图语重心长地说："这位朋友，杀了我俩，你也活不成。你觉得单凭自己，能走出这个海岛吗？"

"就是，咱仨都不一定能走出去。"

"你闭嘴，"大金啐了宝进一口，"合着枪没戳你脑门儿上。"

他重新看向阿仁，同时伸出双手，小心翼翼地将枪口掰向宝进的方向。

"恕我直言，现在岛上情况不明，没吃的，没喝的，也许还有野兽，总之是危机四伏，你确定自己能完全应付得了？退一万步讲，你总有个闭眼睡觉的时候吧，到时候你的安全怎么保证？"

李大金强演出一派镇定自若。

"事到如今，不合作，咱仨都得死。"

阿仁想了想，终于开了口。

"你想怎样合作？"

大金冲宝进一抬头："他会造船，还认识路。"

"我——"宝进的质疑被大金一脚踹了回去，"对，这块儿我熟。"

"我能捕海鲜，食物方面可以完全交给我，"大金抢白，"至于你，你武艺高强，就负责保护我们的安全。"

因为你就是最大的不安定因素。这句话到了嘴边，大金生生吞了回去。他偷眼观察阿仁的反应，可对方并不表态，似是没听见一般。

大金吞了口唾沫，使出了撒手锏。

"金子，我还有金子。"

果然，此话一出，二人齐刷刷望向他。

"但是我不会拿出来，除非我平安离开。"

阿仁上下打量。

"不用找，不在我身上，我藏在了一个非常隐秘的位置，除了我谁也不知道。如果你想要金子回去交差，那就放我条生路。"

阿仁想了一会儿，枪口垂低了几分："你先去找点吃的。"

"好咧！"大金如蒙大赦，高举双手，转眼消失在礁石后头。十来分钟后，他兴高采烈地回来，两手掬着一小捧贝类，邀功似的冲两人展示。

"海蛎，初中语文《我的叔叔于勒》那一篇都学过吧？里面那个贵族吃的生蚝就是这么个玩意儿。可以直接吃，一口出溜一个，新鲜的，高蛋白。"

阿仁皱眉："太小了，哪里吃得饱。"

"你去，"大金恼了，也忘记怕死了，"有本事你弄个大的回来。"

阿仁喊了一声，扭身朝海里走去。四下漆黑，只听得水声喧哗，他扑腾了大半天，终于浑身湿透地回来，气喘吁吁，声音却是高昂的。

"看，我抓到了好东西。"

啪，往地上一丢，长条状生物迅速扭动逃窜。

"喏，大鳗鱼。"

"大哥，这他妈是海蛇！"

他们将海蛇剔除了毒囊和内脏，一切三段，架在火上炙烤。没有盐巴调味，外焦里嫩，也算是美味，三人狼吞虎咽，气力也跟着恢复了几分。

阿仁在海边转悠了一圈，寻了几只塑料瓶回来，用锋利的海蛎皮做刀，切割开来。个儿大的瓶子做成只倒扣的漏斗，边缘向里折叠，罩住半杯海水，如此一来，只待明早日出，气温一升，蒸馏出的淡水便能沿着漏斗的壁，一滴滴收集到夹层里，暂时解决饮水问题。

另一头大金的手机泡了水，怎么也开不了机，正一边烤火，一边有一搭没一搭地跟宝进聊天。

"渔民有落在荒岛上的时候吗？"

"有啊，有时遇见极端天气，有时跑错了航线，会有这种情况。"

"那你们怎么办？"

"我哪儿知道，我又不是渔民，"宝进龇牙一笑，"你忘啦？我装渔民就是为了骗你上船，抢你金子的。"

大金听完恨不得蹦起来扇他，可念及眼下局面，又不敢随便树敌，于是忍了下来。大金扭头瞥了眼阿仁，见他正专注地摆瓶子，没往这边看。

"宝进兄弟，你跟哥撂句实话，到底知不知道这是哪儿？"

"太黑了，实在不好辨方位，等明天咱爬去个高点的地方，我定定方向。"

"要是附近有渔船就好了。"

"难，还没开海呢，要是等渔船搭救，那至少得等到九月。"

"九月？黄花菜都凉了。"

"要不然，咱想办法报警吧？"

"不能报警——"大金下意识喊出来，一愣，又自己往回找补，"连手机都没有，拿什么报警。"

宝进点点头，看着他，突然笑了。

"怎么了？你笑得我发毛。"

"我以为你死了呢，"他拍拍大金的膀子，"真好，你还活着，咱仨都活着。这就叫大难不死，必有后福。"

大金扫了眼阿仁："有福就不会沦落到跟他一起——"

宝进摆摆手："别这么说，他很可怜，有毛病的。"他指指头，"这里,他这里不太清醒。"

你俩到底谁不清醒啊,大金欲言又止,最终只拍了拍宝进肩膀。一个疯子,一个傻子,他无比怀念正常人的世界。

当天晚上,三人围着篝火入眠,宝进凑到大金旁边,阿仁自己在另一端。

夜间有些湿寒,好在是盛夏,除了蚊虫骚扰,倒也没有其他大问题。

"金哥,你想什么呢?"

"我在想厂里的人,估计都等着我回去,联系不上我,肯定急死了。"他手枕在头下,"也不知道他们现在怎么个情况,唉。"

宝进不知如何安慰,跟着附和了几声叹息。

大金扭头看向宝进:"你呢?睡不着想什么呢?"

"我在想,要是有个枕头就好了。"

"什么玩意儿?"

"你不觉得吗?后脑勺硌得疼。"宝进坐起身来,搓着脑袋,"我还在想,如果人趴在荞麦枕头上哭,枕头会发芽吗?"

"王宝进,这个世界上已经没有你在乎的人了,是吗?"

"你说会不会?"

"睡吧,明天还有一堆事呢。"

"会不会?"

"闭嘴。"

宝进很快响起鼾声,而大金无眠,想金子,想逃跑,想要不要先下手为强。他偷偷起身,看向阿仁。阿仁躺在远处,一动不动,像是睡熟了。

大金搬了块石头回来,蹑手蹑脚,悄步挪到阿仁身后,高高举起,对准他的脑袋。

而阿仁侧身而卧,大睁着眼,手指扣在扳机上,看着地上的影子。他在等,只要大金敢砸,他就开枪,一击毙命。

双方都屏住呼吸,等待着那一刻。

"可以的，我可以的，今天不是我杀了他，明天就是他杀了我——"

大金呼哧呼哧猛喘，石头悬在当空，颤颤巍巍，半天了，就是落不下去。

"我——"他垂下手来，"我不行。"

大金放下石头，骂骂咧咧，重新躺了回去。

阿仁一直侧耳聆听，直到听见身后响起此起彼伏的鼾声，终于起身，凝视着熟睡中的二人。他端着枪，从这一个，移到另一个，来来回回，没有扣下扳机。

不是今天。

想到这里，他莫名舒了口气，翻了个身，很快便合眼睡去。

20

洞

　　他踏进一间屋,光线昏暗,门窗都用黑纸糊得严严实实。似是寻常人家,桌椅齐全,只是不见人影,空气中泛着一股子潮湿的霉气。

　　大金朝前几步,木桌上摆着几碟盘子,饭菜已冷,上面各横着几炷香。桌面落了层薄薄的尘,轻轻一触,留下清晰的指痕。

　　他回头,这才看见屋中一角置着张简易的木板床。一个老人直挺挺地躺在那儿,身穿寿衣,两手搭在身前,脸上盖着层黄表纸,面目不清。

　　他知道是那个人,又来了。

　　大金咽了口唾沫,旋身想逃,却被谁一把拽住了胳膊。

　　"儿,你是不是把我忘了?"

　　老人忽地坐起身来,掀开遮在脸上的黄表纸,冲他阴笑。脸庞凹陷,失去血气的皮肤晦暗透青,一双眼没了眼白,只剩下黑漆漆的两个洞,眨也不眨,死死盯住他。

　　"我不是你爸吗?你要丢下父亲自己逃吗?"

　　骨节突出的大手遒劲有力,猛地攥紧大金的胳膊,朝后拖拽。

　　"别挣扎了,一家人就该在一起,跟我走——"

　　"我不走!不走!我哪儿都不去!"

　　大金奋力后撤,挥拳乱打,顿然惊醒。他按住心口,大口喘息,一颗心怦怦乱蹦,冷汗顺着脊背滑下去。过了两三秒,才听见海浪拍岸的喧嚣，偶有一两声海鸟鸣叫。

天已大亮，他还在岛上。

缓过神来，这才看见阿仁就立在眼前，脸色铁青。手里攥着半只空杯，地上还有一小摊水渍。

"你要是不想走，尽管留在这儿，"他卡住大金的脖子，"再踢翻我的淡水，我就放你的血，做猪血糕。"

说完狠狠一甩，提着塑料瓶重新去打海水。大金捂住脖子咳嗽，却忽然想到什么，爬起身来，快步跟了上去。

"仁哥，跟你打听个事呗。"他堆出笑来，字斟句酌，"既然金子是你们的，那怎么跑到棺材里了？你知道吗？"

阿仁不理他，灌满海水，径自往岸上走。大金不甘心，仍追在后面问。

"里面的尸体呢？你知道尸体去哪儿了吗？"

阿仁抬头，直勾勾地望着他，不说话。大金被他盯得心慌，讪讪笑了两声，转身朝海里走去，走了几步回头望，发现阿仁依然站在原地，盯着他看。

这男人肯定知道些什么。大金掬起一捧水洗脸，脸被盐水一激，火辣辣地疼。

可是，他到底知道多少呢？他思来想去，决定不要打草惊蛇，活下去才是最要紧的。他一个猛子扎进海里，找寻果腹的吃食。

其实他是藏有私心的，趁着找食物的空当，想借机找找沉入海底的金条。可惜，几圈游下来，眼睛都瞪红了，金条还是全无踪迹。海洋无边无垠，大概是沉在了更深处。

不过，六根也够，毕竟是天上掉下来的馅饼，白吃白喝苦也甜。大金是擅长自我开解的。他计划着只要一离开岛，就想办法甩掉两人，这六根金条换成钱，也能给受伤的工人凑出一笔补偿费了。

他又转悠了几个来回，鱼没抓到，倒是摸了不少鲍鱼和海螺。他湿漉漉地上了岸，阿仁在远处捡拾冲刷上来的垃圾，而宝进不知从哪儿摘了几个青色的杏子，被酸得龇牙咧嘴，见他来了，手一伸。

"吃吗?"

大金挑了一只啃起来,梆硬,嚼在嘴里酸涩无比,可吃着吃着,倒是激出了不少口水,缓解了干渴。宝进吃完,两手一抹,抬头要喊阿仁来生火,被大金一把拦住。

"这点小事我也能干,很简单。"

寻来茅草,又在上面垫好木板,大金信心满满。

"看好了,恁哥给你表演个钻木取火。"

他两手箍住枯枝,抵在木板上飞速转动,搓到手掌变红,也不见任何起色。宝进欲言又止,大金面上挂不住,抢先辩白。

"这是个技术活,急不得,就得慢慢来。"

"可是仁哥——"

"看,冒烟了冒烟了,再吹下就着了。"大金得意扬扬,噘嘴一吹,吹大了,刚升起的白烟灭了个彻底。

"要不,我还是喊仁哥来——"

"仁哥仁哥,这才几天你就叫得这么亲。不是我说,王宝进你这个人就是太——"大金偏头,瞥见地上多了道影子,"就是太不懂事了,整天使唤仁哥,难道他不会累吗?你知道仁哥为咱俩操了多少心?生火不易,就是他来了也得——"

一条胳膊越过他的头顶探过来,啪,打火机一点,枯枝瞬间燃烧起来。

大金傻了。

阿仁扫他一眼,将打火机重新塞回裤兜,俯下身来处理鲍鱼。

"我早想说的,"宝进拍拍他的肩膀,"没插上嘴。"

大金尴尬地清清嗓子,拾起地上的果核,递给阿仁。

"仁哥,吃杏仁吗?"

食过饭后,三人沿着垭口向高处攀爬。一路山高林密,荒草蔓延,碎石路崎岖难行。走了大半天,才爬到山腰位置。

阿仁独自走在前面,用树枝抽打着及腰野草,不知名的虫一闪而过。大金和宝进跟在后面,相互埋怨。

"就赖你，要不是你见财起意，咱能掉海里去？"

"还是你小气，分我几根怎么了？"

"我小气？我跟你说，吾每天三省吾身，"大金在他头上敲了一下，"吾没有错。"

"不要再鬼扯了，"阿仁忍无可忍，扭过头来，"你俩郊游吗？能不能省点力气探路，我赶着回去，我还有弟兄——"

他住了口，加快脚步，也更加大力地抽打着道边野草。

大金跟了上去："你们不在橡岛待着，大老远跑沙东来干吗？"

"做生意。"

"什么生意？"

"关你屁事。"

大金碰碰宝进胳膊，嘀咕："不会是间谍吧？"

宝进也冲他使眼色："不会把咱俩卖了吧？"

"你们乱嘀咕什么？我们喜福会盗亦有道，早有规矩，不搬石头[1]，不开条子[2]，不控海[3]——"

"没听懂。"

"道上黑话，意思是说——"阿仁抬腿要踹宝进，"我用得着跟你解释吗？快走。"

大金觍着脸凑过去："欸，我之前也认识了两个橡岛朋友，里面有个中年大哥，都叫他贤哥。我记得在船上的时候，你提过这个名字。不会他也是你们帮派的吧？"

阿仁停住脚："你认识廖伯贤？"

大金头一仰："朋友，铁哥们儿。"

阿仁抽出枪来。

"其实也没那么熟，"大金连连摆手，躲在宝进身后，"一起拼过车，就一面之缘。"

---

[1] 黑话，指拐卖儿童。

[2] 黑话，指贩卖女性。

[3] 黑话，指涉毒。

"他，歹仔。"阿仁冷哼，"要不是恩哥下落不明，喜福会的大佬哪里轮得到他做。"

说话间，他们登上了高处，风景一览无余。但见四面环海，不见陆地，不见人迹。

"夭寿，真的是座孤岛。"

"妈了个巴子，"大金叉腰附和，"还真是。"

而宝进再三回头，抻长脖子，不知在瞧些什么。

"我是不是眼花了？"他指向对面山头，"那边，是不是有个洞？"

日暮时分，三人站在洞前，抬头仰望。

宝进摩挲着下巴："据我分析，这不是天然洞穴。"

"废话，谁家溶洞装防盗门，"大金啧啧称赞，"这么大一扇门，卖废品也能值不少钱了。"

面前山壁上，一个圆拱形石洞，三四层楼高，边缘以青石修葺齐整，于荒山野岭间略显突兀。洞口是两扇巨大的铁门，铁门虚掩着，只留条缝，仅容一人侧身通过。

阴风阵阵，声似呜咽，绵延不绝。

打缝隙朝里窥探，深不见底，邈远的长路尽头，隐隐约约，浮着个硬币大小的光晕。

宝进大大咧咧地上前，啪啪砸了几下门。

"嚯，真结实。咱一会儿是不是得从这钢门进去？"

大金一听，脸色更加难看。

"回去吧，天快黑了，"他往后撤步，"谁知道里面有什么妖魔鬼怪。"

阿仁拦住他的去路。

"没时间浪费了，进去。"

"那我就不拦二位了，"大金一拱手，"早去早回，有缘再会。"

阿仁掏枪，抵住他的后脑。

"你先进。"

21

屋舍

滴答。岩顶的水滴在额头,凉冰冰。

洞穴比想象中更长。行了一段,转过身来,入口早已不见,身后一片昏黑。空气浑浊,呼吸不畅,走得久了,视线与感知也变得模糊不清。

吧嗒,吧嗒,三人的脚步声在岩壁间回响,被无限放大。

"撒手。"

"不好意思啊。"大金立马松开阿仁的胳膊,来回擦拭自己留下的手汗,"黑咕隆咚的,我有点心虚,总感觉身后有什么东西跟着。"

"俗辣[1],你该不会是怕阿飘——"阿仁蹦起来,"哭爸,谁搭我肩?"

"我。"身后传来宝进的声音,"我看不见你俩在哪儿,只能摸索着走。"

"不要乱拍肩膀,没听人讲过嘛,人的肩头有两盏灯,行夜路若是拍灭了,会招惹脏东西的。"

阿仁左右张望,可四下只剩浓黑,什么都看不清。暗处盯久了,反而有些奇怪的影子晃动,他连忙收回目光。

"现在是农历七月半,不得不信邪。按理说,夜间不该去海边,不

---

[1] 方言,胆小鬼。

该去山顶，不该四处瞎逛。"

"咱现在就在海边的山上瞎逛——"大金突然疯狂跺脚，"操，谁抓我脚脖子？"

"还是我。"宝进的声音，"刚才绊倒了。我说，你俩走慢点啊。"

"不行。"阿仁望向远处愈来愈微弱的光线，"快走，天黑之后会更难熬。"

三人不再言语。视力被剥夺，只能靠耳朵去捕捉细微声响，每一步都走得胆战心惊。

时间失去意义，他们不知走了多久，只觉得眼前的一切越发不真实，无论如何追赶，出口永远悬浮在视线尽头，遥不可及。只能眼睁睁看着光晕一点点黯淡、缩小，像濒死旅人翻滚挣扎，爬向最后的海市蜃楼。

"出口怎么没了？"大金愣住，"咱是不是走错路了？"

太阳落山了，唯一的亮光与希望也消失无踪。没有光线，没有指引，他们失去方向，完全被黑暗吞噬。

啪嗒，阿仁按下打火机，迎来了短暂的光明。微弱火光照不亮无尽深洞，只能顾及面前的几步，石壁上的水珠在火光的映照下，像是橙红色的繁星。

打火机很快烫到握不住，阿仁手一松，他们重新跌回黑暗之中，比之前更深，更浓，更加惶惑。

越往深处走，气温越低，裸露在外的皮肤浮起一层鸡皮疙瘩。

"你们觉不觉得，越走越冷？"大金牙齿打战，不住地搓着胳膊，"这他妈不会是黄泉路吧？"

"不要停，"阿仁催促道，"总感觉停下来会有危险，不可以在里面过夜。"

"要不，咱聊会儿天吧，随便说什么都行。"宝进的声音忽远忽近，"说着话，就知道大家都还在，现在眼睛啥也看不见，我心里不踏实。"

此话一出，另外两人反倒沉默起来。

毕竟关系复杂，上岛后除了相互威胁，基本没怎么交流过。什么该说，什么不该说，界限在哪儿，全不知晓，只怕说多了被对方握住什么把柄。一时间谁也不知话题从何开启，思来想去，只能聊些无关痛痒的琐碎。

宝进率先开了口。"我看电视里面，搞帮派的都穿着黑皮衣，你怎么不穿？"

"现在是夏天，鬼才穿皮衣，"阿仁嫌弃，"其实穿皮衣是有讲头的，以前打架都乱甩电棍，皮衣绝缘，不会被电到，还耐脏。如今没人穿啦，又不是演《黑客帝国》。"

"那金链子呢？"

"戴金链子是因为比较好携带，又能换钱，方便随时跑路。"

"你们都有文身，那如果被砍了，缝合的时候，医生会给对齐吗？"

"文身的功能，是横死的时候，比较好认尸。"

"你文了什么？"

"我没有。"

"那我们怎么认你？"

沉默，紧接着，砰的一声闷响。

过了一会儿，宝进又开了腔："橡岛人说话是不是都很嗲？我听你们就算骂人也软绵绵的，像你很机车[1]欸，大白痴——"

阿仁突然停下，宝进整个人撞了上去。

"我胡咧咧的，仁哥你别生气啊，咱不是瞎唠嘛——"

"从刚才开始，就只有你一个人在讲话，"阿仁顿了顿，"另一个呢？"

宝进这才反应过来，李大金许久没了声息。

"金哥，你说句话。"他四处摸索，却什么都摸不到，"别吓唬人，你说话啊。"

没有回应，耳畔只剩下他与阿仁的呼吸声。

李大金消失了。

---

[1] 方言，脾气不好，意见很多、很挑剔。

"他什么时候没的？"宝进有些抖。

"刚才，你有没有听到砰的一声？"

"仁哥，咱得去找他，"宝进攥着他的胳膊不肯撒手，"事到如今，咱仨得相依为命才能活着回去啊。"

阿仁没说话。他满脑子只有金子，确实不能扔下他，毕竟金条还下落不明。

啪嗒，啪嗒，他试图再次按下打火机，可是怎么都点不亮，好像没了气。

"你有没有带智慧型便捷无线电话机？"

"啥？"

"就是那种随身携带的，可以拨打电话的。"

"手机？有有有，"宝进赶忙递过去，"可是没电了。"

"屁用没有。"

"别扔啊！"

"这样，你扯住我衣服，"阿仁说，"跟在我身后，我们不能再走散了。"

他掉过头来，一手扶住石壁，在漆黑之中深一脚、浅一脚地探。宝进紧攥住他 T 恤不撒手，勒得他有些喘不上气。

二人缓慢地踅了回去，走了十来米，被什么绊了一下，是奄奄一息的大金正倚着岩壁倒气。

"金哥，你怎么了？"

"头晕，"大金气若游丝，"浑身没劲。"

"你也夜盲症？"

"他是慢性缺氧，"阿仁一把把大金提溜起来，"这里空气不流通，二氧化碳又比氧气沉，个子矮的会先中招。"

"我不矮，我净身高一米——"

"闭嘴。"阿仁转向宝进，"你要回来找的，你背着他，继续往前走。"

宝进顺从地驮起大金，颤颤巍巍地前行。

大金伏在他背上，哼哼唧唧。

"宝进兄弟,我怕是不行了,你听我说。咱还剩六根金条,我藏在一上岛那片悬崖底下了,就那块三十来米高、长得花里胡哨的石头,它底下被浪掏出了个洞。

"等退潮的时候,你爬进去摸,最里面就是。你要是能出去,就帮我捎给噼啪烟花厂,就说,大——"

他哽住:"大金对不起他们,这钱就当补偿了。这事我偷偷告诉你,别让他听见,金子不能落到犯罪分子手里——"

阿仁提高音量:"喂,我听得到。"

"还有你,"大金顺着声音转向阿仁,"出去以后,多读书,少杀人,好好改造,我在天之灵也愿意保佑你。"

"北七[1],"阿仁给了他一巴掌,"你要是有力气,就滚下来自己走。"

沉默了半晌的宝进突然住了脚。

"前面,那是个人吗?"

不知何时,周遭的暗夜褪去,视野尽头,立着个瘦长人影,正抬起一只胳膊朝他们挥手。

"那是个,交警?"大金眨眨眼,"这个姿势是告诉我们,此路不通?"

"是雕像。"

阿仁越过两人,快步上前,跑了几米,忽然一阵风吹来,拂干面颊上的汗。他大口呼吸,只觉得胸口一松,有种久违的清新。抬头望,浮云游走,月朗星稀。

"我们出来了。"

宝进架着大金也步出隧洞,窒息感一挥而散。他们嘿嘿乐着,庆幸劫后余生。

可当视线适应了外面的光线,对面一排排屋舍渐渐自暗影中浮现出来,大金笑不出来了。

"这——"他走上前去,触摸着墙壁上残存的字迹,"咱这是穿越了?"

---

[1] 方言,白痴。

22

山村

月色如水，没过群山深处的村落，寂静无声。

三人立在洞口，面前是碎石铺就的土路，曲折绵延，闪着青白，像一条被岁月凝固的河。

路旁，一栋栋低矮的石砌瓦房同样沉沉死气，黑黢黢的，跪趴在大地之上，背负着人世间的不尽如人意，是百年沧桑蜕下的躯壳，是被昔人忘却的沉默墓碑。

阿仁带头行在前面，大金跟着宝进紧随其后。

没有人烟，不见一丝灯火，唯有齐腰蓬草如鬼手一般在风中摇曳，拍打几人的后背。路不平，一步一滑，脚下沙砾咯吱作响。

目之所及，皆是废墟。近看之下，民房瓦片残损，露出木质房梁，门窗尽毁，被砖头封得严严实实。

"人都哪儿去了？是走了，还是，"大金顿了顿，"走了？"

没人接茬，无论是哪种走，都不是他们想要的结果。

阿仁住了脚，停在一栋房外。

与民居不同，楼高两层，四四方方的，像库房，又像是朴素的礼堂。屋顶生着野花，似老人稀疏的白发。半壁被藤蔓覆盖，另半壁墙皮剥落，尚留有些许白底红字的口号，二十世纪的风潮。两扇蓝色木门紧闭，玻璃残损，油漆斑驳。受海风侵蚀，闩门的大锁锈迹斑斑，摇摇欲坠。

大金踮起脚来，从小窗朝里张望。忽然，一道瘦长身影一闪而过，自一处黑暗，跃入另一处黑暗，惊得他连退几步。

"有点怪，咱还是小心——"

话音未落，砰，阿仁一脚踹在大门上。

"你什么毛病？"

砰，又是一脚。

"不是，这很明显是个朝外拉的门，上面还挂着锁，你彪呼呼地往里踹，怎么能——"

第三脚，咯吱，门轴断裂，两扇大门向后仰去，连带着锁头一并轰然倒塌。

门，在某种意义上，开了。

阿仁提溜起大金，一脚蹬了进去，他的身影很快便没在飞扬尘土间。

"怎样？"阿仁立在屋外，"会头晕吗？"

"不晕，就是咯咯咯——"大金趔趄几步，勉强站定，"臭烘烘的。"

回过头来，发现阿仁仍站在门外，还一把拉住要进去的宝进。

"怎怎么不进来？"

阿仁不说话，只盯着他看，看得大金浑身不自在。又过了十来秒，大金被盯得快要恼火，阿仁才慢吞吞地迈步走了进来。

"你没晕，说明空气质量还可以。"

宝进也跟着进来，依旧喜滋滋的。"我知道什么意思了，以前看鬼吹灯，他们下洞前都扔只鸭子进去，金哥，你就是鸭子。"

"你是个彪子[1]。"

三人在屋里分头找寻。房子虽是二层，可向上的木质楼梯早已烂得坍塌，他们只能在一楼晃悠，还得时刻谨慎，不住地抬头观瞧，生怕头顶的天花板在下一瞬砸下来。

屋里没什么有用的玩意儿，像是经历了紧急撤离，被翻得乱七八

---

[1] 方言，智力低下的人。

糟,只留下扛不走的大件家具。几个木架子上下床突兀地横在屋子中央,没有被褥,只有光秃秃的床板。

再就是几张老式木桌,抽屉拉开,大金伸头一瞧,里面蜷着只死去的瘦猫,皮毛脱落,尸体干瘪发臭,眼眶凹陷,上面爬着虫。

他先是受惊恶心,紧跟着涌上一股子悲伤,物伤其类。鬼使神差地,他伸出手去,轻轻合上了抽屉。咔嗒一声,就像人类合了棺,命运抵达了终点站,入土为安。

不让这不幸的生灵暴尸荒野,是他所能给予的全部慈悲。

抬头观瞧,墙上贴着宣传画,纸张泛黄褪色,人物面目模糊不清,只有一双双逝去的眼睛居高临下地凝视着他。

一扭头,才发现宝进不见了。

大金回身去找,看见他侧立在窗前,捧着本小册子,正借着月光翻看,眉头紧皱,往常那傻乎乎的笑不见了。

"怎么了?"

"没什么,"宝进抬头,憨笑又回来了,"随便看看。"

嘴上说是随便,反手却将什么匆匆忙忙地塞进背包,万分的精准。

大金没说话,迈过地上的垃圾,追向阿仁。阿仁不嫌脏,下手便在杂物里四处翻捡,抖落半屋子的尘埃,收拾出几只能用的旧碗残锅,扭身扔进大金怀里。

而宝进有些异样,进屋后始终跟他们保持着一段距离,不声不响。此时他站在屋子的对角,若有所思地盯着墙上的挂历看。

大金凑过去,仔细辨认着褪色的字。

"欸,国风制药,龙虎人丹?"

宝进摇摇头,点了点日期:"看年份。"

大金眨眨眼:"哟,快七十年了。当年住在这儿的,估计都老死了吧?"

话一出口,顿觉鬼气森森,身上又凉了几分。

"走了。"阿仁站在屋外喊他们,"锅碗足够咱今天用了。"

"走吧,这里阴森森的,"大金催促着宝进,"有事咱出去说。"

"嗯。"宝进嘴上应着,腿却不挪,一步三回头,久久地望着房间。

"别瞅了,万一再跟什么对上眼,"大金推搡着,"快中元了吧?"

"嗯。"

三人寻了片平坦开阔的空地。

"先生火吃饭吧,等天亮再找路,咱分头找吃的。"阿仁仰头望向夜空,"半小时后在这儿集合。"说完一闪身,灵巧地越过石墙,翻进一家民院。

"'半小时后在这儿集合',呸,就你能装,"大金朝地上啐了一口,"等我把枪骗过来,我让你看看谁才是老大。"

掉过脸去,发现宝进心不在焉,仍偏着头,盯住刚才的房子愣神。

打进屋之后,他像是掉了魂,一直闷闷不乐。

"有什么事吗?"

"没事,"他又是笑着回应,"我能有什么事。我也去找吃的。"

说完,宝进走远了,头都不回,只留大金一人傻戳在原地。

"今晚怎么回事?一个个的,都有点问题。"

他绕到雕像后面,解开裤腰带放水。心里不舒服,总感觉进了村子,王宝进不傻了。这让他生出股陌生的恐惧,伴着强烈的失控感。原本只需要提防一个,现在得睁大眼睛提防俩,大金不由得感到一股子烦躁。

逃吗?

他系好裤子,边走边撒摸[1],寻找退路。可是村子尽头就是悬崖,崖底下就是海,没地逃,只能死。

"什么鸟人,把村子建在这么个鬼地方。"

他绕到房屋后面的悬崖,坡地上杂草丛生,有零星几棵细瘦的枯树。大金费力折断,寻思抱回去当柴火。没走两步,他被什么绊了一下,扑倒在地,捡到几个地瓜。这片可能是百年前的田埂,他高兴地挖,又刨出来点花生,喜滋滋地一并抱了回去。

---

[1] 方言,张望、寻找、观察。

阿仁已经生起一堆篝火，某种小型动物被他架在上面烤，外焦里嫩，香气四溢。

大金把柴火一扔，席地而坐，接过阿仁递来的烤串。

"什么好吃的？"

"老鼠。"阿仁撕下一块，大口咀嚼，"坏消息是，能找到的只有老鼠。好消息是，老鼠有的是。"

"我吃素，"大金反手推了回去，瞥向宝进。"欸，你这个看起来不错，这是什么？"

"我采了点蘑菇，就在那边，"宝进一指，正指向大金刚才放水的地方，"不过这地方晚上湿气重，你摸摸，蘑菇不知道怎么的，湿乎乎的。"

"我还是吃地瓜吧。"

大金将地瓜用木枝插上，放在火上烤，又扔了几颗花生进去。

"还有土豆哟。"

大金愣了，看向阿仁。

"这是花生。"

"这是土豆，"阿仁摇头，"我们橡岛管这个叫土豆。"

"注意，你祖国母亲叫花生，你这个当儿的，得入乡随俗——"

"哦，你这个山猴。"

"你胡咧咧什么，说普通话。哎哎哎，把枪放下，有话好好说。"

二人斗着嘴，大金看火光减弱，随手将砍下的树枝添入火堆。

宝进本是蹲坐在一旁，木然地望着篝火。突然间，他瞪大了眼，纵身扑了上去，发疯一般，手拍脚踩。

转眼间，火光熄灭，四野陷入漆黑。

23

鬼 山

宝进并不说话，只是跪在那儿，将半截枯焦的木头紧紧搂在怀里。

大金拉拉阿仁："跟你打听个事，如果说，有人不小心吃了，嗯，尿泡的蘑菇，会发疯吗？"

阿仁斜他一眼，刚伸手要打，宝进开口了。

"金子。"

他摩挲着树枝。

"咱找着金子了。"

"我的尿毒性这么大吗？"大金心里暗道。

"王宝进，你忍住，别疯——"阿仁上前半步，"等事情讲清楚再疯。"

"你这个中文水平就别安慰人了，"大金躲到他身后，冲着宝进叫嚣，"我跟你说啊，再不清醒点，阿仁就要击毙你了。他跟我可不一样，有事他是真敢开枪。"

宝进抹了把脸，手撑膝盖起身，拍拍身后的雕像："你们知道这是谁吗？"

二人摇头："不知道。"

宝进又低头看向怀里的木枝："你们知道这是什么吗？"

二人依旧摇头，答得异口同声："不知道。"

"那你们知道，这片山以前叫什么吗？"

"不是，"大金打断他，"合着你光提问，不解答吗？"

宝进吸吸鼻涕，回答了最后一个问题。

"这里以前叫鬼山。"

如今的春山，过往被称为鬼山。传说，这里是阴阳两界的交界点，每逢入夜，鬼门大开，孤魂野鬼在山间游荡，为祸四方。

这只是民间传说，这片山被称为鬼山的真正原因，是"人"在这里活不下去。山高海深，千沟万壑。站在山头四处打量，漫山遍野，不见一丝炊烟，唯有浓雾缭绕。

一代代人生在这儿，困在这儿，贫穷成为一种遗传。

村与村之间隔着一道道山，互不连通，各穷各的。没钱修路，没钱读书，吃饭看天，生病靠扛，活得像是山间野物，卑微地生，脆弱地死。

"这片山有五百多平方公里，可遍地花岗岩，家家户户只能挨着山腰开梯田。一家子能攒出两亩地来，都算是富的。"

篝火被重新点燃，宝进将架烤在火上的蘑菇来回翻面，蘑菇吱吱作响。

"种一亩粮食能卖多少钱，你俩猜猜？"

大金抿抿嘴，反手将宝进递过来的烤蘑菇推远。

"呃，万儿八千？"

宝进伸出两根手指："二百，一年二百。"

阿仁一愣，鼠肉也不嚼了："美元吗？"

宝进没接茬，低头去搓指缝间的泥巴，火光照映之下，面颊涨红。旁人不懂，是旁人的幸运，人是永远无法想象从未见过的风景的。

"我们这儿地贫，种不了麦子谷子，只能种地瓜。地瓜性贱，叫不上价去。"

他说这些想要的并不是同情，见两人一时间不再开口，赶紧补充。

"不过现在好了，种茶的话，一亩地能挣三万多。"

大金挠头："所以，你到底想表达什么？"

"我——"宝进急了，"这事得从我爷爷，不，我太奶奶那辈起头——"

"倒也不用——"

他还是说了下去。

七十多年前,宝进的爷爷还是个小孩,跟着他太爷爷太奶奶住在鹁鸽崖的最边上,一家子打鱼为生。

出海打鱼,是从龙王嘴里讨饭吃,风里来,雨里去,命别在裤腰带上硬闯,碰上风急浪高的时候,失踪个几天几夜是家常便饭。

某天深夜,太奶奶搂着孩子在炕上早早入睡,太爷爷刚巧出海了,家里只有孤儿寡母。夜半时分,院子外传来了微弱的敲门声。太奶奶只当作听不见,被子蒙头,搂住孩子假寐,可敲门声不绝,间或还有一两声微弱的呼救。

太奶奶心软,胆又大,一咬牙,裹上外衣,开了门。

外面是一队人,穿着破衣烂衫,说话却文质彬彬。讲的不是沙东方言,而是北方官话。他们说在山里迷了路,几天没吃干粮,进来讨口饭吃。

家里也只有地瓜,那时候山里家家户户有的只是地瓜。

太奶奶几乎掏空家底,蒸了十来个地瓜,下了半锅地瓜面条,又熬了一锅地瓜粥作为招待。那些人倒也不客气,顾不得刚出锅的地瓜滚烫,两手来回倒腾着,龇牙咧嘴,连皮一并吞下肚。

"我们当地老百姓就是这样,自己过得紧巴巴的,但要是来了客人,对人家绝对是掏心掏肺地好,"大金用胳膊肘捅阿仁,"好客沙东,名不虚传。"

宝进也跟着傻乐:"给出去的是地瓜,换回来的是金子。"

阿仁抬眼:"金子?"

"嗯。"

那一小队人是农业学者,懂地质和土壤,专门来山里勘探。他们说鬼山不适合耕种粮食,酸性土壤反倒可以种茶,加上白天日照充足,夜间海雾缭绕,说不定能成。

头一年,众人轮流看护,悉心照料,然而打南方买来的五千多株茶苗全部越冬失败,无一存活。

第二年,咬咬牙,又从其他省份移植了五万多株优良品种,一冬之后，仅存活一百株。但这让所有人看到了希望，这条路是走得通的。

第三年，翻山越岭，遍访荒地，用脚步一寸寸丈量层峦叠嶂。在海拔三千米的一处废弃道观，发现了二十七棵耐寒古茶树。与南方品种育苗驯化后，生于江南的茶树，终于在北方山岭落地生根。

二十世纪九十年代，越来越多农户改粮为茶，架桥修路，大大小小的茶园发展起来。漫山茶树，翠色欲滴，打出"江北第一茶"的名号，自此也从鬼山更名为春山。

"七十多年，"宝进感慨，"磕磕绊绊才走到今天。"

阿仁听完脸色难看，紧皱眉头，抄着手不说话。

"你是不是也受不了煽情？"大金搓搓胳膊，"我也挺不自在的，起了一身鸡皮疙瘩，怎么好好的一个故事，突然就上价值观了。"

阿仁刚要张嘴，却猛然弓起身子呕吐起来。

"欸欸欸，你这么埋汰人家可就过分了啊——"

大金试图拉他，可阿仁两腿一软，瘫坐在地上。

"小橡岛，你怎么了？你是不是对正能量过敏？"

眼见着阿仁闭眼朝后倒去，大金飞身上前扶住。

"王宝进，你看看，你给他活活恶心死了！"

宝进瞥了眼地上吃剩的食物。

"他是不是只吃了老鼠肉？"

说完，他打怀里的树枝上揪下来一小把叶子，往阿仁嘴里塞。

"你干吗？"大金拍开他的手，"都这个时候了，就别讲究荤素搭配了！"

"这是天茶仙人舌，解毒，近乎药性，"宝进又扯下一小把，揉搓出汁，塞进阿仁嘴里，"就这一小撮，能救命，外面一万块都买不到。"

大金眨眨眼，揪下来一把，也往嘴里送。

"这么牛吗？"

又一把，大金吃得带劲。

"你不能看错了吧？"

阿仁继续呕吐，但吐出来的东西干净了许多，症状也渐渐趋于平缓；又吐了能有个两三回，终于停了。他四肢大开，平瘫在地上，额上浮起一层细密的冷汗。

"他就快没事了。"

宝进在屁股后面揩了几下手，有些许掩不住的得意。

"金哥，你知道我是干什么的吗？"

"你不是抢劫的吗？"

"那是客串，"宝进挠挠脸，"我大学学的是农业，不是我吹，全国各类茶叶，只要敢长在地上，就没有我不认识的。"

大金一怔："你上过大学？"

"这是重点吗？"宝进反诘，"等等，我怎么就不能上大学了？我看起来很没有文化吗？"

正说着，阿仁突然弹起来，捂着小腹跑向草丛深处。

"你不在家好好种茶，跑出来坑我干吗？"

宝进原本望着月色下摇动的蓬草出神，经大金这么一问，讷讷地，半天才吭声。

"不景气，茶厂一家家地关。今年又大旱，园里的茶，产量跌了一半多。像冯平贵那种挣快钱发死人财的，干脆鼓动村民把茶树连根挖出来，空出地来埋死人。"

"不信你站在布噶庄山头看，周遭不是一梯梯的茶，而是一座座的碑，只怕用不了几年，春山又变回鬼山，漫山遍野都是不认识的死人。"

他瞄了眼大金，找补了一句。

"没说你爸，"他拍拍大金的肩，"喀，你爸就该死在这儿。"

"什么乱七八糟的，俺爸还没捞着入土呢，他现在——算了算了，不提他的事了。"

大金摆摆手。

"你下一步打算怎么办？"

"哥，厂长卖地，我抢你金子是想包下茶园，不过现在不需要了。"

宝进盘膝，倚靠着雕像，裹紧怀里的古茶树。

"我寻着真正的金子了。"

24

众灵

阿仁跑了几趟肚子,有些虚脱,窝在地上不言声。

大金递过来半只破碗,里面是残剩的淡水。阿仁一怔,接过来,往干裂的嘴唇沾了沾,又推了回去。

宝进打树枝上又揪下几撮叶片,要他们含在嘴里嚼碎了,别急着咽。大金咀嚼了十来下,果然觉得生津止渴,嗓子眼的灼热疼痛也顺势减缓了几分。

"我听老一辈说,茶是有灵性的。"

在宝进的故事里,遥远的人鬼不分的年代,天下道士云集春山,修仙斗法。

有个叫丘处机的,因舍不下江南名茶,便移了几株,植在道观内。仙山圣水浇灌,吸收了日月精华,茶叶喝起来香韵醇厚,回味甘甜。

他走之后,又过了一段日子,达官显贵得知了此茶,便逼着农人去采,并要他们年年上贡,不然诛杀全家。

村人跋山涉水,日夜照料,只为定期采上几片鲜嫩娇滴的叶尖,更是无暇出海捕鱼,生计无以为继,苦不堪言。

茶树知晓后,一夜之间,长满粗硬干瘪的叶片,生出锯齿状的倒刺,入口也变得酸涩无比。贵族品尝后非常生气,命人将茶树尽数斩杀,再也不要求上贡了。

"今天这茶树突然出现,是天意,"宝进笑笑,"是老天爷点我呢,毕竟我动了抢劫的念头。"

他低头,来回拨弄地上的碎石子。

"差一点,我就当坏人了。"

"我阿嬷以前也爱喝茶,但是跟你们这边习惯不一样。喝乌龙茶比较多,胃痛的时候,就泡红茶喝。"

阿仁突然开了口。

"我一直觉得茶是老人家的东西,一点都不酷。但我阿嬷特别崇拜,祭祖用茶,拜神也用茶。

"过节的时候,她就摆出珍藏茶具,家里没什么人来,她也会穿戴得整整齐齐,把茶杯摆成一个圆,右手提壶,逐圈逐杯满上。她蛮得意地告诉我,说这一招叫作关公巡城。

"你们没见过她,哇,个子小只,超凶的。但是一端起茶壶,就好像变了一个人,讲话也不带脏字了,哈,她真的是——"

阿仁的追忆戛然而止,火光一暗,声音也跟着哑下来。

"抱歉,讲得有些多,"他望着夜空,"她走后,我再也没喝过茶,今天是第一次。"

"你混——"大金清清嗓子,"喀,你做特殊工种,家人知道吗?"

"我没有家人,阿嬷走后,我就没有家人了。"

大金跟宝进对视一眼,匆忙转移话题。

"小橡岛,我看你这个身量练得不错啊,这肌肉——"

"我以前很柴,话也少,书呆子一个。"

阿仁坐起身来,手撑在膝上,满不在乎,语气没有起伏。

"国中有男生欺负我,撕我功课,扯我裤子,还拖我进女厕。后来,我想缓和关系,就把零用钱都给他们,帮他们跑腿,对他们言听计从。

"然后他们开始罩我,路上碰到还会笑着打招呼。我以为是误会解除,以为找到了朋友。尽管不喜欢,但为了合群,我跟着他们抽烟、喝酒,他们做些刺激的事情,我就在旁边帮忙望风。

"国中时期,我是透明人,他们让我看到另一个世界,闪着光的世界,我站在边缘,误以为身在其中。

"直到后来，他们玩过了火，对方要报警，他们喊我去道歉顶罪。我不肯，他们就把我拖到天台，从傍晚打到天黑。那是我见过最红的一次夕阳，我躺在那儿，突然明白，原来我从来没有属于过那个世界。大学毕业后——"

大金一僵："你也上过大学？"

"怎样，黑帮不能念大学吗？"

"那倒不是，"大金搓搓脖子，"就是没想到，黑道现在也搞人才引进。"

宝进抻长脖子，眼睛瞪得滚圆："仁哥，你接着说。"

阿仁无所谓地耸耸肩。

"大学毕业后，我变得更闷。没有工作，没有社交，也没有爱好，一日三餐都宅在屋里，没日没夜打电玩。

"阿嬷打我，骂我，都没用，甚至找来神婆帮我驱邪。那时候，我感觉自己被什么困住了，痛苦，却又无力改变。

"后来她生了病，感觉自己快要不行了，放心不下我，就找来旧日朋友，一个温和的阿伯，将我托付给他，要他帮我寻份差事。"

说到这里，阿仁摇摇头，罕见地笑起来。

"结果咧，靠天！阿伯是混帮会来的，还是二把手。一来二去，我跟着入了堂口。"

"这……"大金嘬嘬牙花子，"你阿嬷挺有故事的。"

"恩哥念旧情，待我温和，但是我知道，他本性狠辣。我亲眼见过因为一点口角，他就剜掉别人的舌头。

"我很害怕，连退出都不敢跟他讲，之前有小弟前一晚背叛，第二天就消失不见，后来院里的狗吃了一个礼拜的肉。我那时才二十多岁，真的很怕，感觉又一次卷入不属于我的世界。"

他转脸看向二人。

"知道我为什么没做掉你们吗？"

大金挠挠头："因为，我们长得像你阿嬷？"

阿仁挂下脸，掏枪瞄准。

"掌嘴掌嘴，"大金啪啪打脸，"我自罚三巴掌。"

阿仁腮帮子鼓动，话多次涌到嘴边，又多次吞了回去。最终，还是黏黏糊糊脱了口，声音含糊。

"我，没杀过人。"

"啊？"宝进傻了。

"啊？"大金也傻了，"你一个杀手，没杀过人？"

阿仁烦躁地搓脸。

"每次他们叫我去处理谁，我都会将人叫到码头，然后给他一笔钱，求他再也不要出现。

"后来，他们就传我厉害，说我灭口干干净净，条子[1]这么多年都寻不到蛛丝马迹。屁咧，人没死怎么会有尸体？"

大金乐了："你要这么说，那我可就——"

"坐回去！"

"哎哎，好的。"

"开始几年，我一直硬撑着，别人觉得我很凶悍，其实我只是打架厉害。后来，有什么慢慢变了，堕落是件很爽的事情，向下走的路，永远是最顺的。"

阿仁娴熟地转着枪。

"十多年了，我越来越习惯用暴力解决问题。我当上护法的第一件事，就是带着兄弟，找到当年的同学，好好叙了一通旧，从傍晚到天明，我要请他们见一见最赤红的朝阳。"

他不屑地笑，狠辣一闪而过。宝进没言语，将破碗架在火上，煮着沸水。

"以前若有冲突，我会跟人讲道理，现在我只会拿起枪，抵住他的头，给他一个无法拒绝的理由。"

阿仁视线低垂，不再开口。

"人和茶一样，是好是坏，全看种在什么地上，"宝进看向他，"还来

---

[1] 黑话，指警察。

得及。"

阿仁捏着一小撮茶叶,无意识地攥紧。

"我已经回不了头了。有时候,当好人比当坏人需要更多的勇气。"他笑笑。

"我不想再承受任何人的期待,我只能选择做一个不那么坏的坏人。"

大金听完这句,愣向火堆,脸闷闷的。

宝进将煮沸的热茶递过去:"仁哥,你不是坏人。"

"我?"阿仁怔住,"我不坏吗?"

"如果你真想要我俩的命,有很多次机会下手。我俩都知道,其实你不是坏人,你只是害怕而已。"

阿仁接过茶碗,长吁口气。

"阿嬷,你听到吗?他们讲我不是坏人。"

他端着碗,手臂颤动。

"阿嬷,我没有变成坏人。"

仰头,滚茶一饮而尽,破碗遮住他的脸,迟迟没有落下。

宝进移开视线,看向大金。

"金哥,你找到几棵仙人舌?"

"啊?"大金回过神来,干笑,"一共大概……四五棵吧,不过——"他后撤一步,朝前一指。

"其中三棵让我撅断当柴火,都在这儿了。"

"别跟着我了,真没怪你。"

宝进撅着屁股,护理着最后一株尚且存活的仙人舌。

"你也不认识,赖不着你。"

大金追在后面,赖赖唧唧。

"你们茶园,现在怎么样?"

"茶这玩意儿,基本分绿、黄、白、青、红、黑几大家。以前绿茶独大,现在不行了。普洱、金骏眉、安化黑茶、福建白茶平分秋色,南方茶园每年几百亩地增,我们再不改路线,只能当外国速食茶包的原料产地了。"

宝进回头冲他一龇牙。

"不过,没事,这仙人舌抗旱耐冻,如果能顺利移植回茶园培育新种,我们就有救了。"

大金听着,手往裤腰里伸,摸索半天,掏出三根金条来。一咬牙,推给宝进。

"欸?你不是说——"

"那是骗你的,我怕阿仁扔下我不管,故意说给你听的。我看你是实心眼,寻思表现得真诚点,咱俩能打伙儿[1]一帮。"

他把金条硬塞给宝进。

"拿着,买下茶园,把这个古树培养培养,带着你们村发财去吧。"

大金吸吸鼻子。

"剩下一根,我预备着给阿仁,让他以后别混帮派了,从良,寻个正经营生。"

大金转过身,一步一步,朝暗影走去。

"我留两根,不是贪,是我确实有难处,有用钱的地方。"

"哥,"宝进叫住他,"我越来越看不透了,你到底是个什么样的人?"

"我?"

大金回头,苦涩一笑。

"我差点,就变成了一个坏人。"

---

[1] 方言,合伙。

销骨篇(三)

25

遗 恨

马大骏对着男厕所的镜子，眨巴眨巴眼。

皱巴巴的白汗衫，右肩还落着层灰。今早刚参加完老周的追悼会，帮着家属烧了些生前的衣物，估计是那时候蹭上的。他赶紧拍干净，又扯起前襟，低头使劲嗅了嗅，一股子汗酸味。

打开水龙头，掬起一捧水，急匆匆地打湿头发和脖子，胡乱抹匀。

"谁这么不讲究？"

保洁大姐提着拖把进来，见洗手台下面，平日用来涮拖把的红色塑料桶里，此时正浸着个大绿西瓜，便梗着脖子，冲着里面隔间吆喝起来。

"这谁在我水桶里泡西瓜？"

"我的我的，不好意思啊，"大骏赶忙弯腰抱出来，"天热，我这不寻思给西瓜降降温嘛。"

"这是医院，不是恁家。再说这是公家的桶，你给我占下了，我还怎么涮拖把，怎么擦厕所地——"

大骏一溜儿小跑，逃离大姐追在身后的喋喋不休。怀里的西瓜滴滴答答，淌着浑水，灰色的汤汁尽数蹭在了白汗衫上。逼仄的铁皮电梯里都是热烘烘的人，又慢又挤，他等不及，两手兜住西瓜，一步三阶，一路小跑着上了四楼。

气喘吁吁地站在病房门口，他这才摘下口罩，抹了把人中上的汗。

夏日午后，窗外日光倾城，反倒衬得屋里有些昏暗。曼丽坐在床边，留下一道瘦削的灰色剪影，正削着半只苹果。

大骏敲敲门，脸上摆出早准备好的笑。

曼丽抬头，看清是他，嘴上也跟着笑，眼底却波澜不惊。

"来了？"

他忙不迭地点头，点个不停，从门口一路点到病床根下。

"我来看看姜川，"他递上瓜，献宝一般，"快入伏了，怹吃个瓜，降降火。"

曼丽接过来，不经意瞥向他前胸蹭上的污渍，一怔，笑了。这次倒笑得真心实意，眼角蹙起细小的褶子。

"你这衣服，扎染款式的吗？"

"啊？啊——"大骏也跟着笑，两手来回搓着污渍，"时髦，新款式，不知道的还以为是弄上脏东西了，其实就是这么个设计。"

"哦，我刚才也以为是西瓜蹭上的，"曼丽应和着，抱着瓜旋过身去，"坐吧。"

说完才左右环顾，发现狭小的病房里乱糟糟的，根本没地方坐。她连忙放下瓜，收拾出一张凳子。

"坐。"

大骏坐定，摘下斜挎在右肩的电脑包，搁在膝上，视线在屋里滴溜溜地转，转来转去，最后转到病床上的男人身上。

"姜川怎么样了？"

"昨晚八点多开始，总喊着右腿疼，说是抽筋一样，一直喊到天亮。中午吃了点粥，这才刚睡下。"

腿疼，可男人已经没有右腿了。

男人陷在枕头里，半颗脑袋光秃秃的，密布虬结的疤，褐红色。右半边的五官也急促地捏在一起，像是幼儿恶作剧的涂鸦，一个不得体的玩笑。

大骏不由得忆起他们初见时的意气风发，叹口气，这才看到姜川手上也缠着绷带。

· 133 ·

"这手又是怎么了？"

"一直没恢复好，都三次手术了，老是反复感染，最后医生给截了两根指头，才算勉强保下来手。"

曼丽的丈夫在烟花厂爆炸中受伤，当初拍着胸脯说一定会给医疗费的李大金，打那以后再也没现过身。

她提起把刀，咔嚓，用力一压，西瓜裂成两半。

"我听说，老周没了？"

西瓜的清新盖住消毒液的清冷，红色汁液印在白色的桌面上，像是旧人的血。

"嗯。"

老周也是爆炸事件的伤者，曾盼着用赔偿金续命。

"他家条件不好，一直也没正儿八经给治，在医院待了不到半个月就回家躺着去了。这不今年天热，身上疮都烂了。疼，可疼也没法，没钱，只能生忍着。"

大骏接过曼丽递来的一牙瓜，擎在手里不急着吃，絮絮叨叨地说着。

"他老婆打两份工，你还记得以前什么样吗？那大脸盘子多富态，隔着半年不见，现在又黑又瘦，头顶一圈白头发，看着老了十多岁。

"儿子倒是大学毕业了，可一直没找着好工作，就想着挣笔急钱填他爸的坑，现在给人送外卖，他妈说前几天还撞了别人的车。"

大骏挠挠头。

"是个什么车来着？他妈今天还跟我抱怨来着，说了好几遍。我也记不住了，车标是个什么字母，大D还是大B来着，反正是很贵。

"老周也是可怜啊，苦了一辈子，临退休的年纪了，摊上这么个屁事，他又要好，要面子，知道全身植皮那贵了去了。离家出走好几天，最后才在海里找着，弄上来的时候人都泡囊了。估计是知道活着也是遭罪，不愿意再拖累旁人了。"

曼丽本是捏着沓卫生纸擦桌子，听到这句，手倏地攥紧。

"哎，我给你带了样东西。"

大骏并未察觉出异样,乐颠颠地伸手,在包里捣鼓了半天,掏出来本书,抚平折角,递过去。

"你晚上陪床没事干,可以看看,就当是打发时间。"

"这……"曼丽盯着封面,蹙起眉,"这什么啊?"

"你不是喜欢看小说吗,这都不认识?"大骏探过身子,指头点了点,"村上春树,日本知名写小说的,人家店主说了,文化人都爱看他写的书。"

"你买的是木寸上春树,贪便宜买的盗版吧,"曼丽将书推回去,"你不懂就别搞这些了。"

"啊?这还不一样?"大骏挠挠脖子,"我还以为是字印得大呢,哎哟哎哟,这弄得——"

哎哟了半天,也没哎哟出个结果,刚挺起的腰杆子转瞬间又塌了回去。这时病床上的姜川在睡梦中发出短促的呼唤。

"水,喝水。"

曼丽赶忙跑过去,轻轻抬起他的头,又在下面垫了几个枕头,端起杯,把吸管杵向他干裂的唇。

喝完水,似是得了滋润,姜川的声音也跟着亮了几分。

"我梦见带你骑自行车去了,"他看着她笑,左脸尚存着几分往日的影子,"咱俩还放风筝来着,我腿可有劲了,跑得特快,我——"

他突兀地停下,曼丽赶紧接口:"大骏来看你了。"

姜川愕然,愣了几秒,转过头来,这才看见坐在一旁的大骏,挣扎着就要起身。大骏赶紧上前,下意识要去跟他握手,却又发现对方缠着绷带。

"你别动了,躺下躺下。"

"你也别站着,坐下坐下。"

两个男人就这么生硬地客套着,瞥了眼曼丽,同一种心虚。

一阵急促的脚步声,护士进来了,带着一股子消毒水味。

"该清创换药了。"

叮叮当当,换药车移动,传出铁器碰撞的声音。姜川脸色灰白,慌了神。

护士俯下身来，戴手套的手刚触碰到绷带，他不自觉地开始抽冷气，护士没有停，熟练地拆下第一层纱布。

"可能会有点刺痛，稍微忍忍。"

渗出的脓液，新结的痂，创口跟纱布粘连在一起。

"没事，不怕。"曼丽搂住姜川，将他的头轻轻抵在胸前，遮挡住护士的动作，"没事，我在呢，很快就好了。"

"好。"他嘴唇煞白，仍是艰难地笑，"没事，我不怕，不怎么疼。"

护士打湿粘连的部分。

"马上就好，"曼丽抱得更紧，声音却更轻，"你看着我，看着我。"

他抬头，右眼浑浊，左眼清澈，身子不受控制地痉挛。

撕开的那一瞬，姜川惨叫出声，上半身打着挺，冷汗透了一层。

大骏傻在一旁，望着暴露在外的残缺。本该生着小腿和脚的部分，此时却空空荡荡，他别过头去，不敢去看。

他在害怕什么呢？是曼丽的泪，还是姜川的腿？

不知道，他问过自己，可自己也不知道。

"安条假腿，需要多少钱？"

"看牌子和材质吧，"曼丽用手背抹了把脸，"三五万，最便宜的了。"

二人并排站在走廊上，有一搭没一搭地聊着，背靠瓷砖，有种刺骨的凉。

"曼丽，你要信好人有好报，你得信老天爷有眼。你那么善良的一个人，遇见这些事，说明转机还在后面，"大骏捏住包带，字斟句酌，"要是以后生活上有什么难处，尽管找我。"

曼丽抬头看他，红着眼圈，像只受惊吓的兽。

"马大骏，你装什么呢？"

她突然笑了。

"你要是真好心，你把李大金给我找回来，你让他把手术钱给我吐出来！"

她猛地推了大骏一把，大骏朝后趔趄了几步。

"你们不是哥儿俩好吗？当时不是你拦着我吗？不是你让我给你个面子吗？结果呢？结果李大金这个王八蛋跑路了！如果不是你们，川至于耽误到现在吗?!"

"曼丽，你冷静点，先别喊——"

啪，一巴掌甩上去。

嘈杂的走廊顿时没了声响，路人侧目，大骏捂住脸不说话。

啪，又是一巴掌。

大骏忍着，侧着脸躲闪。

曼丽蹦起来，一巴掌接一巴掌地甩上去，头发披散，贴在泪痕上。

大骏肿着脸，两臂箍住她不肯撒手。曼丽不住地挣扎、打挺，最终脱了力，软了下来。她抽噎着，眼里满是恨。

"当我记不得吗？爆炸那晚，是你把他叫过去的。他是替你遭的这些罪，他是替你被毁的——"

她在他怀里仰起头，漂亮的眼睛瞪得大大的。

"马大骏，过去这么多年了，你真就那么恨我吗？"

26

情窦（上）

马大骏知道自个儿不善言辞，也习惯了被人误解，可他没想到，曼丽会将他误会到如此田地。

"我恨你？"

她定定地瞪向他，泪滑到腮边。

"不是吗？"

"我——"

我怎么会恨你呢？

曼丽，我喜欢你，我喜欢你还来不及呢。

我半辈子不争不抢，凡事都无所谓，只有你是我不愿让的，你是我唯一想要的。

我所有的等待、所有的忍耐都是为了你，我无数次祈求老天爷给我一次重新来过的机会，我赌咒发誓这回一定好好表现，可我真没想过会是这样，我真没想过我的机会要用姜川的腿做交换。

我——

喉头涌动，这些话终究没能说出口。他只是涨红了脸，像是被人戳穿心事般窘在原地，攥住拳头，一言不发。

曼丽挣开他，退后一步。

"大骏，以前有什么对不住的地方，我道歉。"

她双手合十，抵在眉间，不住地作揖。

"放过我吧，我真没力气跟你斗了，我认输，我认输了还不成吗？"

她狠揩了把泪，拧身大步朝病房走去，没回过一次头。留他一人戳在走廊当中，头发蓬乱，电脑包斜挂在前胸，紧绷住一张脸，强撑出一派无所谓。

等到看热闹的散去了，大骏这才慢慢蹲下，拾起地上他送她的书。书是刚才争执时掉落的，木寸上春树，几个大字嘲弄一般，刺着他的眼。封面折了，露出扉页上的字：大骏赠曼丽。

不知被谁踩上去半只脚印。

他知道自个儿字丑，为了写得好看些，前几日央着邻居家的退休老教师帮忙打了个样，自己比量着描了好几天才算练成。她甚至都没翻到这一页。

大骏吸吸鼻子，用掌根使劲蹭了几下，脚印却怎么也蹭不掉。他蹲在那儿，头抵在肘间，那些哽在喉头的辩解，从眼底倾泻而出。双肩耸动，他久久不敢起身。

大骏和曼丽打小就认识。

当时他爸厂里还没分房子，都是一个杂院里的邻居，他家在底下，她家在二楼。

街坊间多少都沾亲带故，他俩的妈当年就是同学，如今又住得近，孩子年龄也相当，便上了同一个幼儿园，同一个班。每天谁家有空，就一块儿接送着。

曼丽自小比大骏高一头，力气也大，能说会道，善于装相。

每次俩人闹别扭，曼丽总是先捶他一顿，然后再去老师那儿哭一场，告个状。大骏每每挨完她的揍，再给老师抓过去批一顿，回头老师告家长，他回家又是一顿呲。

他本该烦她，可他又确实寻不到别的玩伴，因为旁人也烦他。

记得大骏生完黄水疮再回幼儿园的时候，别的小孩都躲得远远的，就她不怕，也不嫌，只是嘴欠，笑话他留下满脸的麻坑子，说他是九饼成了精。

后来上了小学，同级不同班，二人常在礼拜一的升旗仪式上碰头。

一个是校园主持人，一个是忘戴红领巾，被班主任揪出来罚站。

那时候曼丽已经初步显出了某种天赋，长手长脚，嗓子也亮，《让我们荡起双桨》能一溜烟儿地唱到最后一句，而大骏唱到第二句就不行了，憋得嘴歪眼斜、脸红脖子粗。

班里的男孩有调皮的，喜欢谁就扯谁辫子，可全校没人敢碰曼丽。一面是害羞，另一面也是真怕，毕竟她学习又好，又能打架，双管齐下，足以称霸。

某次大骏受了别人挥掇，仗着熟稔，在课间操集合时，扯了把她的马尾就跑，着慌地跑进男厕，不敢出来。曼丽提着裙子，一路追到厕所门口，冲向天窗尖着嗓子叫。

"马大骏，你给我出来！"

"我不，"大骏怂，偏巧人又倔，"有本事你进来啊。"

"进就进！"

曼丽袖子一挽，径直冲了进去，惊得一溜儿撒尿的小孩提起裤子如鸟兽散。

而大骏连滚带爬，只能往隔间里面躲，不想曼丽抄起旁边的拖把，追在后面一顿猛捣，直到他连哭带喊，跪地求饶。

曼丽长到十来岁的时候，已在中学里小有名气。

因着学舞蹈，身板轻盈，脖颈子笔挺，走哪儿都习惯性地吊着一股子气，抬着小尖下巴颏。校园里有那早熟的，走廊上遇见了都会多盯几眼，慢慢地，也就起了谈朋友的念头。

李大金也曾跃跃欲试。

那天课间，他冲着大骏眨眼，扬了扬手里的信。

"这封情书，用尽我毕生功力，看我不感动死她。"

他重重一拍大骏的肩膀，信心十足。

"帮我掐着表，十分钟，拿下。"

结果，上课铃响了快十五分钟，他才磨磨叽叽地回来，脸盘子红肿，眼眶子通红，后背上一个大脚印子。

具体发生了什么，大金绝口不提，只是打那之后，再提起曼丽，他张嘴就是脏话，一句比一句难听。

中学三年，从未听说曼丽答应过哪一个，她甚至都不怎么跟男生讲话。每天课间，就抱着本小说，一边转笔，一边闷着头看。

她唯一搭理的同龄男生，就是大骏。

两家亲近，几十年的情谊了。今天你给我送盘饺子，明日我还你家一条鲅鱼，有来有往的。

每回大骏被他妈使唤着去她家送东西，曼丽就扔下手里的笔，把作业本一推，颠颠地跑过来，冲他使相。

"哟，大侄儿，又来孝顺你大爷啦？"

不知道为什么，她老想着在辈分上占他便宜，因着认识大骏他爸，不便争爹的位子，只好退而求其次，做了大爷。

"滚蛋。"

大骏讲礼貌，每每这么回她。

有时候晚上睡不着，他翻来覆去地问自己，曼丽一天天跟大金拉张长脸，怎么到了他这儿，就嬉皮笑脸、乱开玩笑呢？

难道——

他打吊铺上猛地弹起身来，在黑暗中目光炯炯。

难道，对她来说，自己是特别的那一个吗？

忽地，他又想起白天曼丽刚笑话他生得像只猴子，顺带着，又追忆起从小到大挨的那些揍，脑袋清醒了。

不，她只是嘴欠罢了。

想到这里，大骏愤恨地躺下，重重翻了个身，对曼丽的厌烦又添上几分。

27

情窦（下）

后来，曼丽去了外地读大学，阴差阳错，两人许久不曾碰面。

再见着，已是四年后。

那是个郁热夏夜，久未落雨，空气闷昏凝滞。大骏卷着凉席，跟几个街坊拼了张小桌，凑在路灯底下打保皇。身后围了圈看热闹的，打着蒲扇，一面驱蚊，一面七嘴八舌地议论。

约定好，输了的就往脸上贴纸条，几圈下来，打牌的个个像是拖把成了精。

正打到兴头上，坐在大骏下游的小哥他妈忽然喊他回去，拗不过，只得将纸牌胡乱一拢，塞给周遭观局的人。被塞牌的那个倒也不推托，盘腿往地上一坐，接过来就打。

起初大骏没在意，只顾着低头算牌。

他这把是独保，以一对四，战战兢兢的。旁人的烟味混着汗酸气飘过来，呛得他直咳，他屁股一倾，身子往边上躲，不想却捕捉到一股子似有若无的香甜，是花露水混着沐浴露的味道。

抬眼，曼丽的侧脸近在眼前。

斜簪着根木筷，长发绾成个松散的髻，细长的脖子前倾着，逆着路灯的光，镀了一层毛茸茸的光晕。

他掀开脑门上的纸条，呆呆地望着她，是久别重逢，似人间初遇。

循着目光，她也认出了他。

"上什么神呢？"她给了他一肘子，顺势捏出张牌来，"赶紧的，就等着打你呢。"

这一捅，心旌摇曳，大骏慌乱甩出张"保子"，当即遭到众人的哄笑围攻，不必说，自是输得一塌糊涂。

当天晚上，他辗转难眠，曼丽在他回忆中闹海，掀起万丈波澜。

翌日清晨，她脑袋探出窗外，用一柄塑料红梳子理顺着头发。这是她儿时就有的习惯，幼年的大骏厌得要命，而今他端着牙缸，立在水池旁，仰脸望向她，心底生出另一股情愫。

但见曼丽指尖一捻，两三根发丝便颤悠悠地落下来，恰搭在他脸上，戏弄一般，痒痒的。

咕咚，喉头涌动，大骏咽下一大口牙膏沫子，却什么味也没品出来。

一连几日，他总是能碰见她。摆脱了童年被按在一起比较的阴影，他像是头回认识她一般观察起来，渐渐也发现她的另一面了。

原来她笑起来眼是弯弯的月牙儿，不笑的时候，又是猫一样的杏眼，定定地锁住人，目光闪闪，像是滚着泪；瞳仁跟发丝一样，阳光下衬得有些浅，是澄澈的琥珀色；身板细长匀称，饭量却不小，吃到肉总是笑得开心，如孩子般的心性。

他对她越来越陌生，又越来越熟悉。

可她越好，反显出他的不足来，她身上的光越亮，越看得清他的遍身泥泞。

一直秉承"凡事差不多"的大骏，头一回因自己的条件而感到自卑。

每当话涌到嘴边，"不配得"又开始作祟，过往种种让他习惯了失落与惨败，偏不信感情上会有个顺遂的结局，因而对她的喜欢也只敢悄无声息，说出口便像是亵渎。

曼丽在少年宫教小孩跳舞，有时也做个人情，晚饭后在海边广场上领着大姨们跳舞，常常九十点钟才完事。

大骏担心她独行夜路，也跟着在周遭转悠，只是离得远远的。看会儿老头下棋，看会儿旁人钓鱼，再要么就跟着撞树的大爷砰砰撞几下，一整宿来回磨蹭着，只等她结束。

然而结束了也并不敢搭话。

她走在路左，他便去路右，一前一后，遥遥伴着，穿过街边的梧桐树影，踏过一盏接一盏的灯，海风吹凉后背的热汗，无人知晓。

有时也会在白天碰面。他早早在附近街口蹲着，探头探脑，眼见她打少年宫出来了，着慌起身。不想蹲了太久，腿都麻了，走起路来一瘸一拐。

曼丽笑着跟他打招呼，他却不敢回应，只怕一开口说错了话，露了蠢，强绷着抬高脑袋，看都不敢多看一眼，径直大步过去。

外人见了，反觉着他是一脸的不屑。曼丽心底也嘀咕，不知哪里得罪了他，怎一碰面就黑着张脸。

可她从不知道，每回等自己走过去，大骏就连忙回头去追，傻呵呵地望着她的背影，挠着头笑。大半日的等候，只为三秒钟的擦肩。

日复一日，年复一年，有什么在大骏心底落了地，生了根。

自小到大，长成的每一步都伴着这个女人，若将她剔除出去，生命也将变得残缺，她是他逃不开的过往，也是他渴望拥有的未来。

对于曼丽，早已超脱了爱，她成了他的执念，仿佛娶到她，灰暗的人生便从此有了仰仗。

她是太阳，她的光将照亮他的长夜。小半辈子都在成全别人，少有地，大骏这次也想为自己争取一回。

曼丽有只银镯子，戴了许多年。大骏想给她换只金的，在他眼里，唯有金子才是好东西，也只有纯粹的金子才配得上她的珍贵。

他要给她换最大、最粗、最洋气的，结果去商场转悠一圈，瞧了眼价格吊牌，转瞬泄了劲。

算啦，他决定更务实些，先买个基础款的，挑中一只，两万多。

为了攒钱，他向大金送礼，换了岗，每日去烟花厂装药库上夜班，从凌晨四点干到上午九点。累点，每月却能多挣两千。

算过了，除去交给父母的生活费，少抽点烟，少喝点酒，饭食上再俭省点，差不多只要小两年的时间。

每天深夜，等父母睡下，他就蹬着自行车出门，近一小时的车程。

因是小作坊，机械落后，纯靠手工。他们要先按照不同比例剂量配药，再用造粒机制成小颗粒，最后才是装填。

不同金属粉末在高温下产生不同颜色，他先填各色药珠，接着再填黑火药作药引，最后填进锯末做断层防火，如此循环装填。

一百响的礼花便是三种原料，重复装填三百次以上，五百响的，就是手动重复一千五百次以上。

夏夜最为难熬，车间里闷热，蚊虫又多，不敢点蚊香，整个厂子见不得明火。

工序复杂枯燥，后半夜，厂房里能听到此起彼伏的哈欠声，大骏遮着口罩，戴紧帽子，汗淌进眼里，手不敢停。

工友们说他是掉进钱眼，鬼迷了心窍，也有人说他是大金亲信，做一支烟花工钱给得更高，不然凭什么如此卖命。大骏听了也不辩。

钱难挣，屎难吃，各行各业皆是如此。自己选的道，没什么好抱怨的。这个道理他是懂的。

再说，手中的烟火能给买的人带来祥和喜庆的愿景，能给自己带来实打实的金钱，这已经是他理想中的双赢。

更何况，他心里暗自点数着呢，离曼丽戴上金镯子，还差五千，三千，一千……

然而，每每快要攒够了，总是突发各样的意外，要么是父母生急病，要么是金价涨了，冥冥中有什么在碍着他。

可他并不气馁，大骏最擅长的就是失败，他有各样重整旗鼓的法子，一次次地自我安抚，大不了从头再来。

在大院里跟曼丽偶然相遇，他总忍不住刻意去盯她的手臂，依然是那只银镯，还好，他告诉自己，还来得及，还有机会。

曼丽生日前一天，他终于攒够了两万块。

他用报纸包好，塞进胸前口袋，拍上去硬邦邦的，砰砰作响，那是他沉甸甸的安心与底气。他不敢坐公交，怕小偷摸了去，就蹬着自行车，一路哗哗流汗，还在老街巷口跟辆摩托车相碰。

车主急刹，仍是剐蹭到了，他连人带车被撞翻在地。眼前一黑，爬起来第一件事不是查看伤势，而是摸向口袋里的纸包，幸而只是人受伤，钱还在。

他不想耽搁，怕更多的意外，怕更多的来不及。

顾不上回应摩托车主的问询，推着自行车就跑，一路跑到商场门口，在人来人往的广场上，他汗湿额发，喘着粗气左右张望，寻不到停自行车的地方，索性贴着墙边靠住。

远远地，巡视的保安瞧见了他，衣衫不整，手还滴着血。

"干吗的？自行车推走。"

"就停一会儿，很快，很快回来。"

"赶紧推走！"

再晚就来不及了。他脑中蓦地响起一个声音。

他撒腿就跑，纸包护在胸前，愈发可疑，保安追在身后，他不得不加速狂奔，行人纷纷侧目避让。奔至金店门前，他刹住脚，手撑住玻璃，将要进门，却望见了曼丽。

她挽住一个陌生男子，二人依偎，正有说有笑地选戒指。

大骏从未在她脸上见过那种笑容，那是属于女人的羞赧。

她在幸福的云端，并未注意他在地面的仰望，就像曾经一样，她永远站在舞台中央，光打在她身上，她是看不到观众席上的他的。

他在那一瞬真正懂了，她是太阳，但从来不是为了他而升起，她的使命也并非照亮他的人生，那耀眼的光芒只是恰好打在过他身上而已，让他产生了自己也能登台与她共舞的错觉。

终究，他只是观众而已。

店员抬头一瞥，猛然撞见玻璃上的血手印，惊呼出声。

曼丽也循声旋过脸来，万幸，那时他已被保安按倒在地，额头抵住光洁的大理石，没人看见他的表情。

万幸，他早已擅长失望。

28

佳 偶

"你跑什么呀?"

"尿急。"大骏垮肩坐着,一面吸鼻子,一面低头捻搓掌心早已干涸的血渍,"急着上厕所。"

"手怎么搞的?"

他慌忙藏进桌子底下:"没什么,上厕所的时候滑倒了。"

曼丽递过张纸巾:"自行车放他后备箱里了,别担心。回去的时候咱一起走。"

大骏刚要追问什么,包间门霍地被拉开,适才在金店撞见的陌生男子探进脸来:"不知你爱吃什么,点了些招牌菜,有什么忌口吗?"

这话是冲着他说的。

店是高级日料店,曼丽爱吃这口,大骏是头一回来,他对于日料的全部认知就是寿司,也不知道还有什么其他菜式,想想东亚文化差不多,揉了揉鼻子,半天憋出一句:"少放辣,还有,我不吃八角。"

男人一怔,瞥了眼曼丽,曼丽也红着脸不说话,他点点头,退出门去。房间重新陷入寂静,曼丽"喀喀"清了几声嗓子,这才抬手去给大骏添水。

"我大学同学,也是琴岛人。"

她的眼只盯住杯沿,声音很轻,汨汨水声像是某种掩护。

"他也学音乐的?"

大骏也低头看杯，专注得像是杯子在对他讲话。

"不，他学中文的。"

"中文还用学？"他抬头骇笑，"怎么，每天看小说啊？"

曼丽没来得及解释，门外脚步声停了。姜川再次进了屋，整理好鞋子，熟练地坐在曼丽身旁。

"您好，我是姜川。"

他笑着向他伸出手来。

"马大骏。"

他用力回握，寻回了某种自信。

眼前叫姜川的文弱男子虽然手指细长，骨节分明，但掌心柔软平滑，没有任何硬茧子，大骏断定他肩不能扛、手不能提，不是个能过日子的老实男人。

"刚才说你来着，学中文的，出来能干吗？"他呷了口水，语调昂扬，"这工作不好找吧？当语文老师？"

姜川挠着脖子笑："是啊，挺难。"

"怎么选这么个专业？"

"当时头脑一热，光凭兴趣去了，没考虑就业问题。"

"要不我帮你问问，我有个朋友，他人脉广，我让他帮忙打听打听，看哪里需要文员什么的——"

"李大金吗？"曼丽打断，"你还跟他来往着呢？说多少遍了，他那人不行。"

"你俩之间是有误会，他后来都改过自新了。"

"趁早离他远点，不然早晚——"

早晚什么？大骏至今不知曼丽那日的预言是否成了真。

服务员拉门进来，打断了她后面的话。一盘盘精致小碟一字摆开，刺身拼盘摆在当中，蒸腾着雾气，大骏看着平铺在冰上的不知名的生肉与海鲜，拉住要走的服务员。

"什么时候上锅？"

"啊？"

"你光上肉不上锅,这让我们怎么涮?去催催后厨。"

曼丽面颊滚烫,蹙着眉不言语。服务员将要辩驳,姜川示意他出去,径自提起壶热水,将北极甜虾烫熟,自然地夹进大骏的碟子。

"你也喜欢这种新吃法啊?"

他又攘起条生鱼片,不动声色地做起示范。

"不过很多人还是习惯传统的生吃,你可以试试,味道不一样。"

大骏将信将疑,夹起生鱼片擎在眼前观瞧。橙红色,软塌塌的,他没蘸酱油和芥末,囫囵吞进口中。腻腻的,没什么味道,像在嚼一条白色的肥肉,他几次想吐,可看着曼丽吃得那么香,仍是咬牙吞了下去。

"怎样?"

他摇摇头:"我还是吃七分熟吧。"

恍惚记得西餐里有个七分熟的讲法,大骏脱口而出,只为争回几分面子。

这顿饭吃得别扭,席间曼丽谈了许多,大多是他们二人相识相知的趣事,估计是想替姜川向他做个引荐。可大骏全不爱听,只顾着低头用开水烫鱼片,半句不带回应。

大骏不开口,曼丽的话悬在了空中,姜川赶忙去接。二人你一言我一语,从电影聊到小说,全然忘记大骏的存在。后来他们又提及了许多人的名字,班宇、麦家、苏童、格非、余秀华……

大骏觉得耳生,一个也不识得,通通没听过,愈发沉默。

转眼间,菜已经吃得七七八八,而他俩全然没有停下的意思。大骏举了半天的筷子,嘴巴空荡荡的没事做,后来终于忍不住了,插话道:"这么些人,也都是你们班同学吗?"

得知曼丽要结婚的那天傍晚,他正在市场上配钥匙。

回去当天他就四处打探姜川的底细,很快便摸清了家底。

父亲经商,家底殷实,在老街算得上是位阔少,附近连锁的几家超市都是他家的生意,一辈子不上班也不愁没钱花。怪不得姜川总跟电影明星一样爱穿浅色,毕竟不用干粗活,衣裳脏了也不必自己洗。

大骏原本还想跟他一较高下,可思来想去,发现自己能做到的唯一报复，就是不去他家超市买东西，让他每个月损失几百块的营业额。

几次接触下来，大骏不得不承认，姜川人真的很好，好到自己是个女的，大概率也会动心。

长相儒雅，性情温和，讲起话来慢条斯理；家里有钱，自己又有文化，关键还谦虚低调不好色，就算跟曼丽相处也是客客气气，不会随便动手动脚，对所有人都很尊重。

有回大骏跟大金提起生鱼片，他得意扬扬地介绍新吃法，大金没给他留面子，当场直接骂他是土鳖，说从来就没有烫熟了的吃法。那时候大骏才明白姜川的良苦用心，反应过来他是如何精心维护自己脆弱的自尊心。

即便是情敌，他也认同了姜川的优秀，对他是碾压级的超越，二人的条件判若云泥，差距大到连嫉妒都是种冒犯。

大骏捏着钥匙，站在摊位前愣神。

自己跟他相比，简直是天上的星和鞋底的鼻涕饹馇，曼丽不跟他结婚，难道跟自己吗？

"你配吗？"

摊主不耐烦地拍拍配钥匙的机器，仰着脑袋粗声问他。

"你配几把？"

婚礼那天，尽管心底给自己找了千万个临阵逃脱的理由，他还是去了。

他想见见曼丽穿婚纱的样子，即便与自己无关。

为赴宴，大骏翻出自己最好的衬衫，临出门才发现左袖缺了颗扣子，便把袖子高高地挽起来，像藏心事一般，以为只要他掖得深，旁人就无从知晓。

他掏出备好的红包，一咬牙，准备买金镯子的钱全部随了礼，起码在今天这个特殊的日子，不愿让姜川瞧低了自己。

酒店高级，看着就贵。曼丽请了不少朋友与邻居，大骏和他妈都在受邀的行列，不同桌。

大骏这边有几张熟面孔，左侧是初中同学，昔日少年早已发福，整个人浮肿了一圈，像是泡囊的馒头；右边是邻居七十多岁的王奶奶，为参礼还特意戴上了新假牙，显然假牙做大了，嘴巴始终咧开，闭不上。

宾客坐定，新人尚未登场。

等待的过程漫长煎熬，大骏就像是等着行刑的死囚，希望突发变故，又希望速战速决，走个痛痛快快。

他无数次期待婚礼办不成，可转念又恨自己的恶毒，如果不顺利，那曼丽该多难过。现场这么多双眼睛盯着呢，他怎么忍心期待她成为别人的笑柄。

音乐起，曼丽款步上来，一切顺遂，大骏不知该喜该悲。

"你愿意嫁给他吗？"司仪声音嘹亮。

不愿意，不愿意，大骏暗自祈祷。

"我愿意。"

他灌了口白酒，低下头，泪浮上来。

"真辣，"大骏笑着抹了把脸，"我眼泪都辣出来了。"

台上司仪起哄，哄闹着让新人亲一个。

"亲一个，亲一个，亲一个。"

全场欢呼，他一仰脖，又是一杯。

"哎哟，"大骏用掌根大力揉搓着双眼，"这酒真地道，怎么还辣得我哗哗淌泪呢。"

舞台上有谁在深情表白，煽情音乐起，似乎是曼丽的声音，他慌了神，整个抓起酒瓶，也顺势攥住身旁的人，故意拔高了嗓音。

"王奶奶，今天好日子，你也来点白的吧？"

嬉闹声中，有谁在喊喊喳喳，断续却刺耳。

"狗屁爱情，还不是看上人家钱了。我听说，这个男的家里面是做买卖的，家底很厚，装什么清高，最后还不是拜金女一个——"

大骏瞥了眼说话的男同学，想起他以前有事没事地老是追在曼丽屁股后面跑，不知今天是怎么混了进来，吃不到葡萄骂葡萄酸。

"门不当户不对的，还指不定能不能过到一块儿去呢，"那人跟身边人继续嘀咕，不住撇嘴，"呵，说不定明年就让人踹了。"

· 151 ·

大骏摇晃着起身，抓起那人衣领，扯到近前。

"你干吗？"馒头脸受了惊，瞬间缩了一圈，"马大骏，你要干吗?!"

"我我我——"

一张嘴，胃部抽搐，全喷在了那人脸上。

毕竟是喜宴，主家只图个吉利，不愿生事，这边的闹闹哄哄很快被当成酒后玩笑遮掩过去。被吐的那个自知理亏，愤愤离了场，而大骏后半场则全程安静地坐在角落，独自承受着来往宾客调侃的眼神。

换完戒指，吃饱了菜，婚宴终于接近尾声，大骏的凌迟到此为止，只待胸口的最后一刀。

不少亲友纷纷上前与新人合影，他红着眼，望着前方人头攒动，再也忍耐不住。他脚步踉跄，满身酒气地拨开眼前的人群，大步朝曼丽走去。

众人诧异地望向他，他统统不管，他要说出来，他今天必须问个清楚，他——

他被谁一把拉住，回头看，是他妈。

"不用去要袋子了，"她笑着晃晃手里的塑料袋，"我都打包好了，走吧，咱回家。"

她望着他，脸上的笑颤颤巍巍，手却攥得紧，指尖冰凉。

知子莫若母。她见过他藏在枕头下面的照片，她知晓他全部的不甘与畏葸，也明白此刻酒后绝望的冲动，几十年的经验让她更能够预见冲动之后即将加倍反扑的屈辱。

"大骏，"母亲扯扯他的衣袖，露出缺失的纽扣，"咱回家吧。"

母亲震颤的嗓音让他瞬间头脑清明。

转头寻她，不远处的舞台上，曼丽正笑着跟众多宾客合照，聚光灯下，白皙皮肤涌动着一层珠光，美得如梦似幻。

是的，她并不是为他而闪耀，只是他恰好途经了她的璀璨，有幸沐浴过光芒。

是时候告别了。

曼丽，我走啦。

他久久地凝望,无声地诀别。

他转身,提着塑料袋落魄离场,打包的饭菜哩哩啦啦滴着汤汁,蹭脏了裤腿。

这回,我真的走啦。

而曼丽正笑着帮姜川摘去肩头的彩带,一次都没有看向他。

29

焰火

他万没想到，是姜川先找上门来。

那时曼丽早已搬出大院，他自个儿也住进了他爸单位分的老楼，浓烈的情愫被时间和距离注了水，日渐稀薄寡淡，不再难以下咽。只是他不曾想过，在某个冬日清晨，前暗恋对象的丈夫竟会独自找上门来。

敲门声响，轻巧的三下，随后没了声息。十来秒后，又是温暾暾的三下。

大骏刚下夜班，睡眼惺忪地开了条缝，门外的姜川裹着一股子冷风，让他涌到嘴边的哈欠再次咽了回去。

姜川脸上刻着笑，鼻尖通红，不住地吸鼻涕；右手提着一网兜的砂糖橘，左手是两条中华烟；脖子上还围着三年前的那条白围巾，乍看算干净，仔细一瞧，边缘洗得有些泛黄毛糙。

大骏着慌地将他让进屋来。待姜川拘谨地坐定，他才发现自己只穿了条秋裤，赶忙打被窝里翻出外裤来套上。他妈没在家，大骏一时间找不到水果，只能手忙脚乱地倒了杯开水来招待。

"喝水，喝水。"

"好的，好的。"

客套完了，两人一时都没了话，老僧入定般面对面坐着。偶尔视线交汇，同时慌忙地错开。就在大骏即将绷不住的时候，姜川握着水杯，缓缓开了口。

"我家的事,听说了吗?"

大骏两手搓着膝盖,支支吾吾。

这事知道是知道,但毕竟不是什么好事,他搞不懂姜川愿不愿意让旁人知道。可眼下闹得沸沸扬扬的,他说不知道,姜川能信吗?思来想去的,只好胡乱晃了几下脑袋,并不明确表态。

"我爸这事办得——"姜川仍是笑,嘴角上扬,视线却向下垂,"办得不太好,连累了不少人。"

前阵子,他家的超市门头让人给烧了,像是某种威胁。这一闹哄,也撕开了老姜家最后的遮羞布。

姜家说是家大业大,其实是个花架子。超市不是他家独有的,他爸不过是跟人合伙,最初的钱也是对方出的,因而他爸手上并没什么实权。可偏巧他爸爱炫,成日地西装革履、山珍海味,打着老总的名号,四处刷脸消费,正经营生没怎么用心,酒肉朋友倒是结交了一堆。

后来不知怎么学上了赌,把做生意的流转资金掏了个空,拆东墙补西墙,亏空越来越大,直至兜不住。讨债的上了门,合作伙伴这才知道他爸捅了多大的娄子,纷纷要终止合作,要他爸赔钱。

可哪里还有多余的钱去赔。他爸一下子黑白两道得罪个遍,一边要告他,一边要灭他。

"我妈一急,心肌梗死走了,就上半年的事。"

大骏递过去一只橘子,姜川没吃,捏在手里。

"我爸逃了,至今没下落,追悼会都不敢露面。讨债的倒是来了,围着棺材看了半天,看我妈是不是假死避账。"

指尖用力,指甲嵌进橘皮里去,一弯弯月牙儿似的痕,橘汁的清新在屋中弥散开来。

"我妈头七那天,一个女的找上门来,闹着要抚养费。那时候我才知道,原来这么些年,我在外面还有个弟弟。"

姜川吸了吸鼻子。

"他人跑了,债没完,家里的房子低价卖了,总算还上了大头。眼下我们又搬回老院了,只能先住在曼丽家。"

曼丽家不过二三十平方米的小房子，如何塞得下四口人，大骏没敢问。

"讨债的很快也跟来了，天天在门口晃悠，盯梢一样。不打，也不闹，就跟着。无论你去哪儿，他们都不远不近地追在屁股后头。再后来，曼丽爸妈进进出出的，也开始有人跟着，弄得我也愧疚。你说说，人家老两口有什么错，一大把年纪的，跟着我遭这茬罪。"

大骏想要安慰，却又寻不到话语，只能跟着叹气。抬手给姜川续水，提起暖瓶才发现他的杯子基本没怎么动，手又缩了回去，重新搓着膝盖。

"我落魄了才知道，原来我跟我爸一样，身边也没什么交心的朋友。实在是被逼得没办法了，这不才拉下脸来，求你帮忙。"

是借钱吗？大骏喉头涌动，他顶不擅长拒绝，不知一会儿该如何回应。

"我想让你帮着搭个桥，进烟花厂。"

"啊？"

这回是真惊讶，意料之外的诉求。

"我的情况你也知道，中文挣不了什么大钱，就想着多打两份工。白天我做着几份家教，晚上还有点时间，想寻个夜班干干，可是没有门路，听说你们厂效益还不错，所以我想求——"

这番话必定是打过几次腹稿，姜川一口气说下去，生怕打个磕绊，就再没了开口的勇气。不料只说到一半，大骏就伸手打断了他。

"别说了。"

"我真的——"

大骏一把攥住他的手。

"用不着求，这点小事，包在我身上。"

"不行。"

大金一口回绝。

"我这儿又不是福利院，什么人都收留吗？你凭什么替我做主？"

"他人真挺好——"

"好不好的关我屁事，之前曼丽跟我嘚瑟成什么样你又不是不知道，现在凭什么要我替他们夫妻俩收拾烂摊子。"

大金往老板椅上一靠，拾起支烟，在鼻子下闻嗅。末了，冲他摆摆手。

"快回去干你的活吧，完不成，我照扣你工钱。"

大骏讪讪地走了两步，又定住了脚，扭头瞪着他。

"大金，咱俩到底是不是兄弟？"

李大金叼着烟，乜斜他，不言语。

"你之前欠债，还不是我替你做了保？我背着我爸妈给你担了多大风险，我们家房子现在还——"

"行了行了，"大金慌忙打断，"知道你帮过我，用得着整天挂在嘴边吗？"

大骏被他一说，反而红了脸，在空荡的办公室里左右环顾，语气也跟着软了几分。

"让他来吧，我都答应人家了，你就算是给我个面子，还我个人情——"

"行吧，"大金嘬嘬牙花子，"明儿就让他来吧，算我冲你的脸面，谁让咱俩是兄弟呢。"

大骏有一条看对了，姜川确实不是干粗活的料。

分给他的活计是最基础简单的，不过是给爆竹卷筒刁底，也就是把爆竹外层的红色纸壳用绳子捆成一盘圆圈，再用泥巴封住底部，交给下一步的工人装填火药。

他绊手绊脚地戳在那儿，不是绳结打不开，就是泥巴干不透，一肚子的蠢问题。

夜间的库房本就烦闷，没人愿意搭理他，各自赶工，只留他自己满脸泥灰，对着臭烘烘的纸板急得直搓眼。

大骏不忍心，自告奋勇，成了他的师父，跟在他旁边，从最基础的一点点教起。

姜川自小没吃过什么苦，却有个优点，便是谦逊勤奋，口头禅是

"我可以学",慢慢地,也真将大骏当成了自己师父,大骏说一句,他就掏出纸笔来记一句。有时候大骏气急了也拍他:"记个屁笔记,你得下手练!脑子记没用,让你的手记住!"

一个用心教,一个用心学,没多久,姜川的速度就赶上熟练工了。

下了夜班,两人一道儿回家,在坦岛附近的早点摊上,随便塞点什么油条馅饼。吃完了,大骏回家睡觉,姜川则洗把脸去上家教,一天插空睡个三五小时。

转眼过了一年多,再干几个月,姜川家的债就能彻底还上了。

临近过年,厂子里来了笔大订单,每天光加班费就小一千块。名额有限,被选进去的都是大金的得力助手,大骏自然也在其中。他盘算着,这十多天干下来,怎么也能挣个小两万,美滋滋地好过年。

一抬头,望见坐他对面的姜川。

往日的公子哥如今熬得皮包骨,脸凹了,背也驼了,手上全是擦伤和硬茧。又是一宿夜班,他困得眼皮粘在了一起,脑袋一磕一磕的,馅饼掉进了甜沫里也浑然不觉。

"哎哎,别睡了,听我说。"

姜川迷瞪着,四下寻找,半晌才对上大骏的脸。

"你这两天,把家教的活先缓缓。"

他有些茫然,张嘴要解释。

"我有个大活给你,干完这票,你账就还清了。"

就这样,姜川顶了大骏的缺。

其实大骏自己也说不上来为什么,他就是见不得曼丽夫妻俩受苦。在他认知里,好人不该受苦。尽管自个儿就站在泥潭底下,但仍见不得别人也在泥潭里挣扎。

见着从高处堕下来的,总是唏嘘,总愿意拉一把,出去一个算一个。至于自己,本就不知什么是衣食无忧的好日子,少了对比,也就不觉得苦了。

九天后,那个命定的凌晨,他忽然从睡梦中惊醒,不知为何,惊出一身冷汗。

大骏将枕头掉了个面儿，可翻来覆去，再也睡不着，一颗心怦怦怦地跳，总觉得要发生什么。

愈来愈快，某种不祥的征兆。

他趿拉着拖鞋，摸黑来到厨房，咕嘟咕嘟，灌了半杯凉白开，心底安稳了几分。就在他要转身的一瞬，一声巨响，西边的夜空亮如白昼。

烟花厂的方向。

大骏扭头，厨房窗外，视线尽头的远山赤红一片。无数象征吉祥的烟花在同一瞬炸裂，化身黄泉业火，吞噬山，吞噬海，吞噬生灵。

吞噬姜川。

30

兄弟（上）

大骏没向任何人讲过，大金失踪的前一小时，二人碰过面。

大骏去大金家找他，刚巧碰见大金急着出门，夹着只皮包，借夜色掩护，神色匆匆。

"你要上哪儿？"大骏拦住他的去路。

大金左躲右闪，愣是被挡了个严严实实，气急败坏地推了大骏一把。

"给我让开，再晚赶不上车了。"

"我问你去哪儿？"大骏扯着他的胳膊不撒手，"你不是要跑路吧？"

大金眉一拧，垮下脸来，目光也跟着硬了几分。

"马大骏，咱俩可认识小二十年了，我在你眼里就是这种小人吗？"

"不是，我不是那个意思，"大骏被他大帽子一扣，怵了，手不由得垂了下来，"厂里出了这么大的事，你又是厂长，你不在我们怎么办？伤员还在医院等着抢救呢——"

"所以我才急着去讨钱！"他睁开大俊的手，"我不是跟你说了吗？咱在外地有几笔尾款没结，我就是为了救人，就是为了你们的赔偿金，这才拉下脸面四处去讨账，你当我愿意全国各处跑着去要账吗？"

气势一足，这话竟连自己也信服了。李大金义正词严地大步朝前，走了几步又住了脚。夜幕中只有他自己的脚步声。回头，见大骏可怜巴巴地立在街灯底下。

"大金，你会回来的，是吧？"

大骏扯扯汗衫。

"俺爸妈的退休金我都借你了，不是不信你，我就是想问问，大概什么时候——"

李大金打裤兜里掏出张皱巴巴的卫生纸，用圆珠笔写下一串号码。

"眼下情况特殊，我怕过阵子，手机不得不关机。这个号码你留好，别人都不知道，我就告诉你一个。"

大骏感觉受了信任，心生感动，颤抖着手要去接，又被大金一把按住。

"先听我说完，这个号码轻易不要打，除非到了事关生死的关键时刻。"

后来，姜川做截肢手术，四处筹钱，大骏思来想去，这就是那个关键时刻。

他寻了个没人的地方，颤抖着拨通那串救命的数字，电话很快接通，另一头是一个女人的回复：

"对不起，您拨打的号码是空号。"

他诧异了，拿远手机，反复比对着卫生纸上的数字，一个一个按下，重新拨打。

"对不起，您拨打的号码是空号。"

一连三回，大骏终于认清了现实。

"李大金，我日你列祖列宗。"

转眼间，大半年过去了，桃花依旧，人面全非。

大骏没了工作，姜川没了腿，而老周，整个人都没了。曾经的噼啪烟花厂也被推倒重建，挂上了喜福生态养殖有限公司的招牌。

时值盛夏，万物绚烂，一切都在大步向前，而他们的伤痛，只被允许停留在爆炸发生的那个寒冬深夜，好像如今再蹦出来哭诉不幸，反倒成了他们的不懂事了。

医院走廊上，在结结实实挨了曼丽几巴掌之后，大骏蹲着好好委屈了一回。可哭到一半，他不得不抹干眼泪，匆匆忙忙去赶公交车——得给他爸送饭，还有另一家医院要跑。

像他这种人，连心碎都不能专心致志，毕竟悲伤不能当饭吃。

颠簸的公交上，大骏边吸鼻子，边继续拨打那串电话。

已经养成了习惯，每天得空就打。

最初的愤怒退却之后，不善以恶揣度他人的大骏，又一次替大金找好了理由：会不会是天黑眼花，写错了数呢？

由头想好，大骏又一次欢喜起来。

打那天起，他就像偷开保险箱一般，一个个数字轮着、替换着拨打。自然是行不通，不是打错了，就是没人接，大金没找到，骂倒是挨了不少。

意料之内，今天依旧没联系上大金。大骏刚要把手机揣回口袋，它却自己响了，破损的屏幕上，跃动着一串陌生号码。

"喂？"

"哎哎，喂，大骏吗？"

女人的声音，有些耳熟。他正回忆着，电话那头自报了家门。

"我是恁二大娘，就想问问，你爸恢复得怎么样了？"

他爸住院要缴费时，大骏觍着脸问了一圈。亲朋好友手头都紧，一个个关心有余，真要掏钱了，却又力不从心。后来是他爸亲二哥，他亲二大爷借了四万块钱，这才顺当做了手术。

"我也不好意思开口，但是吧，恁二大爷不当家，不知道家里的难处。这不，你弟年纪也不小了，寻思让他赶紧结婚——"

"俺弟前年不是结了？"

"哦，去年离了，今年这不是又要结嘛。这一办喜事哪儿都是用钱的地方，我们家房子也旧了，原本打算今年下半年重新装修装修，这——"

妇人的嗓门极大，大骏将手机轻轻拿离耳朵，眼望着车窗外愣神。驶过的车站，两个小男孩正擎着块石头，追赶一条瘸腿的流浪狗。

他赶忙探出头去朝后瞧，狗伏在地上，夹着尾巴，讨好似的飞快摇摆。

小孩嬉笑着,投出石块。

"二大娘,你放心,那个钱我下个月就能还你们。"

"不是不是,你这样说不就太见外了吗?感觉我打这个电话,就好像是专门来问你要钱一样,弄得我都不好意思了。"电话那头顿了顿,"那行吧,也不打搅你们了,让你爸好好养养,有需要我们的地方尽管开口。"

"好的,二大娘你也——"

对方挂断了电话。

"以后,这儿就是你家了。"

怀里的狗倒不认生,一拱一拱的,探出臭烘烘的舌头,要去舔他。

"行了行了,别客气了,一会儿进去礼貌点。"大骏避开它的嘴,"也叫你欢欢吧。"

在他的认知里,小狗都该叫欢欢,小猫都该叫咪咪。

刚才挂断电话,大骏眼前总是那条瘸腿的老狗,磨蹭了一会儿,终是没忍心。车一停就跳了下去,呼呼朝后跑。轰走了小孩,又买了根淀粉肠,看着狗狼吞虎咽地下了肚。

三两口吃干净,狗摇着尾巴上来,围着他一个劲地转圈。

"没啦,"他拍拍狗头,"你走吧,我也得回去了。"

狗却再也赶不走,他在前面走,它在身后远远地跟。狗的一条后腿有伤,痉挛着不敢落地,只能用另三条腿,一跳一跳地跟。

他停,它也停;他走,它也走。

直到大骏快步过了马路,它被川流的车海困在另一边,摇着尾,呜呜哀鸣。

"啧,怎么还赖上了呢。"

进家门时,他妈正在厨房里煨汤,热气蒸腾。

"妈,我又给你带了只欢欢回来。"

他语气昂扬,尽可能让这听上去像是件喜事。欢欢一号率先冲上来,跳着脚狂叫,欢欢二号则紧贴住大骏小腿,抿着耳朵,鼻头湿润,两只眼睛也湿润。

他妈盯了一会儿，没说什么，扭过身去继续煮汤。

大骏也不急着出去，就在厨房里延宕着，未语先笑，赔着小心，端起灶台上的半碗汤泡饭，没话找话。

"又吃剩菜了，说了多少遍，你得好好吃饭，不然胃——"

"大骏，咱把房子卖了吧。"

他的手悬在半空。

"我想开了，租房又怎么了，咱一家人齐全比什么都重要。"他妈并不看他，只低头望着雾蒙蒙的水汽，"这小破房子，我也住够了。回头卖了钱，给你爸治病，我也治治眼，剩下的咱全家出去旅游去。我活了六十多岁，还没出过琴岛呢。"

"妈，这——"

"人这一辈子说快也快，我不想住完小破房，接着去住小破盒。"

她也是尽力提着气，想让声音听上去轻松，不料嗓子出卖了她，有些涩哑，有些抖。

"行了，我得给恁爸送饭去了，你的在锅里，自己热热。"

大骏站在厨房，手里还端着半碗剩饭。

该笑，卖了房，所有问题就迎刃而解了。

可他笑不出，喉头被什么哽住，喘不上气。

掀开锅盖，两只鸡蛋，一包奶。

在他妈的认知里，鸡蛋和牛奶是世界上最有营养的东西，从小学开始，每天雷打不动地给他准备，就连如今他爸住了院，她也不忘先给他备好饭。

大骏拿起鸡蛋，又瞥了眼旁边的剩饭。

啪，他抽了自己一嘴巴。

31

兄弟（下）

大骏刚要将蛋塞进嘴里，门铃响了。

两条欢欢同时吠叫起来，他在后腰揩干手上的水，趿拉着人字拖，颠颠地去开门。

"王女士，你这个丢三落四的毛病什么时候能改——"

门外的人不是他妈，是三个陌生男子。为首的矮胖，跟在后面的两个瘦高，同样的面目狰狞、来者不善。

"你们找谁？"

没等问出来，手一推，三人径自进了门，左右打量起房子。

"这么破。"

"哥，这采光和格局也不大行。"

"不是，你们谁啊你们？"大骏退了一步，"再不说，咯，再不说我报警了啊。"

听到报警，矮胖的男子扭过脸来，笑了。他不疾不徐，打口袋里掏出张纸来，抖了抖。

"好啊，你尽管报警，咱看警察来了，到底是抓你，还是抓我。"

面前是几年前的一张欠条，抵押的是他家这套老房子。钱是李大金欠下的，但是名和手印都是他留的。

大骏一怔，慌忙探出头去四下张望，好在他妈已经走远。他退回屋中，将门窗闭紧，再回头来看，那位大哥样的男人已经自顾自在沙发上坐定。另两个小弟样的人物，一个歪在窗台上，伸手逗弄鱼缸里的孔雀鱼，另一个则钻进他爸妈屋里，扯开衣柜门，来回翻腾着。

大骏火起，抬眼又瞥见桌台上那碗剩饭，只得强压下去。两条欢欢伏在脚边呜呜低吠，他忙伸手护住，怕来人杀鸡儆猴，误伤了它们。

"哥儿几个，咱现在法治社会，凡事得讲个道理——"

大哥闭目养神。闻言，理寸头的小弟不再搅和鱼缸里的水，而是打后腰抽出把刀，啪地搁在茶几上。

"就是来讲道理的，欠债还钱，没毛病吧？"

"可又不是我欠的，找我干吗啊？"

"哦，不是你？"大哥睁开眼，捏起欠条，懒洋洋地传给身后的小弟，"我年纪大了，眼神不好，你给我念念，担保人的名字是什么。"

"马大骏。"

他点点头："马大骏是你吧？"

"是我，但是——"

"那就行了。"嗒嗒，指尖点了两下欠条，"名字是你，手印是你，当时抵押的房子也是你这套，所以我们今天要找的人，就是你。"

"那是他手摔伤了，没法写字，我是帮他代笔，而且他说用不着我承担什么，就是走走过场。"

事实确实如此，借贷时大金吊着右胳膊去的，当时说跟借贷公司的都是兄弟，写谁名、按谁的手印都不重要，不过是个形式。而且大金说借钱这事没告诉旁人，之所以让大骏跟着来做担保，是因为一众人里最信任他。

"他说你就信？你是真单纯还是没脑子？"小弟坐在沙发扶手上，探过身来，"结果呢，你把人家当兄弟，人家把你当傻——"

"闭嘴，"大哥一偏脑袋，"说出来可就没意思了啊。"

他又转脸看向大骏，强装着慈眉善目。

"前几天，人家借贷公司的老板找到我们诉苦，他也是小本经营，不容易。现在你这哥们儿消失半年多了，这笔账对不上，人家没法正常经营，你这做担保的也脱不了干系是不是？不光你家有父母，人家也有，我们也有，大家出来都是混口饭吃，都不容易的，相互体谅。"

笑一收，两颊的肉耷拉下来，天然的凶狠。

"这事要平也简单，你把他找出来，咱几个寻个僻静的地方，当面谈。"

"我上哪儿找去，我天天打电话，找不着，现在全世界都在找他，根本找不着——"

大哥一扬手，掐断他后面的辩白。

"我不管你俩之间有什么恩怨，也不管到底是谁对不住谁，我只知道，欠债还钱。给你一个礼拜的时间，你得替他结了这码子事。要么还钱，要么腾房，要么别怪我们不客气。"

"威胁我是吧？"大骏霍地起身，尖着嗓子，边说边退，"我跟你们讲，别当我好欺负，我在当地也是个有头有脸的狠人物。"

小弟拾起根牙签剔牙，不屑地冷哼。

大骏梗起脖子："你这是什么意思？老话说得好，莫欺少年穷——"

"你算个屁少年，黄土都埋到肚脐眼了，怎么看也快四十了吧？"

"那……那莫欺中年穷——"

小弟斜叼牙签，甩着膀子上前，一下接一下，狠掼他的头。

"我他妈就欺你了，怎么着？我还欺你老年穷，欺你死鬼穷呢！我就欺你窝囊一辈子，怎么了？有能耐麻利把钱还上，有能耐直接找人干我，在这儿叫嚣什么？"

大骏面色通红，冲上去扑打，不想却被人一把推了回去，一屁股跌坐在地上。他喉头涌动，忍了几忍，转脸冲里屋的另一个小弟喊起话来。

"你别瞎翻了，懂不懂礼貌，回头丢东西我真报警。"

话音未落，里屋的小弟衣服一扔，出来骑压到他身上，冲着鼻梁就是一拳，转眼间鼻血蹿了出来。

"行了行了，大热天的闹哄什么？"

大哥慢条斯理地将欠条折好，重新塞回口袋。

"我看这房子的户主不止你一个，还有你爸妈，这样吧，回头我们也跟老两口打声招呼，反映下情况——"

"别找他们，"大骏捂住鼻子，"我爸妈身体不太好，别吓着他们。多少钱我还，下礼拜，下礼拜，一定还。"

"咱今天也不能白跑一趟，多少带点什么纪念品回吧？"打人的小弟佝偻着背，在客厅转悠，"不过没什么值钱的好货哇。"

转了一圈，电视、空调都是老玩意儿，小平头发现了大骏扔在凳子上的电脑包，拾起来，朝地上倒空。钥匙、钱包、口罩、木寸上春树的盗版书，乱七八糟散了一地。

"你的笔记本电脑呢？"

"没有。"

"没有？"小弟猛踹大骏肋骨，"糊弄鬼呢，没有电脑哪儿来的电脑包？"

"我当时就买了个包背着，"大骏怕他再踢同一处地方，连忙翻了个面儿，"显贵，又耐用。"

果然，又是一脚："妈的，最恨你这样的，又穷又虚荣。"

"我看冰柜倒是有几成新。"另一个小弟打厨房出来，"矬子里面拔将军，也就这个值点东西了。"

大骏视线一直跟着他们走。这几天四处筹钱忘了抛尸的事，如今才想起来，那无名的老头还冻在冰柜里呢，见几个人要抬，他连滚带爬，冲上去一把揪住了他们的袖子。

"等等，里面的东西给我留下。"

"你他妈还讨价还价。"

又一次挥拳要打，不想大骏这回却没有退让。恐慌激出一股子蛮力，他这时也忘了怕了，推开几人，打开冰柜盖子，将乱七八糟的吃食，连同底下被压住的那只皱巴巴的尿素袋子，一并扔在地上，脸上绷出一副无所谓的样子。

"行了，我就要这些，别的你们都拿走。反正里面的也不值钱，东西清空了，你们还好搬。"

几人面面相觑，一时间反倒没人动了。

"里面有什么?"

平头小弟偏巧指着那只尿素袋子,瞪向他。

"不会是什么名贵食材吧,打开。"

大骏不说话,手慢慢摸向菜板,上面有刀。

小弟并没在意他的异样,大大咧咧地弯腰,隔着袋子捏了一把。

"嗯?什么玩意儿?"

他挠挠头,不顾大骏劝阻,一把扯开了袋口朝里打量。

"操!"

他惊骇地往后撤,一直撤到大哥脚面上去。大哥伸手抵住,抬手给了他一巴掌。

"跟我这么些年了,还是沉不住气,一惊一乍的干什么,丢人现眼的玩意儿。"

"大哥大哥,那里面有东西!"

"这不是屁话吗?鼓鼓囊囊的,我又不瞎。"

大哥甩开他,撑开袋子一看,瞬间变了脸色,再抬头,又看清了大骏满脸的血,和他手中的刀。

大骏退无可退,只能攥住刀上前一步,准备拼死一搏。不想对面的人膝盖一软,扑通跪下了。

"哥,别冲动。"

端端正正地磕了个响头。

"自家兄弟,有话好好说。"

32

饥肠

又是一次日落，夕阳缓缓没入海中，天地万物镀上一层橙红。晚霞璀璨，三人却无意欣赏。生活不是电影，饿着肚皮的人是没有多余的心情去诗情画意的。

没有食物，淡水稀缺，睡不安稳。打火机报废之后，就连火源也无从保证。他们逮到什么吃什么，有时是鸟蛋，有时是昆虫，更多时候是树根底下不知名的花草和蘑菇。

生吃了几顿之后，几人出现了不同程度的呕吐与腹泻，眼瞅着就要把仙人舌的叶子薅秃了，状态濒临极限，只吊着一口气不肯咽。

"我们来岛上有几天了？"

阿仁赤着膊，四肢大敞平瘫在沙地上，声音有气无力。

"谁知道呢。"大金的回应也慢吞吞的，同样气若游丝。

"你每天拿着石头，在那里画画画的，不是记日子吗？"

"我写遗书呢。"

大金塌着腰，长发蓬乱，遮挡住视线。他右手捏着一小片锋利的碎石，左手捺住棕红色的巨大石台，吃力地来回刻画，留下一道道浅白色的痕迹。写三五个字就要费上大半天的工夫，动辄气喘吁吁。长期饥饿让他患上了低血糖，动作一大就眼前发黑，冷汗淋漓。

写到落款的"大——"，他猛然停住。一旦名字补全，人生的故事似乎也真的到了终点。他迟疑着不肯谢幕，明知眼下食不果腹地活着远比速死要更加痛苦，可心底总是存着侥幸。

万一呢？

万一事情出现了转机呢？

如此想着，他又一次掏出手机来，高举胳膊，在石滩上来回爬动寻找着信号。

"你又发什么癫？"

"外面肯定在到处找我，这么多天联系不上，他们肯定着急了。"

"找你又怎样？"阿仁愣愣地望着天空，眼神没有聚焦，"就算拨通了电话，就算有人要来救我们，那也要知道具体地点啊。可我们现在连自己在哪里都讲不清楚。"

大金颓然地垂下胳膊。甭说信号了，手机掉进海里时就泡了水，上岸之后屏幕就没亮过，任他怎么按也开不了机，八成是电池烧坏了。

而且就像阿仁说的那样，让他们联系上外界又如何？茫茫大海，地毯式地搜索吗？等找到他们，那指不定早已猴年马月、暴尸荒野了。

他们如今的状态，虽尚且存在于这个世界，可与世隔绝，与城市里众人鲜活的生活再无交集，不过是另一程度的死亡罢了。

最初几日的好奇探索之后，三人逐渐泄了气。他们转遍了海岛，山高树密，除了隧洞尽头的小镇废墟，整座岛上再无其他人类的踪迹。

挖完了野田里的红薯和土豆，他们一连几天只能吃野果和树皮。阿仁建议与其守着残缺的屋舍，不如先回到最初的那片海滩，起码食物不充足的情况下，可以寻些小海鲜勉强果腹，再说海水充足，淡水蒸馏起来也方便。

临行前，宝进将那最后一株仙人舌挖了出来，小心地在根部培上了土，绳子一捆，背在背上。用他的话说，死之前先栽到自己坟头上，百年后有人发现，也算是造福后代了。

话说回来，好半天没看见王宝进了。

大金支起上半身四下打量，不在附近。可再远的地方，他也实在是没力气去找了。

"我去搞点吃的。"

"阿仁，收手吧。"大金跟在后面碎嘴子唱衰，"岛上已经没有人能吃的玩意儿了，老鼠也让咱啃净了，灭鼠方面，咱仨比猫都强。"

阿仁懒得理他，晃晃悠悠地爬上块礁石，弯下腰去撬附在石壁上的贝类。

本就没什么力气，奈何石缝里的贝类附得又紧，他摇了几下没反应，便掏出属于他的那根金条，咣咣咣，一下下狠砸下去。

"你用金条砸海蛎？"大金蒙了，"你能不能对金子保持点最起码的尊重？这可是金条啊，好几百一克，你这一敲至少敲走五百块钱。"

"金条有屁用，又不能当饭吃。"

这话没错，孤岛上的财富还不如一张饼来得实在。

忙活半天，连壳带肉，只敲下一小捧指甲盖大小的螺肉，阿仁慢条斯理地分成三等份，大金见状也从裤兜里掏出最后一颗花生米，学着阿仁的样子，用牙咬成三小块。

"你还有土豆哟。"

"再说一遍，这是花生。"

"我们叫土豆。"

大金没力气辩驳，只将螺肉搭在花生碎上，捏住了，颤巍巍地放到阿仁手心。

阿仁舍不得吃，总感觉是在吞食自己的生命线，早吃完早死，只用门牙一点点嗑着。海平线处的天色一点点昏暗下来，显出几点最亮的星来。

"好想吃蚵仔面线啊。"

"我想吃毛血旺。"

大金的那份"晚餐"还没尝出味道，就被他囫囵吞了下去。

"还有炸串、火烧、涮羊肉、锅贴。对，韭菜大虾馅的锅贴，底下薄薄的一层冰花，一咬，金黄酥脆。啧啧，吃它一斤半，不，吃三斤。撑到打饱嗝，然后再来瓶雪碧——"

他掂了掂手里面的金条，冰凉，沉重。

"我真愿意用这根金子去换一顿饱饭。"

他两根指头悄悄滑向属于宝进的那一份，被阿仁逮住，一巴掌打了回去。

"是我的幻觉吗？"阿仁踉跄着立起身来，"你看，是不是有片乌云，正朝着我们涌过来？"

大金也翘起头来看："是啊，这云彩还会变形状呢，神奇的大自然。嗯？前面那个不是宝进吗？"

林子边缘，王宝进两手护在胸前，疯狂地奔向他们。

"年轻真好，还有闲力气上蹿下跳的。"大金咂咂嘴，"他在喊什么？"

果然，宝进大张着嘴巴，亮出一排牙来，只是他的声音被一股子浮动的嗡鸣盖住，听不清晰。

"他看起来好开心啊，"阿仁手搭凉棚，眯缝起眼，"你看，他好像在笑呢。"

"还真是，这小伙子真他妈乐观。"

宝进愈来愈近，嗡鸣也鼓噪着耳膜，压迫感越来越强。他们慢慢看清了宝进脸上的惊恐，也终于听清了他喊的是什么。

"别傻站着，快逃！"

宝进身后，漫天飞舞的马蜂盘旋着嗡鸣，风暴般席卷而来。

大金还没反应过来身上就被蜇了几下子，火辣辣地刺痛，伤处当即肿了起来。他本能地挥舞着两臂去驱赶，不料越来越多的马蜂蜇上来。

"不要挥打，会激怒它们，躲！"

有谁在嘶吼，声音支离破碎的，分不清楚。

大金被蜂群裹住，只觉得天旋地转，跌跌撞撞，扑通一声跃进海中。海水很快没过他的头顶，红肿的伤处得到了短暂的清凉，但很快便更加难挨，报复一般地灼热疼痛。

水中待的时间久了，胸口也跟着憋闷起来，大金实在忍不住，脚一蹬，浮出水面去换气。不想蜂群就盘旋在海面上空，有智慧一般，只待他脑袋一出现，便一溜烟儿地俯冲下去叮他。右眼皮一痛，当即肿胀起来，接着什么也看不清了。

他在水中挣扎，上下都不舒坦，几个来回之后便渐渐失了力气，想着也许今日该命丧于此，只后悔没有好好地将遗书写完。

最后的意识消散之前，他感觉有一股子力气拽住他的胳膊，朝某个方向拖去。

他无力反抗，也无力配合，只是眼一闭，昏了过去。

再醒过来时，天已经黑了。

大金浑身湿透，一动，肌肉便不受控制地痉挛。不远处，两个陌生的胖子正架起火堆翻烤着什么，腥咸海风中隐约掺杂着一丝香甜。

他不敢有大动作，趴在地上，十指抠住地面一寸寸地朝前挪，试图靠近了观察。

只见篝火旁边，一个卷毛，一个赤膊穿着工装裤，看衣着和发型像是宝进与阿仁，只是五官全然不同，整张脸胖大了一圈。

"哩醒哪[1]？"

卷毛见着他，笑了。没错，是王宝进。一丝涎水不听话地打厚嘴唇里流出来，他赶忙去擦。

"乃吃[2]。"

宝进指指架在火上的玩意儿。

棕褐色，上窄下宽，像只泡发的葫芦，在火舌舔舐下，散发出类似饼干蛋糕的香气。

大金这才明白过来，那是只完整的蜂巢。

原来宝进在林子深处发现了一个马蜂窝，想着可以带回去饱餐一顿。不想他低估了马蜂，高估了自己，引得马蜂祖孙几代齐心协力，对他们发动围剿式追杀。

与蜜蜂不同，马蜂蜇完人后尾针可以拔出，并不会死，同一只可以追着他们反复蜇，攻击过程中还会释放出气味，为更多同伴引路。一路折腾下来，三人本就不乐观的健康状态，雪上加霜。

最终他们拖着快要溺毙的大金躲进了附近的草丛。

---

[1] 你醒啦。
[2] 来吃。

蓬草阻碍了马蜂飞行的灵活度,它们寻不见仇人,咬牙切齿地在上空一圈圈徘徊着。直到夜色降临,看不清楚,这才渐渐散去,三人也幸运地捡回条命来。

大金接过半块烤蜂巢,滚烫,一口下去,苦中带甘,甜滋滋的。

偶尔还有一两只藏在深处的马蜂扑闪着出来,在他嘴里横冲直撞,蜇他的口腔,嘴巴当即肿大起来,整张脸也跟着膨胀变形。

他没有停下,实在是太饿了,太久没有吃到温热的食物,他已对未来不抱任何希冀,每一餐都当作最后一餐去享用。

塞了两块之后,喉头哽住,咳嗽不止,阿仁赶忙递过来半碗淡水,他咕咚咕咚灌了下去,打了个长嗝,勉强回过神来。

他本想嘲笑两人走样的五官,然而以他俩为镜,料想自己此刻的模样也好不到哪里去,毕竟眼皮肿得发亮,视线只剩下一条缝。

他哎哟哎哟地挪动着身子:"哪儿来的火?"

"把你手机电池点了。"

"烧了我手机,这不彻底完蛋了!咱还怎么跟外界联系?"

阿仁没说话。其实大金自己也心知肚明,就算今天他们不用手机取火,也不可能联系上外面的人。只是这一烧,断了他最后的念想,心底总觉得有一丝凄凉,就像是赌徒失去了最后一枚铜币,完完全全失了翻身的机会。

身上又痛起来,他下意识去揉搓伤处。

"用计价[1],"宝进仍在试图驯服自己的两片嘴唇,"你用计价,从侧面嘎[2],不要挤,会释放更多毒。"

"没时间了。"

阿仁看着黢黑的海面,忽然来了这么一句。

"扯淡,"大金摩挲着肚皮朝后一靠,"咱现在什么都没有,最富裕的就是时间。"

"马蜂是有毒的,如果不及时治疗,要么饿死,要么死于感染。我

---

[1] 指甲。
[2] 刮。

们现在的状况很难再去更远的地方觅食了。"

大金这几天本就发烧，被他一说，更觉得头昏气短，连呼吸都费力起来。

"那你说怎么办？"

阿仁没回答，事到如今，他考虑的却是另一条保全的路。

"做个约定吧。"

他盯着焰火，声音沙哑。

"如果我先死了，我自愿被你们吃掉。"

大金和宝进傻了，舔舔干裂的嘴唇，交换着视线。

上岛之后，几人的关系一直在变，可谁也没想到，有朝一日会沦为吃与被吃的程度，毕竟是同类。

"同样，如果是你们先死掉，我也会吃掉你们的尸体。"

更深一层的恐怖，不是吃人，而是被人吃。

"我们今晚约好，三个人里如果有谁先死掉，剩下的两人就吃掉他。无论如何，活下去再说。"

33

燃 烧

明明顶着三张可笑的脸，可眼下谁也笑不出来。

阿仁的话就那么搁浅在半空，没人敢接，正如他同样悬在半空中的手。

提完建议后，他伸出手来，等另外两人搭上来便作为约定生效。可两人谁也没动弹，空留他自己可怜巴巴地张着手，抬也不是，放也不是。一只蚊子覆在上面，指尖微微地颤。

宝进不敢开口，耷拉着脑袋，两手抱着烤蜂巢装模作样地假啃，实际上嘴都没张开，只一个劲地拿眼睑向旁边的大金。

一起等死固然绝望，但得知死后将沦为同伴的食物，一时间又不知是死好还是生好，好像怎么选都不能让人全然满意，好像站在哪一边心底都会有些硌硬。

"那个……我就不参加啦，"李大金一面干笑，一面朝后缩着身子，"我肥肉多，胆固醇高，你们吃了也影响健康——"

正说着，抬眼见阿仁直勾勾地盯住自己。

"你看什么看？"

阿仁瞪得他发毛。想逃，奈何小腿肚子转了筋，一时半会儿站不起来，眼瞅着阿仁站起身来步步逼近，只能粗着嗓子叫嚣：

"我警告你啊，我一时半会儿还死不了，你别用这么个逛菜市场的眼神盯着我，信不信我——"

阿仁长腿一抬，径直从他头顶迈了过去。

"海的那边，是不是有盏灯？"

他目不转睛，直直地望向墨色远方。

大金转头去看，四野是浓厚黏稠的黑夜，撕不开，扯不断，不见一丝微光，唯有海风呼啸，腥咸的水汽灌满鼻腔。

"那个……你是不是饿得眼冒金星了？"

"好像真的有，"宝进也跟着直起身来，"就在那边。"

大金咋舌："哪边？"

宝进扳住大金的脑袋，一扭："就在那边！"

这相当于说了句废话，李大金根本不知道他所谓的那边到底是哪边，只觉得脖子被他扭得生疼。不过为了逃避沦为食材的命运，眼下他不想表现出任何不健康的征兆，只得假装自己也看见了。

"哎哟，真是啊，还真是——"

下一瞬，他真的看见了。

"还真有……"

墨色尽头，一星蓝光一闪而过，转瞬便没入海中，消失不见。

"是捕鱼头灯，"宝进喃喃，"不会错，是蓝色捕鱼头灯，有人在附近捕鱼。"

休渔期间，海鲜以稀为贵，价格一路飙升，偶有渔人会铤而走险，趁夜深出海，撒网海捕。大多戴着捕鱼头灯，一来可以照明，便利行动；二来适宜的灯光可以在夜间吸引聚集鱼群，冬季常用黄色，而夏季则用蓝色。

"是渔船，海捕的渔船。"

"喂！"

风从陆地吹向海面，他们听不到远方的声响，不知渔船上的人有没有注意到这边。

"喂！"

依然没有回音，远方的蓝灯随浪颠簸着，似乎正渐渐远去。

"回来！这边！"

大金一瘸一拐地跃进海里，扯着嗓子嘶吼。

"回来！不能走，你们不能走！回来！"

"太远了，"宝进一把拉住他，"喊也没用，他们听不见。"

"得让他们看见，得让他们看见，"阿仁忽然想到什么，"火，对，点明火。"

四下张望，篝火堆中的木柴已燃烧大半，即将熄灭。偌大石滩，可用来续燃的只剩下那棵岁近百年的仙人舌。就在他冲过去的同一瞬，宝进显然也明白了他的意图，死死箍住他的腰，拖延着，不让他接近。

"仁哥，不行，最后一棵仙人舌了，这是茶灵，烧了就真没了，真就完了。"

"放手，出去我再给你找。"

"算我求你——"

"放手。"

阿仁不住地回头张望，灯越来越远，心焦地手脚哆嗦，嗓子眼儿也跟着发紧。宝进猛然撒手，闪了他一个趔趄，而后抢先一步扑上去将茶树护住。

"还有别的法子，我们想别的法子，不能烧树，除了这个其他的我都答应——"

"给我，快点！"

"我马上去山上再砍别的——"

"给我！"

阿仁一反往日的温暾，面孔扭曲，像匹嗅到血的饿兽。双眼失焦，面前翻滚涌动着红雾，让他看不清对面的宝进，却又一次看见那场漫着腥气的日出，看见瘫倒在地的国中同学，看见每一个屈服于他的拳头、跪地求饶的弱者，某种力量在青筋中暴走。

"我说，给我！"

他拔出枪来，毫不迟疑地瞄准。

宝进摇头，岛上的日子让他已经见惯了阿仁的拔枪威胁，他对于彼此间患难与共的情分有着天然的自信，仍梗着脖颈预备争辩。

·179·

砰，一声巨响，子弹飞射。

地面被崩出个坑来，飞溅的碎石划伤小腿皮肉，血流下来，然后才觉得疼。

"你开枪了？"

惊诧多于恐惧。

"刚才你真开枪了？"

砰，又是一枪，这次打在左脚旁边。宝进跌坐在地，阿仁的枪口抵在他的眉间，深压出一圈红印。

"给我！"

他掐住宝进的脖子，手筋绷紧，目眦尽裂。

"不要逼我！不要逼我杀人！"

宝进想要说什么，偏又什么都说不出，翻着眼，嘴唇失了血色，漏出惨白的一条缝，十指紧扣，攥住树干不肯撒开。

大金忽然冲上前去，帮着阿仁去扭宝进的胳膊。

"给他，你给他。"

宝进艰难倒气，憋得流出泪来："你也……"

"不要命了吗?!他妈的不就是棵树吗?!快给他！"

宝进不再争辩，闭上了眼。大金去掰他的手指，掰不开就用牙咬，咬他的关节，坚硬的牙齿磕在同样坚硬的指节上，血流下来，泪也跟着流下来。

阿仁一次次看向海面，脸上的肌肉不受控制地痉挛。

"别急，"大金大吼，"别开枪，马上就好！"

"金子拿走，我不要了，我只要树——"

嘎巴，指骨折向诡异的角度，宝进号哭。

"我只要这棵树，我用命换这棵树，你们点了我，把树带回去——"

阿仁盯住远方的蓝星，手臂颤动。

"李大金！"

"马上！"

他红了眼。嘎巴，又是一根手指；嘎巴，第三根。逐渐撑开一条狭窄的缝隙。宝进终于坚持不住，松了手，大金连忙夺过茶树，扔向阿仁。

篝火即将燃尽，余烬跳跃着，焰苗忽大忽小。阿仁将衣服撕碎，用布条裹住树干，凑上去引燃。

噼啪，火舌舔舐，树枝升起青烟。几代人的坚守，上百年的孕育，转眼间化作一道脆弱短暂的光明和稍纵即逝的璀璨。

曾救过他命的古树，如今命丧他手，阿仁似乎听到一声悠长的叹息。

火烧起来了。

阿仁擎高火把，跌跌撞撞地奔向深渊般的夜海。呛了水，仍是举高胳膊，这是他们三人最后活命的机会，这是茶灵对人类最后一次的救赎。

他向前，浪潮一次次将他推回，他又一次次爬起，咳嗽着，呕吐着，涕泗横流，逆着水向前。他大力挥动双臂，舞着火把，橙红的火光与远处青蓝色的渔灯遥相呼应。

他看见那点蓝定了一下。

他又朝前挪动了几步，脚逐渐虚浮，站得吃力，仍是在浪涌中强定住身子，微弱的火光如宇宙尽头的孤星，如秋后最晚死去的萤火虫。

冷色的捕鱼头灯仍定在远处，没有回应。

吱啦吱啦，古树燃烧着，不断有细碎的星火在海风中坠落，烧灼着他的手臂。

不行，太暗了。

他回头张望，望见了寂静无声的海岛，望见了岛上郁葱葱的树。

他疾步奔回去，宝进再次拦住他的去路，手指残缺，只用胳膊环住他的腿。

"你说过，不想做恶人的，你说过……"

阿仁牙一咬，一脚蹬开。

先是蓬草，接着是藤蔓树枝，最后是尖叫逃窜的动物。夜风正旺，整座岛屿疯狂燃烧，成为海上鲜明的坐标，烈焰煮沸了半边夜空。

热气涌上来，不知名的野物被困在火海中绝望哀鸣，草木拼命甩动也难逃一死，成千上万的海鸟振翅，却被翻滚的浓烟熏得坠地。

为了攀上救命的绳索，他们不得不拉着其他无辜的生灵垫背。

"你们的命就这么金贵吗？"

尖细的嘶喊，简直不像宝进的声音。

"万物有灵，恶有恶报，我们会遭报应的！"

李大金怕他冲向火海，强行将他压在身下。他护着宝进的头，刺目的火焰钻进他的瞳仁深处，恍惚间，又一次看见了火海中的工厂。

宝进的脸变形幻化，变成血肉模糊的姜川，变成肿胀腐烂的老周，变成苍白瘦削的曼丽，变成众多无名无姓的被损毁者……

他又一次置身事外，旁观着别人的不幸。可是他知道，逃不掉，大家都是这岛上的草木，或早或晚，失控的烈火将吞噬一切。逃不掉，谁也逃不掉。

宝进早已停止了挣扎，呆呆地望着冲天的火光。

"宝进，你听我说——"

大金试图安慰，可是，说什么呢？

说命运无常，说众生皆苦，说求而不得才是成人世界的基调……他有一肚子的大道理要讲，可是他喉头涩哑，什么也说不出，只是茫然地望向面前的海。

漆黑一片，什么也看不见。

远处的星，彻底消失了。

34

冤家

廖伯贤刚要夹菜,大只狗起身转了桌。

"冯老板,您尝尝鲜。"

时值晌午,洪福升农家宴唯一的一间包厢里,落座着五个人。廖伯贤、大只狗和帮忙牵线搭桥的宋律师,另两个则是二手菊花殡葬公司的冯平贵,以及他的大侄儿兼保镖柱子。

大只狗朝冯平贵和柱子的菜碟里分别夹了两只红烧狮子头。

"据说是鲁菜,您二位帮忙尝尝,看是否道地哟。"

冯平贵双手合十,连声朝他称谢。

"这廖老板和宋律师我之前见过,这位哥倒是眼生,怎么称呼?"

"叫我大只狗就好。"

"噗喀嗯——"柱子一时间没忍住,被他叔在桌底下狠踩了一脚,慌忙掩住了嘴背过身去干咳,只假装刚才是被食物呛住了嗓子,"嗯,狗哥好。"

"那个……狗兄弟——不是,我还是叫你大兄弟吧。"冯平贵提起杯来,朝其他几人拱拱手,"今天好酒好菜好朋友,心里美,小弟先敬各位老板一杯,咱得空一起发达。"

说罢,抬起酒盅一饮而尽,上好的茅台,他咂咂嘴,喜滋滋地打了个长嗝。

"廖老板,您有什么需求尽管提,都是自己人,但凡小弟我能做到的妥妥安排，什么都答应。"

宋律师朝廖伯贤递了个眼色，笑着探过身去："其实，还真有件事得托您，事倒也不大，以冯总您的能力来说，简直是易如反掌。"他推推眼镜，放慢了语速，"就是咱之前提过的那个合作方案，村东边的地——"

"不中，"冯平贵连连摆手，"这个事是真不中。"

"冯总，廖老板这边已经包好了几座山头，正准备联合开发，回头建个大型有机种植生态园，这对整个春山来说可都是天赐的机会啊，"宋律师两指敲敲桌子，"可咱布噶庄的地，正正好好就挡在中间，你让人怎么搞嘛，车子进出都不便利。您不如高抬贵手，行个方便——"

"不行，这事没得商量，你们说几遍都没用。"

宋律师还要再辩，被冯平贵一抬手挡了回去。

"各位哥哥，不是我不松口，是我真的办不到哇。现在不比以前了，那片荒地如今可是个聚宝盆、香饽饽。眼下全村的老少爷们儿可全指着我这点白事开饭呢。"

他耷拉下眼皮，谁也不看。

"旁的不说，前阵子墓地不够用，村里还专门匀了几亩茶田给我呢。再说了，地也不是我一个人的，就算我答应，村主任、村民那头也不见得能答应啊。"

"那边好说，咱不也是为了大家都过上好日子嘛，"宋律师笑容更深，去捉冯平贵的手，"您放心，咱廖总为人阔绰，经济方面肯定不会亏待大家，村民那边我们去协调，主要是咱这个殡葬有限公司，家大业大的，实在是——"

"这话可就不对啦，"柱子一面嚼着饭，一面嘟囔，"你们给钱那是一锤子的买卖，我们这白事可是长期的生意。"

冯平贵也抽回手来，自顾自地斟了一杯，一仰脖咕咚灌下去。

"我大侄儿这话倒是在理。"

他叹口气，捏起根筷子来，一下下敲打着桌沿，借酒气冲头，说起醉话。

"我是个粗人,没怎么读过书,说话直,不会拐弯,各位老总别嫌话说得难听啊。咱是人就得死,无论你是大老板,还是大律师,谁知道什么时候就没了,是不是?"

他抬眼扫了一圈。

"这人死了就得埋,谁不想埋在个风水宝地上?说不定——"他笑着挠挠脖子,"说不定,咱以后还能合作上呢。"

廖伯贤听完也不恼,笑呵呵地打怀里掏出两个信封,啪,扔在桌上。

宋律师瞥了一眼,连忙欠了欠身:"我这边来了个电话,出去接一下,您各位慢聊。"说完匆匆出门,吧嗒一声,反手将门关得严严实实。

柱子不再夹菜,死盯着棕色信封不敢开口,冯平贵也不讲话,歪着身子,胳膊搭靠在椅背上剔牙。他倒不是惧怕什么,只是想知道话都说到这步田地了,这外地来的小老板到底还能折腾出什么西洋景来。

"这一份是给您的辛苦费,是其中的一部分,小小心意。"

廖伯贤十指交叉搁在桌面,看向冯平贵,微笑。

"那个呢?"冯平贵抬抬下巴颏,指向另一份,"不会也是心意吧?"

"哦,这份是举报材料。"

酒醒了七成。

廖伯贤语气温和,仍是笑。

"我没记错的话,咱们这边的政策,应该是不允许土葬的对吧?那咱们公司的生意会不会不合法啊?"

"这您就误会了,本来就是我们村的祖坟,"冯平贵胳膊肘压在桌上,梆梆捶了两拳,"而且这地不适合长庄稼,也不算占用耕地,没犯法,也碍不着谁,往上告我们也不怕。"

"对不住,人忙多忘事,我搞错了,这封信不是给相关部门的——"廖伯贤摇摇手,"是给你的客户的。这些年谁在你这儿办过法事,谁买过坟地,我恰好有所耳闻。"

"什么意思?"

"如果他们知道自己高价为亲人买的坟地被人刨了,不知又会怎样呢?"

廖伯贤看向腕表。

"忘记讲了,我们今日下午施工,山路难行,天气又闷,司机晕头转向的,难免会走错地方,挖一些不该挖的东西。如果我没记错,大概是两点半,喏,也就是一个多钟头后开工。"

"贤哥,又搞错啦,"大只狗提高了调门儿,"是一点半。"

"哦,那就是五分钟后咯?"

廖伯贤提起杯,噘起唇来嘬了一口。

"好酒,够劲。"

一偏头,像才看见冯平贵似的,探过身去,乐呵呵地与他碰杯。

"冯总,您也喝啊,趁着还不忙,多喝些。"

冯平贵闷头灌了一杯,一抹嘴。

"廖老板,别怪我多嘴,这春山的地可贫,交通又不便,您包这么多山头,不怕赔个底朝天吗?"

"不会。"大只狗插嘴道,"我们查过,这儿的土壤水质,偏就适合我们要种的——"

"不劳费心,"廖伯贤打断,"我们公司自有打算。"

冯平贵眯起眼来:"你们做什么生意的?"

"保健品,"廖伯贤两指夹烟,等大只狗帮他点燃,"延年益寿,吃了快活似神仙。"

"嗨,这种好东西可应该大力推广啊,怎么偷偷摸摸地搞?"

冯平贵扯起一边嘴角冷笑。

"有机会,也让我们尝尝啊。"

"你们已经尝啦,"大只狗两手环胸,一脸的骄傲,"我早下到菜里了,亲自夹给你们的,应该很快就要见效了吧。"

廖伯贤闻言一僵,悄悄放下手中的筷子,没言声。而桌子的另一头,冯平贵和柱子吓白了脸,正伏低身子,手指插进喉咙深处去抠,不住地呜呜作呕。

"我们的车子刚好停在外面,可以送二位去医院,或者别的什么地方。"

廖伯贤跷起二郎腿,悠然地抽着烟。

"我最后再问一次,到底要不要合作?"

大金眼前血红一片,微微睁眼,看到耀目的白光,刺得他眼睛生疼,不住地流泪。是阳光透过玻璃正打在脸上。他来回眨了几下眼,方才适应过来。

被马蜂蜇过的眼皮尚肿着,他强撑开一条缝隙。头顶是久违的天花板,悬着老式铁皮风扇,迟滞地转动,叶片边缘粘连着的絮状蛛网,也跟着一圈圈地回环。

将要起身,却发现右手连着吊针,一动,老旧的铁铸支架就跟着哗啦啦作响。

他再次跌回病床,周身的伤口开始复苏,各有各的疼,而他在这突如其来的疼痛之中,意外寻得了一份兴奋。回来了,麻木的指尖摩挲着皱巴巴的床单,又捋了捋吊针的输液管,他感觉到营养与喜悦正顺着冰凉的胶管重新涌入他的体内。

想起来了,昨天晚上,燃烧的烈火引起了渔人的注意,将他们三人重新渡回陆地,送到了最近的村卫生室。

大金没什么大碍,只是营养不良,加上严重脱水,还有几处溃烂的伤口需要处理。宝进就没那么幸运了,想起他扭向诡异角度的指骨,八成是骨折了。

想起宝进,大金忙翘起头来找。

屋里拢共三张床,他躺在最里面靠墙的一张上,另两张空着。迟疑间,有谁进来了,一前一后。为首的那个一屁股坐在靠门边的病床上,咯吱一声响,另一个立在床头,殷勤地扶着他躺好。

不是阿仁,也不是宝进。

大金失了兴趣,合上眼,只听得那两人的对话隐隐传过来。

"哭爸,你下药不告诉我。"

"我有暗示啊,"另一人的声音有些许委屈,还有几分耳熟,"我有转桌啊。"

"可是宋律师也吃了,他知道我们马刀账[1]的事,要是闹掰了跟条子那边抖搂出来,你去顶包蹲苦窑啊。"

"那要不然,我们趁这个机会灭掉——"

"灭什么灭,讲多少遍,来这边是做生意的,和为贵。"对话中断了几秒,"改天提礼物去探望人家,不要老让我教你做事。我是你老大,不是你老爸。"

"嗯。"

咚,丢鞋子的声音。

"哭爸,要不是你跟了我十年,我都怀疑你是不是便条[2]来暗杀我的。大只狗我跟你讲,待会儿检查有什么不对劲,我拉你殉葬。"

大金越听越觉得这俩声音熟悉,可是,到底是在哪儿听过呢?

"贤哥,那批货——"

被什么打断了,对话戛然而止。

贤哥?

大金眨巴着眼回忆,这名字怎么怪耳熟的呢?好像阿仁提过,又好像流落海岛之前,在哪里也听过。

忽然间,电闪雷鸣,残缺的碎片拼成一幅完整的图景。喜福会,金条,贤哥……他想起来了,他全部想起来了,不是冤家不聚头,偏偏在这种时刻碰上,真正的才出虎穴,又入狼窝。

大金周身肌肉紧绷,血都凉了。他觉得呼吸声好像太大,憋住了气不敢喘,只背过身去闭眼装睡,祈求蒙混过关。

乡间草木旺盛,四五只蚊子围着他嗡鸣,还有不知名的虫在他脸上爬来爬去,刺痒难挨。可他不敢动,生挺着,竖起耳朵去听身后的动静。

外头走廊上,没关紧的水龙头滴答滴答漏着水。院里那排老柏树上,几只灰喜鹊扑棱着翅膀,叽叽喳喳叫个不停。隔壁房间,三五个男

---

[1] 黑话,指高利贷。
[2] 黑话,指卧底。

人正操着方言大声聊天，偶尔爆发出一阵大笑……

　　掩在这些声响之下，还有另一重声音，轻微、谨慎、似有若无、刻意为之的缓慢。

　　是脚步声。

　　李大金突然反应过来，有人正打他背后，一步步地逼近。

35

巧宗儿

　　李大金侧身躺着，面对着墙，双眼紧闭。

　　右胳膊被他压在了身下，时间久了，血液不通，愈发肿胀酸麻。最难挨的还是手背，吊针的针头挪了位置，斜刺出血管来，随呼吸起伏在皮肉里横冲直撞，疼，但他不敢动。

　　视线闭锁之后，听力更加敏锐，背后的脚步声断断续续，似有若无。

　　他能够想象出，来人是如何小心谨慎地隐藏踪迹，必定先是抬起小腿，轻巧地将脚跟着地，接着是前脚掌，定一会儿，稳住呼吸，再提起另一只脚来。

　　不得不说，有几步隐藏得很妙，可另几步他落得重了些，鞋底摩擦在绿漆油的地面上，咯吱，位置比大金猜想的更近了几分。

　　最终，那双脚停在了他背后，停在病床之前。

　　本能先于视线感受到危险的降临，大金脊背的肌肉蓦然紧绷起来。床朝下沉了一截，他知道那人正俯下身子，迅速朝他的面庞靠近，他甚至可以捕捉到活人身上那股子微弱的热气。

　　午后的日头正是毒辣的时候，射过玻璃，照在他左脸上，渗出层毛毛汗。汗液汇成一股，顺着鬓角弯弯曲曲地朝下淌，刺挠。

　　大金躺在那儿，面皮子紧绷，咬牙切齿地假装熟睡，只是他知道，自己的眼皮于惊恐之下止不住地乱抖，痉挛似的跳动。

　　他希望对方不要察觉。

度秒如年，不知过去了多久，也许是五分钟，也许是半小时。周遭再没了声息，就连窗外的灰麻雀也不再啁啾，身后的人似乎已经远去。

李大金在心底又默数了十来下，悄悄地回头，左眼睁开一条缝，打肩头朝后张望。

鼻尖险些碰到另一人的鼻尖。

大只狗正立在床前低头瞧他，一时间，二人四目相对。

完了，彻底完了。

大金一脸苦相，哼哼唧唧地准备开口，解释或者求饶。大只狗却没给他张嘴的机会，扯住了衣领，一把将他从床上提溜了起来。

"你——"

我要死了……

"你的手在回血。"他指指输液管，"你看，吊瓶药水没了。"

大金蒙了，顺着他手指的方向看上去，果然细长的胶皮管里循环着的是深红色的液体。

"坐好。"

大只狗将他右手扶正在膝头。

"我去帮你叫护理师来。"

李大金继续诧异地望着他两手插袋，慢悠悠地晃荡到了门口，探出头去喊了几声，接着又踱回到廖伯贤身边，故作悠然地靠坐在床头。

"没事情，不是熟人，只是个大脑袋的阿肥。"

他自以为压低了嗓门，可大金听得清清楚楚。

原来岛上的日子使他的样貌起了不小的变化。皮肤黝黑粗糙，头发长了，胡子也没刮，蓬头垢面，脏兮兮的。再加上马蜂一蜇，整张脸盘子像发面一般，朝四周拓了一圈多，也难怪他认不出来。

大金抬手搓去脸上的汗，心底暗笑着逃过一劫，谁知护士恰好托着两只吊瓶迈步进来。

"李大——"

"这边这边！"

他喊完才想起不应当开口讲话的，只得冲护士一个劲地勾手，然而廖伯贤已经随着刚才那声注意到了他,视线也伴着护士的身影一并追了过来。

李大金不敢与他对视,一会儿垂低了脑袋,看护士帮他重新调整针头,一会儿又抬高了下巴颏,饶有兴趣地研究起墙上的村卫生室简介。

护士换完药瓶,又嘱咐了几句,大金一连点头作为回应,待她走后,屋内重新寂静下来。

对面的两人如今毫不避讳地直直瞪着他瞧,李大金被盯得发毛,可他已经没法再躺下去装睡了,周围也没有任何能够让他遮脸的报纸或者杂志,他干脆抬起手来,专注地观察起左手指肚上的簸箕和斗,一遍又一遍。

"小哥,怎么称呼?"

廖伯贤突然跟他搭话。

大金心一坠。他本想随口编个名字敷衍过去,奈何刚才护士进门那一嗓子已经暴露了,他只能顺水推舟。

"我叫,咳,我叫李大。"

"李大?"廖伯贤挑眉,不知是否相信。

"俺家还有个弟,叫李中。"

他刻意改变了口音,希望能够蒙混过关。

"不应该叫李小吗?"大只狗倒是真信了。

"那是俺妹子。"

他继续胡说八道,脸上堆笑,刻意做出浮夸的表情,让五官最大程度地变形。

"你的声音有些耳熟啊,"廖伯贤眯起眼盯他,"好像在哪里听过——"

大金刚松弛下来的脚趾又一次勾紧,他心想何止是听过,我还冲你唱过歌呢。

多说多错,他打算装傻到底。

"啊?"他指指耳朵,使劲摇头,"出问题了,听不清。"

廖伯贤提高了嗓门:"我说,我们是不是在哪里见过——"

"发炎了,听不清。"

"刚才不是好好的?"

"大点声，医生说我损失了一半听力，"大金刻意将耳朵蹭过去，实际上是想将脸避过一边儿，藏起来，"耳朵信号不好，一阵一阵的。"

仿佛是上苍暗示一般，廖伯贤口袋里的电话在此时响起，仍是伍佰的铃声，还是上次的那首《世界第一等》，无不在撩拨着于两人而言都不算美好的回忆。

"快接吧，"大金试图转移话题，"你来电话了。"

廖伯贤转身将要接通，忽然停下动作，旋过身去看他。

"你又能听见铃声了？"

显然是某种试探，就连这一句发问也是个陷阱。无论回答能，或者不能，都证明了他现在的听力没有问题，而长久的沉默也并不安全。

"电话，"大金决心将这出蹩脚的戏码演到底，"你看，屏幕又亮啦。"

"是缘分，是注定，好汉剖腹来参见——"

铃声振响，对面又一次打来。廖伯贤瞥了眼号码，深吸口气，这才接起来。说的是橡岛方言，大金听不太懂，只觉得他十分激动，几次提高了调门儿，又几次强压了下去。

挂了电话，廖伯贤显然没了盘问他的兴趣，靠着墙不言语，只伸出两指来，大只狗了然，娴熟地递上一支烟去。

"贤哥，怎样？"

"鱼头楠那边不肯罢休，说陈佬还没有出山[1]。"

"还没有？这都半年多了啊。"

廖伯贤将前额甩落的碎发重新捋了上去，狠吐出一口烟圈。

"原本把消息放给他们，只是想拖住徐天恩那边，没想到陈三山的人都是疯狗，咬住了哪个都不肯放。"

大只狗伸出手去，廖伯贤将烟灰掸在他掌心。

"我劝他们先等下，好歹等这边项目搞定、合同签好再处理也不迟。结果他手底下几个好出风头的，非闹着要来大陆寻徐天恩陪葬，讲什么活要见人，死要见尸。"

---

[1] 方言，出殡。

"大佬不易做，"大只狗觍着脸讨好，"您辛苦啊。"

"嗯，还好。"

廖伯贤顿了一下，抬脚踹向他的膝盖。

"靠天咧，我辛苦跟你没关系是吗？要不是你，我用得着这么辛苦吗？"他环视周遭，压低声音，"赶紧去找，这儿不比橡岛，搞大了没有人帮你兜底。"

"可是，最近兄弟们都在打听那批——"大只狗又挨了一脚，"那批产品的下落，要分一拨人出去吗？"

廖伯贤灭了烟，擦拭起无框眼镜："有可靠线索吗？"

"还没，仁哥那边也联系不上，我在想要不要增派人手——"

他将眼镜重新戴起，扬起只手来。

"不必再找了。"

扫了眼对面床铺，大金又躺下开始装睡，这回还刻意地打起鼾来。

"放出话去，就讲阿仁是徐天恩的内鬼，黑吃黑，我们认栽。老客那边，回头再补一批过去。如果不小心流到了市面上，引得这边条子注意，我们就一问三不知，一股脑地推到阿仁身上。"

"可是，阿仁肯吗？他是个有脑子的，万一等他回来不就穿帮了吗？"

"剩下的还要我教你吗？"廖伯贤抬手又是一巴掌，"那就让他开不了口。"

"您的意思是，毒哑他？"

噼里啪啦的巴掌声中，大金依然敬业地打着鼾，扮演好一个熟睡且听力有问题的胖子，只是一颗心悬到了嗓子眼儿，怕廖伯贤再次确认身份，怕护士再进来喊他的名字，更怕阿仁忽然苏醒，出现在门口。

求你了祖宗。

他暗自祷告。

你可千万千万别进来，现在出现，咱们都是个死。

刚念叨完，就听见外头有人敲玻璃。

三下短促清脆的敲击声后，跟着另一个人声。

"快醒醒，李大金。"

36

归零

李大金闭着眼,鼾声如雷,预备着就这么装蒜糊弄过去。不想窗外的噪声持续不断,敲击升级为拍打,阿仁扯着嗓子,一个劲地喊他的名字:"李大金,醒醒。"

哗啦啦,单薄的玻璃在木质窗框里震荡。

"李大金,出事了。"

恁大爷的,再这么喊下去,这边才是真出事了。

果然,廖伯贤和大只狗双双止住了动作,齐刷刷地朝这边看来。

大金还硬躺在床上双眼紧闭,试图置身事外,妄想蒙混过关,谁知头顶上的两扇窗户呼啦一下子被推开,一块掌心大小的碎石头甩了进来,正砸在他心口窝。

"再不走来不及了,"阿仁翻窗跃了进来,一把捉住他的腕子,"警察来了,廖狗的车也停在大院,说不定他就在——"

"你快睁眼看看吧,"大金嫌弃地甩开他,"他就在你对面。"

"阿仁,好久不见,"廖伯贤张开双臂,笑着打量,"最近伙食不错嘛,明显胖了,你若不开口,我还真不一定认得出来。"

"衰小哦[1]。"

下一秒,双方拔枪对峙,气氛剑拔弩张,然而,阿仁已经没有子弹。

---

[1] 方言,倒霉。

"条子就在外面,有种开枪啊。"

他强稳住胳膊不哆嗦,嘴上仍是强硬,唬诈着大只狗。

"将他们引来,我把事情全部抖搂出去,大不了一起蹲班房。"

廖伯贤一怔,捏住大只狗的肩膀,示意他稍稍退后,刚要开口,门外走廊就传来皮鞋踏地的回响,声音嘈杂。

"这天可热死个人,还是屋里面阴凉。"

洪亮的男声,另一个人小声附和着什么,隔得太远,听不分明。

"哪间屋?"

"最里头两间,"这次是护士的声音,"我带你们去。"

昨晚渔民将他们仨送到卫生室便开溜了,毕竟休渔期间出海偷捕也不是什么见得了光的好事情。治疗时问及受伤过程,三人言语含糊,吞吞吐吐,无钱缴费,又提供不了任何能联系的亲友,医生起了疑,回头就向附近的派出所报了案。

一听到警察的声音,病房里的四个人同时僵住,各怀鬼胎。

"大只狗,收枪。"

廖伯贤令下,大只狗的胳膊缓缓卸力,迟疑着放低了枪口。李大金瞅准时机,于那一瞬抢起挂吊瓶的铁架,耍金箍棒一般乱甩一圈,逼得廖伯贤二人连连退后。他王宝进上身,像宝进高举鱼叉一样,擎高了吊瓶架,分岔的底座径直刺向对面,大只狗慌了,下意识将廖伯贤推到前面做挡箭牌,而阿仁则趁乱又翻出窗户逃走。

三人在屋里无声打斗,门外是愈来愈近的脚步声。

"大金,跳!"

危急关头,阿仁在院子里冲他大喊。李大金扯出针头,踏着窗框闭眼跳了下去,一路滚落到院子里的冬青丛里。

"上车!"

一辆黑色轿车恰好停在他面前,副驾车门大开。大金趔趄着爬起来,一飞身,扑了进去。不料脚脖子一沉,被什么死死拽住,他胡乱蹬腿,硬是甩不脱。

回头去看,大只狗也跟着跳了下来,正紧攥住他的右脚踝不肯撒手,死命地将他朝车外拖拉。

"快开车!"

阿仁一脚油门冲出去,大金两臂环住副驾座椅靠背,大只狗只得也跟着跑了起来。跑了能有二十来米,他渐渐体力不支,落到了后头,脚下连连磕绊,最终是松了手,跌坐在地上大口喘气。

廖伯贤这时才一瘸一拐地追上来,冲他屁股就是一脚。

"嘣细啊[1],"廖伯贤大力捶他的脑袋,"愣着干吗,还不开车去追!"

大只狗仰起头,哭丧着脸。

"贤哥,他们开走的,就是咱的车。"

大金看着后视镜里气急败坏的两人,嘿嘿傻笑。一面用胶布贴住针眼止血,一面跟阿仁搭话。

"哪儿来的车?"

"抢的。"

"真行,罪名又加一条。"

他打开空调冷风,愉悦地搓着两条胳膊上激起的鸡皮疙瘩。

"咱商量个事啊,回头要是警察抓住咱盘问起来,我就说是被你绑架劫持了。到时候你可仗义点,千万别说咱俩是同伙。反正你已经是道上的人了,也不差这一星半点的罪过。"

正说着,大金皱眉,猛然坐直了身体。

"干,回去回去。"

他上下摸索着,连鞋都脱下来,底朝天抖搂了两下。

"我金条忘带了。"

阿仁没搭理他,大力踩下油门,车速瞬间飙升。

没一会儿,大金又咋呼起来。

"靠,回去回去,这次是真得回去了。"

他回身朝后座张望,就连车座底下也撒摸了一圈。

"宝进也没带来,咱得赶紧回去捎他,就他那个脑子,无论落在哪

---

[1] 笨死了。

一边都是个死。"

阿仁不说话,继续朝前开。山路两侧是深浅不一的绿意,繁茂的树枝探出来,咯啦咯啦抽打着车窗,轿车在颠簸耸动中前行,像是逆波洄游的湟鱼。

"欸,你怎么回事,跟你说话呢,别老装听不见的。"

大金扒在车窗上朝外打量,发现四下愈发荒凉。

"我问你,咱这是上哪儿去?"

"找宝进。"

弯弯曲曲的环山路,阿仁左右打着方向盘,目不斜视。

"方向反了吧?你怎么越开越往里?我记得医院在咱后头啊。"

在大金问询的目光中,阿仁终于开了口。

"宝进不在医院。"

他狠打了下方向盘,车子猛甩过了个弯。

"他带着所有的金条逃走了。"

大金张着嘴,咀嚼了半晌,方才琢磨出这话的味来,卸去了骨头,一摊肉般软在了副驾上。

车子行至沿海地段,一面是通天的壁,一面是无垠的海。海面无风,波浪泛着金灿,白辣辣的耀目,刺得大金想要流泪。

他想起曾经也是这么个好天气,莫名其妙地上了宝进的渔船,两人相对,一坐一站,天南海北地胡侃。后来,宝进将他裹进渔网,手抄鱼叉却迟迟没有动手,只觍着脸求他借几根金条,低声下气的。

他想起荒岛石台上,宝进拢共寻到五个青杏子,自己一开口,他就大大咧咧地分了三个给他,而深不见底的隧洞里,也是宝进驮着他,吃力地朝前走……

今时今日,恍如隔世。

"算了。"

"什么?"

"我说,算了吧。"

大金弯下腰,痛苦地包裹住脑袋,揪扯着头发。他舍不得那些金子，然而，现在在意的又不仅仅是金子。他不由得加快了语速，生怕讲慢了自己要后悔。

"人家手也折了，树也烧了，剩下那点钱，就当是赔偿了吧，毕竟一块儿在鬼门关前走过一遭。"

闭上眼，眼前只有燃烧的红色，像是最后一夜漫天的烈火。

"好聚好散吧。"

阿仁不说话，只将油门踩得更狠。

"跟你说话呢，"大金搡了他一下，"差不多行了啊，我跟你说，刚才你那个领导都放话了，无论你带不带金条回去，都是个死，为了钱搭进命去，至于吗？"

阿仁依然不开口，眼皮肿胀，吃力地看着前面的路。

"姓阿的，就算你瞧不起我，就算你老把我的话当放屁，那宝进呢？宝进也什么都不是吗？别忘了，他可救过你的命。"

"就因为他救过我，所以我才要把金条夺回来，一根都不能给他。"

大金傻了，眨巴眨巴眼，一时间不知该如何反驳。

"你这——"他挠挠头，"咱两边文化差异这么大吗？"

阿仁拧着眉，憋了半天才磨磨叽叽吐出几个字来，像是拔出根扎在肉里的倒刺。

"不是……"

"啊？"

"我说不是。"

"什么不是？"

阿仁怒了："你怎么就不懂呢？"

大金也怒了："你他妈什么也不说，让我怎么懂？"

又是十来秒的沉默，阿仁深吸一口气，突然间破罐破摔。

"我说，那些根本就不是金子！"

37

金 子

"你小子,早晚死在耍帅上。"

大金从狭小变形的车门缝隙里挤出半拉身子,又艰难地拔出条腿来,依靠住路旁的松树,捂住心窝,大口地喘气。

"你说话归说话,能不能看着点前面的路说,你摆个屁的造型?你看我干什么?我脸上有你的台词?"

他朝阿仁扔了块碎石子,仍觉得不解气,挓挲着两只手原地转了几圈,拔树拔不动,搬石头也搬不起,最后只得脱下鞋来甩了过去,结果用力过猛,还抻痛了自己的胳膊。

"咱俩差点就回快乐老家跟你奶奶团圆去了!"

刚才正说着话,轿车一个拐弯,阿仁躲闪不及,猛然撞上弯道后凸起的半截山石。轰响之后,车头凹陷,玻璃震碎,引擎盖的铁皮变皱,渗出丝丝白烟。好在都系了安全带,人没大碍,只是被巨大的冲撞吓得惊魂甫定。

"车子报废了,"阿仁捂住头,前前后后查看了一圈,"剩下的路只能用走的了。"

"往哪儿走?"

"鹁鸪崖。"

"你知道鹁鸪崖在哪里?"

"不知道。"

"不知道咱俩往哪边走？瞎走？"大金气急败坏，转念间又突然想明白了什么，"等等，你刚才也不知道路吧？所以从医院出来，你一直都在瞎开，是吧？"

"环山路嘛，"阿仁嘟囔，"或早或晚，总会环到的。"

沉默，唯有风吹松柏，枝条摇动，一只粉蝶扇着翅膀，缓慢飞过。

"那个……"阿仁挠挠脸，刻意避开大金的瞪视，"先吃饭。"

廖伯贤的后备箱里，全是橡岛特产。旺旺乖乖康师傅，瓦煎烧牛轧糖凤梨酥……用阿仁的话讲，橡岛人讲究风水玄学，认为吃旺旺真的可以带来好运，而在运行的器械或者电脑旁边，也会放一包乖乖牌零食，这样机器便会听话地乖乖运行，保证不出故障。

"必须是绿色包装的，红色的反倒不吉利，"阿仁一面说，一面递过瓶冰红茶来，"你看，他们带的是红色，所以咱撞了车。"

大金懒得听，抱起食物扭头就走。

二人选了处僻静隐秘的角落，在小道旁的树荫底下狼吞虎咽，吃了一地的零食。尽管脑瓜子尚且嗡嗡响，但游离的魂魄却渐渐回了身，大金忽然想起车祸发生前，两人聊到的最后一个话题。

他咕嘟咕嘟灌了半瓶冰红茶，手背一抹嘴。

"对了，你那句话什么意思？什么叫那些都不是金子？"

阿仁没说话，叼住了仙贝，一面左右张望，一面打裤腰里掏出一小块长方形硬物，摊在手掌心上给他瞧。

"这是什么？"

最外面是一层塑料保鲜膜，撕开后，里面裹着防水蜡纸，再里面则是黄色胶带，一层层地缠绕严实，密不透风。阿仁费力地用小刀挑开一道缺口，扯大，露出最内里的透明保鲜袋，盛着一小块黄褐色的压缩饼干。

做完这一切，他方才抬起头来，递给大金一个了然的眼神。

"压缩饼干？"

大金说着就拿起来往嘴里塞。

"天鬼，"阿仁暴起，一拳捣中他的胃，"快吐出来，一口下去你死翘咧。"

李大金挨了这一下子，伏在地上呼痛，张大嘴巴，将刚吃进去的玩意儿尽数吐了出来。

"你可以说，也可以捂我嘴，但是——"

他撑住地，忍不住又干呕了几声。

"你这一拳头，多少是带着点个人恩怨了。"

"你在给我耍白痴啊，"阿仁四下环顾，慌忙将东西重新裹好，急匆匆藏回裤兜，"这么明显你看不出来？"

"我应该看出来什么？"李大金也急了，"我大半辈子遵纪守法做爆竹，以我的经验，这就是块压缩饼干。"

阿仁在他耳边轻轻吐出几个字，大金瞪圆了眼。

"真的？"

"嗯。"

"这真是——"

他朝前几步，想要过来再看看，愣了一下，又连连摆手退了回去。

"算了算了，我还是不要知道太多细节了。"他在裤腿上来回蹭着手，"我要知道里面藏着这玩意儿，当时打死我也不敢要。"

他又弯腰扯下把野草，使劲揉搓，榨出翠绿色的草汁，里里外外地清洗，连指甲缝里都不敢放过。

"你为什么不早说？早说在渔船上就都给你了，哪儿还有后面这些破事。完了完了，现在怹领导肯定以为我跟你是一帮的了，这下子我是真上了贼船了。"

"我也是刚知道。"阿仁蹲在他旁边，用泥土剐蹭着掌心，"还记得在岛上的时候，我用金条敲海蛎吗？就是那时候发现不对劲的。"

他扭头，发现大金早已躲到十步开外。

"我敲了没几下，金条外层就碎了，一看发现居然是中空的，里面有东西。我也不了解黄金，不懂外层到底是镀金，还是不值钱的沙金，但我知道，最值钱的肯定是里面东西。"

他看向指尖的脏污。

"这么隐蔽，必然是贵且见不得光。"

"这么个量，枪毙十次都不冤。"大金抱着膀子，"你不是说你们不碰这些玩意儿吗？"

"不必说，肯定是廖伯贤自己的主意。"

在阿仁颠三倒四的叙述中，大金渐渐捋出了头绪。

喜福会名义上是一个组织，其实细分为三个派别，统领的大佬姓陈，陈三山。

他是初代成员，资历最老，交友也广泛，黑道白道都有路子。有时还会帮橡岛警方向其他帮会里安插线人，打探些江湖消息，处理一些旁人不好直接插手的灰色地带的事情。因为讲道义且做事不出格，所以当地也算睁一只眼闭一只眼。规则大家都懂，既然总会有帮会存在，不如默许个好掌控的。

"而大佬最初定下的那几条规矩，看似是遵纪守法，其实也是保命符，为了保住自家弟兄们不出大事。"

在陈三山之下，又分为两大堂口。

一个是阿仁追随的恩哥，徐天恩，主要负责管理地头、收缴会费、平定各区小喽啰之间的混战，讲求江湖道义。徐天恩年纪不小，也是跟着陈三山混了几十年的，所以在帮会里颇有威望，讲话有分量，人人都传他会是大佬的接班人。

另一边则是大只狗跟随的贤哥，廖伯贤。廖伯贤是自其他帮会投奔而来的，年纪轻、脑子灵光、生财有道，很快便得到大佬的赏识，将帮会里的一些资产交给他去打理。一番操作下来，黑的变白的，见不得光的财富溜一圈回来，便名正言顺了。

"走私黄金是他的老把戏了，油水抽一，剩下的连本带利归大佬。最近他胃口变大，居然偷梁换柱搞这个，"阿仁越说越气，"还特意让恩哥的人帮忙把守，这样就算被条子抓到，他也可以脱身。估计帮忙运货的中间人也被他晃点了，不然谁敢接，几条命都不够搭的。"

"你怎么不揭发？"大金抱着胳膊踱过来，"跟你那个什么哥揭发？"

"你讲恩哥啊？"阿仁一屁股坐到地上，大力抽打着面前的野草，

"恩哥来这边后就不见了,联系不上。"

"不能吧,"大金挠挠头,"我们这边治安挺好的,是不是恩哥手机欠费了?来的时候没办个漫游什么的?"

阿仁忽然想起什么,仰脸看向他。

"我记得你是琴岛人吧?那你知道台西镇有个烟花厂吗?好像叫什么,芭乐烟花——"

"噼啪,"大金打断他,"人家叫噼啪烟花厂。"

"欸?你知道这个厂子?"

"别管我,你先说你的事,"大金搓搓鼻子,"等你说完了,我再告诉你我知不知道。"

阿仁两手环胸,叹了口气。

"恩哥失踪前去的最后一个地方,就是噼啪烟花厂。"

38

尸身

  李大金右颊肌肉不受控制地痉挛，随着假笑，不自然地抽跳了几下。
  "什么时候的事？"
  "印象中，恩哥拢共去过两回。一回是陪陈佬参观，另一回是为了追查陈佬的死。"
  "姓陈的那个也死了？"
  "对，就死在烟花厂。"
  大金欲言又止，厂里面死过人，这事他确实不知道。
  "怎么……"他龇龇牙花子，"怎么千里迢迢地专门跑到这边来死呢？难不成这个厂子风水好，死了能复活？"
  阿仁扭脸瞪他，大金赶忙闭上了嘴。
  原来陈三山年过古稀，随着逐渐衰老，不由得慈悲心起，对江湖上的打打杀杀与争名夺利，愈发感到惫怠，渐渐生出了退隐的念头。可喜福会毕竟是自己耗了大半生的心血、刀山火海中打拼下来的乾坤，到底该交由哪位后生去打理，便成了棘手难题。
  一面是追随自己几十载的弟兄，知根知底，有道义；另一面又确实是长袖善舞的狠角色，最擅长用财帛笼络人心，只怕过于得罪，连自己晚年也没有好果子吃。
  陈三山心底明白，廖伯贤虽然大手笔，走的却是以命博财的邪门歪

·205·

道，自己一死，廖伯贤日后少了管束，气焰必定愈发嚣张。若有朝一日玩大了收不了场，说不定会连带着搭上整个帮会的前程。

而"笑面狮"的诨号也不是虚的，之前帮会里跟他有过节的，不是失踪，就是横死。陈三山自诩看人眼光毒辣，深知廖伯贤这个人，是可用而不可托。别看他逢人便笑，面子上的温润只是一种遮掩，为的是盖住眼底的精明与盘算。

这种人的心永远焐不热，他们骨子里便是冷的。用兄弟人头为自己过河垫脚的事情，不见得做不出。只恨廖伯贤如今羽翼渐丰，陈三山也不敢轻易动他分毫。

论私心，他是打算扶持徐天恩的，道上混的，总要讲个忠义二字。可徐天恩的性子古板，思想又偏老套，眼里容不得沙子，平日里得罪了不少人。另加上不会捞偏门，跟他混大多没什么油水挣，因而不得年轻一代人的心。

陈三山私底下点拨过几回，要徐天恩也试着做点生意，一来是让帮会里其他人见见他理财的本领，为今后挣挣声望；二来也是盘算着给小一辈们寻条安稳的退路，陈三山是希望有朝一日，众人可以金盆洗手，回头是岸的。

毕竟少了自己的庇佑，日后条子能否再给面子皆是个未知，很可能他前脚盖棺，后脚就猢狲散。

"所以做生意的事情没有在帮会里声张，一直是偷偷进行。后来恩哥说，有人帮他在北方寻了处僻静码头，价格公道，可以来这边办厂子，做点外贸生意。他拿不定主意，陈佬便说跟着来，一起去看看，帮忙把把关。"

大金茫然地望向阿仁，某种说不清楚的情愫缠绕包裹住他的口鼻，正一寸寸收紧、窒息。心慌起来，分不清是惊恐还是期待。

这大半年来，他被命运推搡着踉跄向前，就像是关在一间破败的暖房中，屋外是冬季连绵的阴雨，晦暗萧瑟，昼夜不停，人也跟着潮湿。隔着单薄脆弱的玻璃，他看到雨雾之中，影影绰绰的，有什么在一步步靠近，直至停在窗前。

他与那个影隔窗相望，彼此窥探。

水雾迷蒙，扭曲了面庞，对面是人是鬼，他始终看不分明。

而今阿仁的这番话，是一只拭去雾气的手，阿仁每说一句，玻璃上的水汽便减退几分，他渐渐看清了对面人的轮廓，眼看着就要四目相对，大金忽然怕了。

他想叫阿仁住口，可他看见自己抬起手来，亲自擦去最后一抹水汽。

"他们什么时候来的？"声音比想象中更平静，"是不是冬天？"

"你怎么知道？"阿仁诧异，"是去年冬天，大概是在农历新年之前，恩哥伴着陈佬去了码头所在的坦岛，结果那天晚上，岛上的烟花厂——"

"爆炸了。"

火光、震响、断壁残垣，噩梦重现。与此同时，困住他的暖房终于轰然倒塌。

"这你也知道？"阿仁反倒有些慌张。

他当然知道，每一个失眠的深夜，爆炸都在他眼前上演。

大金没有回答，只是继续追问。

"爆炸那天，你也在吗？"

阿仁摇头："虽然我是恩哥护法，但为了掩住廖伯贤的耳目，我没有跟去。"

他随手把玩起一块石头，没有发现大金的异样。

"那次行程非常低调，只有陈佬和恩哥——哦，不是，随行的还有两个陈佬的心腹。结果当天烟花厂爆炸，陈佬当场被炸死，恩哥捡了条命，历尽万难才将尸首带回去——"

大金忽然拉住他的胳膊："是人为还是意外？"

"什么？"

"我说烟花厂的爆炸，"大金手上猛然加重了力道，"你告诉我，是他命不好，一来就碰上了爆炸，还是说，正因为他来了，所以烟花厂才爆炸？"

·207·

"我——"

"你告诉我。"大金仍攥着他的胳膊,直攥得指尖泛白,眼眶却红了,"阿仁兄弟,算我求你,你告诉我,那场爆炸到底是人为还是意外?我认识的很多人……我真的想知道,求你,这对我来说很重要。"

阿仁第一次在李大金的脸上见到这样的神情。

他曾见过这个男人无数种嘴脸,胆怯的、贪婪的、狡诈的、油滑的、落魄的、愤怒的……可眼前的模样却是头一回,他有些走神,惊讶之下甚至差一点就要脱口回答,可下一瞬,他又忽然想起为什么自己对这个男人有着天然的敌意。

他警告自己不能心软,真正的博弈才刚刚开始。

"那么请你先回答我,棺材里的到底是谁?"

"什么?"李大金缩回手来,语气也跟着软了几分,"我不是一直说得很清楚,是我爸——"

"扯谎。"

大金不辩了,泪憋回去,只冷眼等着他讲下去。

"实不相瞒,当时调包金条和尸体的人正是我,"阿仁一抬手,压住大金的怒骂,"所以你很清楚,我当时看见了什么,你能唬住别人,可骗不过我。眼下再狡辩也无益,我只给你一次机会。"

他很满意地看着李大金那张刚才还涨红的面庞,重新失去了血色。

他盯住李大金的眼,一字一顿。

"李大金,你急着要下葬的,究竟是谁?"

销骨篇（四）

39

相片

讨债三人组在面馆里坐了一个多钟头了,谁也没动筷子。

碗里的面浸足了汤汁,拉面变刀削,再泡下去,迟早肿成饼。

晌午正是闷热的时候,小店门前的下水箅子在日头底下泛起白亮的油光,臭气扑面,苍蝇乱舞。等位子的食客背倚住外墙,贴边坐着,手掌不耐烦地扇风,或擎着手机打哈欠,或探头探脑地朝里张望,嘴里嘟嘟囔囔。

旁边几桌的客人走了一拨又一拨,这仨愣是岿然不动,抱着面碗,各自上神。

老板娘几次抬屁股想催,看看他们仨的扮相,又几次强压下火气坐了回去,给自己开了瓶北冰洋,吞剑似的,扬起脖颈,汩汩往下灌。

吴大保抹了把脸上的汗,终于发了话。

"蒜给我。"

他咬了口蒜,提起筷子,往嘴里大口扒拉面条。

"快吃吧,再瞅都跟这面条培养出感情了。"

坐他对面的小平头没有胃口,只拿筷子在碗里乱戳。

"吴哥,咱要不要报警啊?"他乱瞟一圈,压低了嗓门,"毕竟是人命案,事不小啊。"

"吃饭就吃饭,别提那么恶心的事,"吴大保感觉嗓子眼有什么涌了上来,又强咽下去,"我好不容易吃进去的,别让我吐出来。"

他点点另一个小弟的碗沿。

"小王，你也吃点。"

叫小王的没了在大骏家乱翻时的嚣张，哆哆嗦嗦地拿不住筷子，眼看着就要哭出来。

"吴哥，我不想再干了，我想回家，这边的人太可怕了。"

"出息，多大点事，"吴大保从他碗里夹出块牛肉送进自己嘴里，"这些年我行走江湖，你俩知道靠的是什么吗？"

小平头想起大哥带着他俩跪在大骏面前梆梆磕头的样子，一时间拿不准到底要不要回答。

"审时度势，不打听。"

吴大保吸溜了下鼻涕，自己圆了回来。

"咱仨就是群演，又不是真混社会的，平时跟着催债公司演演戏、要点钱，混口饭吃就行了，谁知道这回是真碰上硬茬了。哥年长你俩几岁，传授点经验，三百六十行，行行那个什么——"他又嚼了口蒜，"喀，反正别掺和就没事。"

"真是咬人的狗不露牙，"小平头凑过脸来，"你说他看着窝囊成那个样，谁知道私底下敢杀人呢，保不齐冰柜底下还冻着几个呢。"

"我捣了他鼻子一拳，"小王低头扒拉着自个儿的右手，"我还在他屋里乱翻，早知道他是杀人犯，你给我个胆子我也不敢啊。吴哥，我不干了，我想回家——"

"快吃，吃完这顿，咱回去一块儿辞职，"吴大保端起碗来灌了口面汤，"咱仨这生活也体验得差不多了，不在这台西镇追梦了，明天就买票去横店，咱——"

一只手突兀地搭在他肩头，大力一捏，对面的小王这回是彻底吓哭了。

吴大保僵硬地回身，先嗅到一股浓烈的香水气，再看到一件花衬衫，顺着衬衫往上，是一张带疤的刀条脸。

来人也不客气，径直抽出板凳，坐到他身旁，环住吴大保的膀子，看上去十分熟稔。

橡岛口音。

"朋友,看你样子也是道上的人?"

"啊?"

"行个方便,打听件事啊。"

那人抽出张照片来,搁在桌上。

吴大保瞥了一眼,血都凉了,上下门牙咯咯打战。

那人两指在照片上重重叩了几下。

"我们正在寻这个人,你有见过吗?"

大骏刚把老头抬回冰柜,门铃又响了。

"这一天天都是谁——"

他骂骂咧咧地去开门,门口立着两个穿制服的,警察。对方主动亮明了证件,语气还算客气:"马大骏吗?我们是台西镇派出所的,有点事想要调查,请你配合。"

这回两条欢欢谁也没敢叫,缩在沙发底下的缝隙里,呜呜哼唧个不停。要是能藏,大骏也真想跟着一块儿藏进去。

对面一老一少两个警察已经坐定,正是刚才讨债三人组坐的位置,他们落下的那把刀还扔在茶几上,就在警察的眼皮子底下。

"我们这次来主要是——"年轻点的小警察掏出本子,忽然愣住,"你干吗?"

大骏低头,这才发现自己下意识伸出两只手来。这几天压力太大了,搞得他一见到警察,忍不住就想认罪伏法。

"哦哦,我想给你们端水喝,这一激动,忘拿水了。"

他讪笑着返回厨房,借倒水的名义洗了把脸,脑子总算清醒了几分。他举着两杯水出来,弯腰搁到茶几上,顺势将那把刀收到一旁。

"警察叔叔,喝水。"

"太客气了,"年纪大些的警察伸手去接,"再个,别叫叔,我也没那么老。"

"那就警察老哥,"大骏笑呵呵的,又冲小警察那边一点头,"警察小哥。"

他俯下身来，坐到对面的马扎上去。

"二位哥，恁这大热天的来找我，有什么事吗？"

老警察一边观察着他，一边自然地问话。

"你是噼啪烟花厂的员工吧？"

"嗯，算是吧。"

"什么叫算是？"

"现在不是了，"他搓搓手，垂眼不去看两人，"工厂不是被查封了吗，我现在待业，在家闲了大半年了。"

"你之前在噼啪烟花厂，干了多少年？"

"干了怎么也得——"大骏脑子飞速运转，实在想不通警察问这干吗，只想着敷衍过去，"哟，干了好些年了，具体的记不清楚。"

"跟李大金关系不错？"

果然，又是李大金的破事，他只希望这孙子没欠警察的钱。

"那可是谣传，俺俩就是正儿八经的上下级，"大骏赶忙撇清，"别看是发小，可李大金这个人斤斤计较、铁面无私，我请假他照扣钱，换个岗位还得给他送烟呢。"

"听上去你对他意见很大啊，"老警察笑笑，呷了口水，"怎么，你俩有过节？"

"也不是，其实他人也不坏，就是抠搜。还记得十二——不对，得十五年前了吧，俺俩说好一块儿凑钱去买录音带，结果——"

"马大骏，我们今天来主要是想咨询你点情况，希望你如实回答。"

小警察打断了他的鬼扯，笔尖一下下地啄着本子，大骏的心也跟着一下下地抽疼。他手搁在膝头，不自觉地坐直了身子，口音也转回了普通话。

"小哥，您说。"

"烟花厂爆炸的时候，你在哪里？"

"我在家，"大骏指指厨房，"就在那块位置站着看。"

"这么巧？"

"是挺巧的，"他咽了口唾沫，"我平时睡得挺沉的，该着那天要出事，半夜翻来覆去睡不好，想起来喝杯水。结果刚走进厨房，就看见远处山头上一片锃亮。"

"你之前不是一直上夜班吗？"老警察追问，"我们听说本来那次加班名单里有你，但是你临时换了班。"

"老哥，是这么个情况，因为有个工友家庭困难，急需钱用，我寻思着把挣加班费的机会给他。绝对没别的意思啊，肯定不是故意调的班，我又不是算命的，怎么能知道哪天出事呢？"

他干笑了几下，忽然琢磨过味来，霍地一下站起来。

"你们不会怀疑是我放的火吧？没有啊，天地良心，我绝对没有——"

"别紧张，我们就是例行询问，"老警察按住他的肩膀，让他重新坐了回去，"就你所知，这次意外有几个人受伤？"

"姜川、老周、宋杰、刘麻子，还有小李，我记得就他们五个严重点，其他的都是轻微的擦伤，还有程明那小子，非说自己被震得耳鸣了，不过他平时就赖赖唧唧的，我觉得他是胡说八道。"

"有人死亡吗？"

"有，老周前几天死了，"大骏挠挠头，"不过他是自杀，又不过，他跳海也是因为炸伤没钱治，这么说来，他的死也能算进去——"

小警察提高了音量："我们是问爆炸当天有人死亡吗？"

"我……我不知道。"

"是不知道有人死，还是不知道有没有人死？"

"我真没听说过谁死了，因为赔偿的事，我们工友后面还碰过几回，一通聊天发现伤得最严重的就是老周和姜川。"

两个警察对视一眼，老警察开了口。

"是这么个情况，我们接到报警，说那天晚上，看到有人趁乱转移了尸体——"

轰的一声，大骏眼前一黑，一屁股歪下马扎。有谁捂住了他的耳，捏住了他的嗓，他既听不见，也说不出。等再回过神来，老警察蹲在他面前，正来回晃着他的膀子。

"没事吧?"

"没事,"他白着脸,挣扎着爬回马扎,"我就是听见有人死,一下子,喀,中暑了,难受。恁不知道,前阵子我刚送走一个。"

他抹了把眼,遮住自己躲闪的视线,也同样隐藏起试探的语气,尽量问得轻描淡写。

"那个……谁死了?"

"这也是我们想来问的,"老警察打包里掏出什么,"你是老员工,所以想让你看看这个。"

大骏两手去接,低头一瞧,是几张照片。

"这里面的人,你认识吗?"

40

多一个

相纸边缘锋利,割破了他的手,几颗血珠子渗出来,随后才跟着疼。可大骏浑然不觉,一双眼直愣愣地盯住上面的影儿,嘴角抽搐,抑制不住地朝上翘。

"你笑什么?"

"没笑,我天生喜相。"他抹了把脸,硬绷住,"我……我就是感慨,这照片拍得真好。"

照片是从某段视频里截出来的,局部放大了数倍,有些模糊。

夜景,街灯昏黄,背景主体是爆炸后的厂房,晦暗的光线之下,紧贴住围墙根的,有三道不起眼的影儿。仔细辨认,好像是两个人,一左一右,正架着什么朝外走。

最重要的是,照片里的人不是他。

"有认识的吗?"小警察点了点照片。

"排除法,首先,这里面没有我。"

"知道,"年轻些的警察抬起眉毛,"不然也不会来问你。"

听完这句话,大骏离体的魂瞬间又归了位,重返人间。

情绪一松弛,脑瓜子也就卸了甲,跟着活泛起来。他屁股挨着沙发扶手坐,一条胳膊搭在小警察背后,另一只手攥住了照片,扇子似的来回扇。

"恁这个照片从哪儿来的?"

小警察瞥了眼老警察，迟疑着不敢开口。等了几秒，还是老警察接着说了下去。

"烟花厂爆炸之后，不少媒体和市民跑到附近围观，都想拍第一手的新闻。这是某位自媒体博主录的一段视频里的截图，他说当时现场混乱、人声嘈杂，画面也不清晰，所以视频素材回来也没用上，时间一长，自己也就忘了。最近整理内存的时候又翻出来，这才发现画面边上的三个人好像有点小问题，思来想去，最后报了警。"

"我们怀疑事故当天有人死亡，只是被趁乱转移了。"小警察再次将照片杵到他眼皮子底下，"你看看，这三人里面，有你认识的吗？"

大骏十指捏紧，手汗泡软了相纸，他眯缝起眼，使劲往里瞅。

"这不是我们厂里的人，虽然看不清脸，但是一块儿干了几年的活，彼此的动作神态我还是知道的。这衣服也不对，我们厂里干活都有工作服，不可能穿成这样，而且你看——"

他随手一指，两位警察竟都配合地凑过来观瞧，这让他的虚荣心瞬间膨胀起来，调门儿也不自觉地拔高了几分。

"你们来看，看前面这个人的手，捂住耳朵，擎得这么老高，"他比画了一下，"像什么？"

没人接茬，他只能自问自答，自个儿接住自个儿的话。

"对咯，像是在打电话。我们上班进库房都不让带手机的，在工厂附近也不会掏出来打，这是常识。烟花厂里打电话，不是拿命开玩笑吗？"

他顿了顿，又补上一句。

"简直是狗皮墙上挂，根本不像话。"

马大骏觉得自己讲了句十分幽默的俏皮话，他咧好嘴，并等着另外两个人发笑。可人家两人根本没笑，老警察只是不动声色地看住他。

"你的意思是，不是你们厂里的人？"

他连忙收起笑来："我用脑瓜子担保，绝对不是我们的人。"

"那会不会是客户？"

"客户？大客户谈活没有半夜去厂房谈的，他们要么在饭店，要么在练歌房。至于小客户,"大骏挪挪屁股,"小客户也没有直接上库房买东西的啊,就像咱割猪肉都是去市场,不会有谁直接跑去屠宰场选猪。"

两位警察对视一眼,在本子上快速记下什么来。马大骏抻长脖子想去看,却忽然觉得脊梁上蹿上来一股子凉气,回头一瞧,咯噔,一颗心又坠了下去。

冰柜门没关严,老头脑门上的一绺白发还耷拉在外面。

他登时坐不住了,想跑去关,又怕这突兀地一跑动作太过扎眼,反倒会引起警方的怀疑。走也不是,留也不敢,就在那儿龇牙咧嘴地磨着屁股,如坐针毡。

正想着,突然有谁一把攥住了他的胳膊,回头看,是老警察。

"打刚才起,你就一直往厨房里面瞥,那边有什么吗?"

大骏口干舌燥,冷汗顺着脊梁骨往下淌。

"啊?"

老警察笑笑,没再说话,只是盯住了他的眼,目不转睛,给足了压迫感,逼着他自己往外倒腾。

"我寻思着,冰柜里的排骨该化冻了,"他不动声色地将胳膊抽了回来,"不然待会儿炖汤,我怕时间来不及。"

他在扯谎,可是脸不红,心不跳。

李大金说对了,学撒谎跟学骑自行车一样,练着练着就顺了。

一旦学会了,就再也忘不了了。

"警官,咱今天先问到这里,可以吗?我爸住院了,我得赶紧去给他送饭。"

马大骏两指一挑,打窗帘缝隙里朝楼下偷瞧,两个警察上了警车,发动,头也不回地远去。

嘴里渴得厉害,他端起茶缸子,咕咚咕咚灌了一大口,一颗心这才像茶叶一般,打着旋儿舒展开来,晃晃悠悠地沉下去。

哼着歌,身子一歪,斜躺在沙发上。头下枕着左胳膊,右手擎在眼前,一边捻搓指尖的血痕,一边回味着刚才与警察的对话。

他没撒谎,据他所知,受伤的确确实实就是五个人。况且后来也真的没听说过有谁当场死亡，毕竟受伤和死亡是两个概念，这事故等级也不一样，厂子里没人敢在这上面遮掩。

退一万步讲，就算李大金有心想瞒报，人家死者家属也不肯哪。事情都过去大半年了，也没见着谁再蹦出来闹，想必炸死员工是没有的事。

这也就是说，爆炸当晚，在受伤的工人之外，多出来了一个人。

他忽地坐起身来，咂咂嘴，又一次躺倒，身子翻了个面，这回头底下垫着右胳膊。

可多出来的那个人，会是谁呢？

好端端的，怎么就大半夜跑到深山里的工厂挨炸呢？

被炸了，怎么也不出来索赔呢？

再者，警察是所有员工都问了一圈，还是专门来找他问的话？如果只针对他，又是为什么呢？该不会警察怀疑是他帮着李大金转移的尸体吧？

马大骏突然紧张起来，这个视频博主能报警，那小飞也能啊。小飞这个酒彪子那天晚上，不是看见自己搬"猪肉"回来了吗？

万一警察后面搞个什么悬赏线索，他颠颠地跑去报案领赏呢？而且他喝大了嘴上没个把门的，就爱胡咧咧，万一已经在啤酒屋里说漏了呢？

最重要的是，照片里两个人朝外倒腾的那具尸体，是自己捡回来的老头吗？

等等，冰柜里的老头是他夏天搬回来的，照片是冬天拍的，时隔半年，尸体怎么又自己回烟花厂了？

马大骏不懂太过深奥的医学知识，可他也知道夏天的饭菜放不住，尸体最多一个礼拜就开始烂了。他初见老头的时候，还挺新鲜的，也没什么臭味，这说明……

他又一次坐起来。

又多一个。

在被转移的尸体之外，又多了一个。

他该报警吗?

他从沙发缝里胡乱摸索出手机,解开锁,手指头接连按下两个"1",又僵住了。

报警的话,他说得清吗?

该怎么解释自己多次抛尸的行为呢?

而且,他至今也不敢确定,老头到底是怎么死的。

大骏靠在沙发上,越想越后怕,就像是吃完重庆火锅,紧接着又灌了瓶冰可乐,当时是痛快了,那份难受是后知后觉且承受不起的。

如今再细琢磨起来,照片里最左边的人有几分眼熟,不是工友,不是邻居,也肯定不会是他的亲戚,那么,到底在哪儿见过呢?

日头西落,窗外的光线渐渐暗了下来,暗夜自天花板一寸寸朝下淌,巨大的混沌攫住了他。

冰柜仍嗡嗡地朝外散着青白色的冷气,他打了个寒战。

蓦地想起来了。

照片里抬尸的那个,不就是冻在冰柜里的老头吗?

41

听墙

夜深，大骏身背老头，站在李大金家门前，准备做最后的了断。

事到如今，他总算是绕明白了。老头死在工厂旧址并非意外，而是人为。老人在冬夜伴着尸体逃离，正如在半年后化作尸身归来，皆是事出有因。

就在他喝醉的那一晚，坦岛山上借夜色行事的也绝不止他一个人。这是一场隐秘的赌局，参局的几人各自握紧手中的牌，盘算着胜算，而他只是路过，恰巧掀了桌，在同一瞬得罪了所有人而已。

时至今日，打牌的是谁，赌的又是什么，他没有兴趣，也不想知道。连日来的激变与惶惑榨得他身心俱疲，大骏只想从这个复杂的诡计中抽身，迫切渴望躲回熟悉的庸碌之中，过上仅需为钱发愁的普通人的生活。

今晚便是终结，从哪里来的，就让他回哪里去。既然烟花厂现在没法接近，那就把老头送还到大金家里。旁人他不敢猜测，但他可以笃定李大金必然跟这件事脱不了干系。

马大骏立在门前，抬手叩了几下，当当。铁皮防盗门空荡地回响，楼道里的感应灯亮了。

他耐心地等待着，如想象中一般，并没有人来应门。

几秒之后，感应灯又灭了下去。摸着黑，大骏熟练地从地垫下面寻出把备用钥匙，嵌入锁眼。

这些年来，他一直兼着大金的司机。生意人应酬总是多，无论白天还是黑夜，酷暑还是凌晨，李大金每逢喝多了就给他打电话，要他打车过来送自己回家。使唤大骏总比叫代驾便宜，李大金哪怕喝得烂醉如泥，本能里也牢记住这一条。

大骏不曾计较过，鞍前马后地照应，也时常乐颠颠地帮他跑腿其他的琐事，钥匙藏哪儿，车有几辆，家里存折现金放在什么地方，大金都跟他交代得十分清楚。

大骏曾以为这是兄弟间的信任，眼下他终于懂得，大金对他的不防备并非出于亲密，而是打心底里的瞧不上，是根本不信马大骏能对自己造成任何实质性的威胁，正如大象不会去提防一只蚂蚁。

咔嗒，锁舌回缩，门开了。大骏背着老头顺利进了屋，就像他曾经背着大金那样。

空气浑浊，呛鼻的酸臭兜头给了他一拳，顶得他头昏眼花。

打开灯，发现一地的垃圾，衣物也甩得到处都是。玻璃茶几上的外卖生霉发臭，招了虫。大骏赶忙打开窗户通风，又习惯性地提起垃圾桶去收拾茶几上的酒瓶和烟蒂，抹布擦到一半，他突然顿住。

不对，我是来抛尸的，又不是来打扫卫生的。

这么想着，仍习惯性地将垃圾袋打结封好。

大金家没有冰柜，大骏犯了难，总不能大大咧咧地将尸体直接扔在一进门的沙发上吧。他两条胳膊插在老头腋下，拖着他挨个屋转悠，如今他已经不再惧怕老头的尸体。两人密友一般，有商有量，想一起寻个阴凉避光好储存的地方。

当然，整个过程中大骏讲得多，老头只是闭眼听着，沉默着赞同，或者沉默着反驳。

马大骏竖抱起老头，正试探着往洗衣机里塞呢，嘀，楼下的单元门开了，随之而来的，是盘旋而上的一连串脚步。

李大金住的是二十多年的老楼，单薄的门板并不隔音，邻居家走过时整栋楼的楼梯都在共振。因而这脚步声听得瘆人，怎么听都像是冲自己来的。大骏停下了动作，敛气屏声，只等着邻居上了楼再行动。

可等着等着，他发现脚步声似乎停在了门外。

"是这里吗？"

窸窸窣窣，布料摩擦声。

"没错，他们写的地址就是这里。"

几个男人，皆是南方的口音。

拉面店，奉命来台西镇寻人的尼天胡一伙，给吴大保看了两张照片。一张是徐天恩的，一张是李大金的。吴大保当场蒙了，原本想敷衍过去，可这两张脸偏巧他都认识。

"怎样？"

尼天胡捕捉到他那一瞬的不自然。

"是不是哪里见过？"尼天胡大力拍了拍他肩头，"莫要瞒我哟。"

吴大保想起鼻尖上凝着冰霜的老头，想起大骏杀气腾腾的刀，他本是个不出头的小群演，带着兄弟几个四处扮扮凶狠，帮别人讨债，实在是不愿牵扯这些违法乱纪的事情。

可眼前几人是明摆着的来者不善，对面的小王已经哆嗦得不成个样了，眼瞅着另外几人也围拢过来，他知道这出戏必得演得真，必得一条过。

"知道。"

他又朝口里填进去瓣蒜，像真正的大哥那般蛮横不在乎。

"老头没见过，但这个——"

他用筷子头点了点李大金的照片，留下一圈小小的水印。

"这个人我知道住哪儿。"

"开了吗？"

"开了。"

尼天胡一伙撬锁而入的同时，大骏拖着老头躲进了卧室里的厕所。这是扇暗门，漆得与墙面同色，外面悬挂一幅国画作为遮掩。大金当时得意扬扬地给他展示，说有朝一日仇家寻上门来，可以躲进去暂保性命。当时大骏还嘲笑他多虑，不想今日这不到五平方米的小空间，竟真成了自己最后的容身之所。

他刚退进去,外面的人就冲进了客厅,脚步嘈杂,人不少。

"灯怎么亮着?"

紧接着,外面没了声息,只有匆忙的脚步声,进进出出,忽远忽近。

"没人。"

"这边也没有。"

"再找,"另一个沙哑的声音,"说不定藏到哪里了,仔细翻。"

翻箱倒柜的声音,外面一声钝响,似乎有谁进了卧室,正将橱门一扇扇打开查看。

大骏搂住老头往回撤,直撤到后背抵住墙,退无可退,身子止不住地抖。哗啦啦,楼上谁家冲水,身后的污水管突然爆发出一阵湍急水声,惊得他一哆嗦,下意识去捂老头的嘴。

"信息没错吗?"外头传来重物拖地的闷响,"恩哥最后见到的人,真的是那个厂长吗?"

厂长?这说的是李大金吗?大骏一手兜住老头,脑袋贴在门上偷听。

"怎么会错,狗哥亲口讲的,恩哥现在就在他手上。"

恩哥,怎么又出来个恩哥?大骏缓缓看向老头:"你认识恩哥吗?"老头没吱声,闭着眼,一副事不关己的样子。

"这个厂长胆子肥哟,两头吃,几条命玩啊?"

"对啊,还敢绑黑道的大佬,被捉住就惨了。"

李大金绑架黑道老大?大骏蒙了,挠挠脸,忽然间想通了什么。

"大爷,你不会就是恩哥吧?"他喉头发紧,"你不会就是他们说的那个什么黑道老大吧?"

天旋地转,老头托了他一把,大骏才得以站稳。他第一次感受到死亡的迫近,如今就算警察能听他解释,道上的人也不会轻易放过他。完了,这回真是死无葬身之地。

"你们真不知吗?有传恩哥早就没啦。"另一个声音模模糊糊地说,"还记得陈佬的死吗?好多人都讲其实不是意外,是有人故意点燃了附近的烟花厂，为的就是一次性除掉陈佬和恩哥。"

"那这个人岂不是——"

"哎哎，别乱讲，我可没有说是谁，这也是谣传啦。"那个声音赶紧笑着打岔，"恩哥不是失踪了小半年嘛，据说一直在追查陈佬的事。"

"那他再次来这边，也是为了找证据？"

"也是听说啦，据说是有人设局，要那个厂长打电话勾出恩哥，作为交换，他会买下厂长那片地。"

"我说嘛，干吗要高价买一片出过事故的废墟开厂子，原来是这样。"

"传说当天晚上恩哥就被做掉了，原本要抛，一扭头，厂长和恩哥都不见了。大概是那个厂长想要藏好尸身，回头再敲一笔。"

不是我，原来不是我杀的人。

几近窒息的大骏猛地呼出一口气，差点乐出声来，今日终于守得云开见月明。他推了把老头，喜滋滋地说："听见没有，不是我杀的你，你们的人都知道，不是我杀的。我没杀人，这事从头到尾跟我没关系。"

他高兴地站起来，背着手来回踱步，甚至想寻个合适的时机出去，把尸体交给他们，彻底结束这一切。

"可是，找到厂长又怎样？"

"还能怎样，当然是做掉啊。"

外面的对话让他登时僵住。

"你忘了狗哥交代的了？找到后什么也别问，但凡跟这件事相关的，直接做掉，伪装成意外。"

"可是，也许厂长是无辜的？"

"无辜又怎样？你当你在演柯南啊，要什么真相。喜欢追求正义，你怎么不去当条子？莫要忘了，现在是谁当家，喜福会现在姓廖。恩哥死就死了，随便拉几个人出来做替死鬼，只求赶紧把这桩烂事了结就好。"

"那我们就在这里等他回来？"

"灯亮着，应该刚出去不久，都准备准备，人一进来，就动手。"

咚，老头少了倚靠，一头栽倒在地。

"那边好像有声响。"

外面的对话戛然而止，随后是渐渐靠近的脚步声。大骏在门里听得真切，那幅画被谁扯下，哗啦一声，丢到地上。

"这里居然有扇门欸。"

他飞扑过去，于同一瞬，悄无声息地抵住。

"奇怪咧，推不动。"

"哦？"

脚步声聚拢，大骏深吸一口气，汗淋淋的两手不断滑脱，他吃力地钩住把手。

下一瞬，一股蛮力大力撞击在门上，有人在踹门。

他肩头顶住门板，感受着震颤，感受着双方力量的悬殊。

咚，咚，咚。

踹门声不止，一下又一下，像是鼓点，像是他生命的倒计时。

百川归篇

42

寻爹

大金背倚松树，看阿仁在日头底下，满山坡上蹲下跳地找寻。

"差不多行啦，"他往嘴里塞了片雪饼，"就当给你恩哥天葬了。"

"靠天，我居然把恩哥踢下去了，"阿仁号啕着拨开面前的草丛，"我一脚把恩哥从山头踢下去了。"

"这就叫因果报应，"大金挠挠脸，打了个哈欠，"你要是不想着踢别人的爹，哪儿能把自己的干爹踢下去呢，这说明什么？这说明苍天还是有眼，老天爷给你上了生动形象的一课。"

阿仁立起身来，甩着鼻涕怒吼："这事跟你没关系是吗？"

"确实没关系，我俩相遇的时候，他已经死透了。"

"你干吗随便捡别人的尸体？"

"阿仁，你这话说得多少就有点恩将仇报了，大夏天的我要是不管他，你老大可就——"

大金顿了顿，挥手驱赶面前的苍蝇。

"可就招蜂引蝶了。我好心学雷锋，自掏腰包，按亲爹待遇给他入土为安，谁知道半路杀出个你来。好家伙，直接从棺材里扛出去扔了，你可真是扫黑除恶、大义灭爹第一人。"

"我怎么知道会是恩哥？天又黑，时间又紧，你还把他装在袋子里，根本看不清脸。我只想着赶紧把东西藏好而已，"阿仁号哭着，继续在草丛间胡乱摸索，"恩哥，莫怪莫怪，我真的不是故意的——"

"哎哎哎，你先别哭了，"大金自山坡顶上小步朝下出溜，直跑到阿仁身边才刹住脚，"再跟我好好说说，到底是怎么一回事。"

"爆炸发生后，恩哥好不容易将陈佬的尸身运回橡岛，他跟帮会里其他人讲，大佬在弥留之际曾表示要将位子传给自己，活下来的那个亲信也可以做证。当时众人沉浸在痛失大佬的悲伤之中，没人讲什么，只是商议着怎么办后事。

"可是短暂的一段时间后，组织内部开始隐秘流传起另一种声音，讲陈佬的死不是意外，而是恩哥为了夺权特意设计的。为了澄清，恩哥提议再次寻找当时同在现场的那位保镖，请他出来说句公道话。那时这人早已退出了帮会，回乡下去了。可等我们到他家乡的老屋时，看到的只有他的尸体。"

"死了？"大金又开了包雪饼，咯吱咯吱，"怎么死的？"

"返回家乡没多久，他就饮弹自杀了。因为村屋偏僻，他又是独居，所以一直没有被人发现。那天是各堂口的当家一起去的，他们在保镖的手机里发现了一段视频，是他自杀前拍摄的。

"讲自己死有余辜，为了钱背叛陈佬。他说其实陈佬有意将位子传给贤哥，恩哥不服气，非要带着年事已高的陈佬去大陆看厂子，一路上各种表现奉承，可陈佬并不松口，恩哥气急之下，找人点燃附近的烟花厂，设计炸死陈佬。"

大金愣住，半张着嘴，眼中缓缓蒙上一层水雾。阿仁没有注意，仍是一边四处翻找，一边回味自己的悲痛。

"跟视频坦白的一样，在内屋果然发现了大量现金，说是恩哥事后给的封口费。本是想要洗清冤屈，可一时间却突然变成了人赃并获，所有矛头指向恩哥。

"廖伯贤带头动手，几方人马当即发生冲突，恩哥打伤几人，趁乱逃走，后面半年多时间，他不得不东躲西藏，连带着堂口里的我们也跟着低人一等——"

"所以说，烟花厂爆炸不是意外，是你们的人设计的？"

阿仁皱眉："搞什么鬼，你的重点能不能——"

大金抡起胳膊，一拳捣了上去。

"这他妈就是重点！"

十来分钟后，两人打倦了，肩并肩靠坐在山石上。

"原来，你就是那间厂子的厂长啊，"阿仁用皱巴巴的纸球擦拭着鼻血，"你的员工现在怎么样？"

大金别过脸去，看不清表情。

"我原先想把金子带回去，换点钱给他们，起码让他们下半辈子有个保障，可现在……妈的，这都是些什么事。"他声音哽咽，慌忙抬手搓了把眼。

"对不住，我确实不知道，我发誓恩哥也不会是那种人，但——"阿仁捏了捏他的肩头，又胆怯地收回手来，"但还是抱歉。"

"没事，习惯了，我们老实人吃瘪受罪已经是家常便饭了，"大金冷哼，"我们天生擅长忍耐，哼，老祖宗不都说了吗？吃亏是福，我们福气大得很。"

"不管怎么讲，他们伤人确实不对。"

"呵，这话从一个杀手嘴里说出来，还真是讽刺。"

"我知道你在生气，你应该生气，"阿仁挠挠头，"其实这么久以来，我也在追查这件事情。恩哥最后一次跟我联系，只说要再去趟烟花厂探寻真相，他讲有人联系他，说手上有线索，要跟他当面交易。就算拼上性命，他也要查出大佬的真实死因，还自己个清白。走之前，他特意交代要我搅黄廖伯贤的这单生意，等他回来——"

阿仁低头，揉搓着手里的纸团。

"可谁又能想到，他最后步了陈佬后尘，也死在了烟花厂。"

"等等，别乱扣帽子，你那个什么恩哥可不是死在我们烟花厂，"大金打断，"他是死在你们自己的厂里。"

阿仁蒙了："什么厂？"

"再装，你再装？"大金扭过脸来呛声，"爆炸之后烟花厂早不干了，现在厂子老板是你们的人，厂名也改了，叫喜福什么玩意儿的。"

"你是说，喜福会的人买下了那块地？"

"你可以再具体点，一共仨人，死了俩，你猜猜是谁买的。"

阿仁摇摇头："不会啊，他不应该知道厂子的具体位置，恩哥对外一直是保密的，除非——"

"除非他一开始就知道，不，很可能最初码头的位置都是他提供的，这招歹毒，躲在幕后，让对方上赶着去送死。"

大金抄起胳膊，噼里啪啦地数落。

"什么人啊，自己内斗，妈的，炸我们厂。轰的一声，既炸死了对手，又压低了地皮价格，一箭双雕。你们都上了他的道了，什么狗屁兄弟道义，说白了，全他妈的逐利。"

"你是说，"阿仁变了脸色，"是廖伯贤一手策划了这一切？"

"不是他还能是我吗？"大金没好气地反驳，"你脑子一点不转吗？爆炸发生后，你们的贤哥买下地皮，连同海边的码头。如果像你说的那样，他还要包下这片山头种那玩意儿，一切变得很清晰了，他在下一盘很大的棋。恭喜，你们喜福会要搞出口外贸了，你们离着全员枪毙不远了。"

阿仁一言不发，攥紧双拳，来回踱步，脸盘子涨得通红。

"别转圈了，晃得我眼晕，刚吃进去的，又要吐了。"大金白了他一眼，"眼下这个情况已经非常明显了，咱俩不管过去有什么误会，眼下都得团结起来，为什么呢？因为老一辈的说了，团结就是力量。如今咱们面前摆着一个共同的仇家，那就是——"

"谁？"

阿仁大吼，冲的却是另一个方向。树影在晚风中婆娑，他抛出去的问话，没有得到回应。阿仁悄无声息地握紧匕首，大金也赶忙从石头上蹦下来，同样悄无声息地躲到他身后。

暮色之中，盘旋的山路上，远远地，一个硕大的人影迟滞缓慢地靠近。

"谁？"阿仁又喊了一声，"再不回答，别怪我不客气。"

"你爹。"

人影走近，他们看清了来人的脸，一时间不知该做何表情，也拿不准到底该握手还是拔刀。

咚,那人将一只蛇皮口袋扔在地上。

"这个,不知怎么滚到我家茶园里了。"

宝进吊着半边膀子,低着头,不去看大金。

"我猜,大概是你走失的爹。"

43

复得

　　李大金瞄了眼蛇皮口袋，确认是当时自己放入棺材中的那一个，便用胳膊肘捅了捅戳在一旁发呆的阿仁。
　　"别上神了，你爹来了。"
　　"啊？"
　　"你好好瞅瞅，不觉得这个袋子很眼熟吗？"大金后撤一步，做了个飞踢的动作，"这就是你从布噶庄后山顶上踹下去的那一个。不出意外的话，你要寻的那个老大就在里面。"
　　阿仁愣了一霎，紧接着就明白了他的意思，刀一丢，嘴一撇，扥挈着两只手向前奔去，哭得像个受了委屈的孩子。
　　"恩哥，我来接您回家了。"
　　他跪坐在口袋旁边，手忙脚乱地去解绑住袋口的麻绳，手指颤抖，不听使唤，哆哆嗦嗦拆了十多秒也没扯出条绳头来，又着慌地爬起来，跌跌撞撞地去捡刚才扔下的刀。
　　扑哧，阿仁利落地在蛇皮口袋上划开一条口子，一股子腥臭也跟着扑面而来。
　　"呜呜，恩哥——"
　　他抽噎着朝里张望了一眼，转瞬又止了哭，仰脸看向大金。
　　"这里面是哪位啊？"
　　大金捏住鼻子，蹲在他旁边，伸出根指头来一挑，偏着脑袋往里看。尸身已经腐败得看不清模样，他忍着恶心，快速扫了眼尸体所穿的衣服。

"错不了，是你干爹。"

"可是，"阿仁再次将口袋拉开一道缝，小心翼翼地朝里窥探，语带犹疑，"可是，在我印象中，恩哥好像不长这样子咧。"

"天热，坏得快。"大金胡乱搪塞着，他不敢坦白自己曾对尸体做了什么，只将问题一股脑抛给阿仁，"再说了，这老头被你一脚从大山坡上踹了下去，扑哧咔嚓地滚了一路，很难保持原样。"

他避开阿仁的眼，假模假样地拍拍他的后背以示安慰。

"你看，鼻子往上挪挪，这眼睛也应该是一边一只的，还有下巴，原来是长在脖子上面的，你这么想象一下，有没有点小老头的影子了？"

阿仁顺着他的指引，仔细观察面前残缺不全的面庞，在陌生变形的线条里极力回忆往日鲜活的恩哥，直到两张脸渐渐重合，他才终于接受恩哥已经死去的事实。

"是恩哥，真的是恩哥，呕——"

他拥着尸体痛哭，哀号刚起了个调就被尸臭熏吐，阿仁不肯撒手，抱着尸身，哭哭吐吐，吐吐哭哭，不明所以的宝进在一旁看傻了眼，挠挠脸，张着嘴刚要发问，就被李大金兜住了脖子，拐带到别处去。

"白管他，让他自己号一会儿吧，毕竟自己造的孽。"

大金连拖带拽，扯住了宝进一路往远处走，直到闻不见臭气，也听不清阿仁的哭喊，远山的轮廓渐渐隐入暮霭，晚风中只剩草木松针的清新，他松开了手。

李大金等着王宝进先开口，王宝进等着李大金给个解释，一时间，两人谁也没说话，就那么沉默着，看着对面的树影一点点暗下去。尴尬压住大金的肩膀，他不自在地拧拧脖子，一撇，看见了宝进吊着的胳膊。

"那个……你手怎么样了？"

说话时并不看他，像是在询问对面的松树。

"医生看过了，没啥大事。"

宝进也不看他，同样向着对面的树干回答。

"没事就好，"大金点点头，觉得应该再追问几句以示关心，"还是十根？"

"啊？"宝进一愣，然后点点头，"对，指头没多也没少，还是十根。"

"十根好，"大金搓搓鼻子，"双数吉利。"

"嗯。"

客套完了，两人又陷入无话的境地。明明有想要说的，二人却都转着圈，谁也不肯先戳破那层窗户纸。磨蹭了半天，最终还是宝进先开了口。

"其实……其实那天，是我幼稚了。"他红着脸，本是被伤害的，如今反倒率先道起歉来，"我回去想了好长时间，你跟仁哥的做法没错，毕竟再拖下去，大家都会死。命要紧，人得先活着才能再讲其他的，人要是死了，也就什么都没了，你们是从大局出发的。"

"宝进，这事——"

"赖我，我只想着自己，没考虑你们，是我太自私了。"

大金又想起岛上的种种，想起口渴难耐时，宝进一把把地揪下他视若珍宝的仙人舌让他们嚼着止渴；想起篝火堆旁，他紧抱最后一株茶苗，笑着说找到了比金子更金贵的东西。他不敢想独臂的宝进是如何背着尸首，一步一步，沿着盘山路找到他们的。大金鼻子一酸，赶忙望向山脚下的村落，远方稀稀拉拉的灯火，一盏盏亮起，呼应着夜空中的星。

"对不起。"

这三个字终于脱了口。李大金看向宝进的方向，即便夜色浓郁，看不清宝进的表情，但他依然固执地朝宝进眼睛的方向道歉。

"茶树的事，对不起。"

"哥，你别这么说，你们也是为了我们——"

"说实话，那天晚上我并没想到什么'我们'，我想的只是'我'，是'我'要回去，'我'要保住剩下的金条，因为'我'还有更重要的事情要完成。阿仁也是这样，那一刻我们只是自私地考虑着怎么选对自己最有利，我们把'我'看得比'你'更重要。

"宝进，这个世道中想要做个纯粹的好人很难，特别是你身边都是恶人的时候。命运会诱着你，逼着你，引着你向下，有时候做好人要比做恶人需要更大的勇气，我希望你能一直保持你的善良。"

"我也……也没你说的那么好。"宝进结巴起来，用尚好的那只手挠挠头，"我不是也骗你上了渔船吗？后面还趁你醒之前，偷着拿走你的金子——"

李大金本是沉浸在感慨之中，听到"金子"二字，松弛的神经再次紧绷。他刚抬起手，宝进便着急地说了下去。

"我今天来除了送你爹，不——"他瞥了眼不远处正冲着尸体梆梆磕头的阿仁，"呃，除了送你俩的爹回归之外，还有另一样重要的东西要给你。"

他掏出来纸条，搁在大金手上，夜色渐浓，大金看不清楚。

"这什么？"

"欠条，"宝进声音渐小，透着心虚，"哥，金子暂时借我一用，等救了急，情况好转，我肯定连本带利地还给你。"

"不是宝进，现在情况有变，金子不方便给你，你必须还我——"

大金说着便上手去摸，宝进左右扭着身子，朝后躲闪。

"金子不在我这儿。"

"还我——"

"真不在我这儿，我送人了。"

宝进嘿嘿一笑。

"我送给更需要的人了。"

44

失控

"你白闹了，"大金干笑两声，"金子给我，快点的，回头再跟你解释。"

"我没闹，"宝进咧嘴笑回去，"真送人了。"

李大金傻了，也顾不得什么伤不伤的，冲上去一把薅住王宝进的脖领子，浑身上下来回摸索："藏哪儿了？你快说，到底藏哪儿去了？"

"没骗你，真不在我手上。"宝进配合地翻出裤兜让他查看，"你们不知道，就在咱上岛期间，有个姓廖的老板要在春山里面包山头开什么种植园，周边这几片茶园全谈下来了，说是只留地不要人，签了合同就让老乡们全部搬走，好多人拿了钱，喜滋滋地走了。

"眼下就差我们鹁鸽崖和布噶庄，我听说冯平贵那边前些日子也被他说动了，我舍不得离开这儿，所以就拿着剩下的金条找到了冯平贵，一人一半，我们商量好谁也不签，一块儿想办法经营下去。"

见大金不说话，宝进还以为他是舍不得金子，连忙补上一句。

"你放心，我给你打的欠条绝对算数，无论十年八年，我一定还给你，连本带利给你。"

大金欲言又止，两手叉腰，嘬紧牙花子直叹气。忽然间，他想到了什么，试探着发问。

"你们准备怎么办？总不能直接拿着根金条出去花吧。"

"嗯，我跟庄里乡亲们商量过了，大家的意思是想办法熔一熔，弄成小块好换钱,出去带着也方便。"

眼前一黑,李大金连忙扶住宝进的肩膀才算勉强撑住了身子。扭头去看,阿仁还在远处冲着尸体乐此不疲地磕头,实在是指望不上。他胸口憋闷,像是堵着口淤血,再开腔时,声音沙哑。

"你们,喀,"他深吸口气,"什么时候熔?"

"今晚。"

眼前彻底黑了,大金蹲在地上,两手不住地搓脸,他揪扯着后脑的乱发。

"宝进啊,我要是没记错,你们村——"他扭头,望向身后耸立的山峰,"是在顶上吧?"

"对,就在山顶上。"宝进乐呵呵地指向远处的山头,"我们庄子地势最高,可以俯瞰下面十里八乡,秋天桂花开的时候,风一吹,咧,漫山遍野都香死了。"

大金点点头,苦笑道:"今晚起风的时候,你整个庄子连同下面的十里八乡,怕是要嗨死了。"

"什么意思?"

"什么什么意思?"

春山茶厂里,廖伯贤与冯平贵相对而坐,二人之间的茶桌中央,搁着份合同。廖伯贤端起茶盏,另一手两指一推,漫不经心地将合同抵到他面前,不料冯平贵一个反手,又给推了回来。

廖伯贤没说话,只眯起眼来笑。

冯平贵也不言语,将一只布袋子大大咧咧地往木桌上一摔,咚的一声,沉重的闷响。他三两下将外头系着的绳结拨拉开,露出里面藏着的"瓤子",头顶的灯一打,愈发明光烁亮,光彩夺目。

不是别的,正是一根金条。

廖伯贤蒙了,一眼就认出那是自己丢失的货。一连十几日苦寻无果,万没想到今天竟自己送上门来,端茶的手不禁微微颤抖。冯平贵并不知内在缘由,见他这副模样,只当是被自己的富贵震慑住了,更加得意张狂。廖伯贤伸手要去摸,被冯平贵一巴掌拍开,赶忙又将金条重新包好,揣进怀里。

"哪儿来的?"廖伯贤问得不动声色。

"甭管我哪儿来的,你打听不着,反正是纯纯的真金。你知道这一根值多少钱吗?"冯平贵梗着脖,用鼻孔看人,砰砰拍了几下胸口,"实话告诉你,这样的金条,我还有无数根。"

见廖伯贤嘴角抽搐,他愈发快活,决心一洗上回的屈辱。

"上次是你们的人设局,乘人之危,咱口头约定的不算数,今天这合同我也不会签。地,我们不卖,至于山上的祖坟,哼,眼下我们有钱了,完全可以雇人全天二十四小时、刀枪棍棒地严防死守,也不怕谁再打挖祖坟的缺德主意了。"

廖伯贤白了脸:"合同说毁就毁,你懂不懂法?"

"你一个黑社会跟我讲法?"冯平贵一拍桌子,"有本事你报警!看咱俩谁先进去!妈的,法治社会,还治不了个你?"

廖伯贤靠坐回太师椅,冲着他笑,笑着笑着,突然暴起,一脚踹翻了冯平贵的凳子。

冯平贵身子一歪,扑倒在地上,惊讶地抬头,刚要起身就被廖伯贤再次踹翻,脚脚不留情,踹的都是心窝,很快便失了反抗的力气,只顾着抱头保命。

廖伯贤顺势抓起掉落在地的金条,冲着他太阳穴猛地砸去,冯平贵闷哼一声,血流如注。

"说,金条哪儿来的?"

"呜——"血糊住眼睛,冯平贵挣扎着摇头,嘴中呜咽个不停。

廖伯贤捏住他下巴,狠力敲向牙齿,一声哀号后,冯平贵登时少了半截门牙。

"我再问你一次,哪里来的?"

冯平贵呕着血唾沫:"宝进……鹁鸪崖的宝进……给的。"

廖伯贤点点头,心满意足地微笑,可额上仍是青筋跳动。他看着冯平贵挣扎着起身,眼瞅着就要爬起来,便猛地俯下身去,单手卡住他的脖子，当头又是一下。

"我一直讲礼貌，和为贵，可你们呢？"沾血的金条扬起，再次狠力砸下，"你们一个个，一而再，再而三地耍我，拿我当冤大头。"

一下又一下，血沫子溅湿他身上的白褂子。

"抢我的货，抢我的车，还想用我的钱，赎我的地！"

他歇斯底里地捶打，周遭小弟没人敢拦，没人敢劝，一个个别过脑袋，只当是看不见。

"还要报警抓我，你们是不是有点太过分了？"

他连续猛击，直到身下的冯平贵没了声息，直到自己也没了力气，方才踉跄着起身。大只狗赶忙上前去扶，将他搀回到太师椅上。

廖伯贤喘着粗气，胸口剧烈起伏，他抖着手，将歪斜的眼镜重新戴好。不远处，小弟将失去知觉的冯平贵翻了个面，拉起他血淋淋的手，在合同上按下了指印。

"我不想再伤人的，是你们的错，是你们逼我的——"

廖伯贤打裤兜里掏出手绢，轻轻擦拭喷溅在手上的血迹。

"我不明白，你们为什么总是言而无信。约好的事情，为何总是变来变去。知不知道，这会逼得我发狂，惹我发怒。哭爸，谁也没有好果子吃，死，都得给我死。"

他两手捏住椅子扶手，身体颤抖，痛苦地闭上眼，汗顺着脸颊滴下来，久久不说话。闷昏的厂房里弥漫着血腥与汗酸味，没人敢打破这沉默，个个被压抑的氛围按住了脖子，低垂着头。

过了半晌，廖伯贤终于睁开眼，再次恢复往日的温和。他徐徐开口，语气也跟着平稳下来，甚至略带着几分愉悦。

"大只狗，还差哪块地没拿下？"

大只狗上前，身子伏得更低。

"鹁鸽崖，他们执拗得很，说不会放弃茶园，宋律师约了几回都不肯出来。回头我再去——"

"不必再谈了，我已经没耐心陪他们做戏了。"

廖伯贤招招手，令他附耳过来。

· 240 ·

"找到厂长留给我们的那批存货,再剩下的,你知道该怎么做。"

大只狗眉头一皱,瞄了眼廖伯贤的脸色,最终将真正想说的咽了回去,欠欠身。

"了,这就去办。"

廖伯贤端坐在太师椅上,包住碗盏,呷了口茶。他半眯着眼,居高临下地俯视瘫软在地上一动不动的冯平贵,玩味地翘起一边嘴角。

洁白的盖碗上留下几枚血印子,他并不在乎,只是饶有兴趣地撮捻着指尖。像是说给自个儿,也像是讲给周遭的人听。

"果然,"他缓缓吐出口气来,"只有死人,才不会背叛我。"

45

走边（上）

廖伯贤并不知道，究竟还要再杀几个人，才能彻底终结这恼人的一切。

他做掉的第一个人，是前任老大，作为送给陈三山的投名状。

进入喜福会之后，他替陈三山生了许多钱，渐渐也挣得了一定声望。陈三山年事已高，人人都说他是下一任大佬的不二人选。开始几次他摇手推辞，可听得多了，心里难免也痒痒起来。

环顾喜福会，徐天恩苛刻，不得人心；鱼头楠草莽，有勇无谋。剩下的几个堂口老大要么年迈，要么懦弱，比对下来，确实没人比自己更适合。潜移默化之下，他处处以接班人的标准要求自己，对帮会的事情愈发上心，凡事尽心尽力。

某回酒局，他按惯例替陈三山挡酒，很快便吐得昏天黑地。在厕所洗手池往脸上泼了把水，清醒了几分。廖伯贤盯着对面镜中涨红的眼，伸手将垂落的发丝抿回去，油头重新打理好，左右看看，一副青年才俊的模样。他想象着坐上头把交椅之后，今后的酒局，自己只需冷眼端坐，看着旁人醉酒奉承耍猴戏，不由得笑出声来。

洗过手后，廖伯贤快步往回走，停在包厢门外，低头整理衣角。推门正要进去时，却听见陈三山跟旁人的对话。

"恭喜陈佬，又得廖总这一员猛将，喜福会将来如虎添翼。"讲话的是橡岛有名的大老板，跟他们常有生意往来，最初也正是托了廖伯贤的关系才得以攀上陈三山。

陈三山没言语，只是哼笑一声。廖伯贤听得心头一沉，自知这沉默不是个好兆头。

果然，对面的老板也听出了口风，顺势接过话来："容我多嘴一句，我听说这廖伯贤在外头可不是什么善名，只怕将来——"

"我还没有老眼昏花，用不着你提醒，"陈三山慢悠悠地打断，"我只不过看上他那几分聪明，做我老头子的钱袋子罢了。"

"果然，姜还是老的辣，今日又跟您学到一课，来来来，晚辈敬您一个。"

里面哄笑成一团，廖伯贤脸陷在暗影里，双手握拳，指甲深陷进皮肉。再进门时，却仍是笑盈盈，扶着陈三山的肩头要替他斟酒，端杯与刚才讲话的老总称兄道弟。

一个礼拜后，背后嚼舌的老总站在街边等司机，不料却被一辆失控的货车当场撞飞，死状惨烈。陈三山听闻这个消息也只是合眼叹息，并未多言。

这些年来，廖伯贤想明白了一件事，他所追随的大佬既离不开他的机灵，也畏惧他的聪慧，似乎只想将他捏在手中利用，还要他感恩戴德。

当他处于二选一位置的时候，无论另一个备选是谁，他似乎永远会是被舍弃的那一个。于他而言，唯一的胜算，便是永远不要拥有竞争对手，他要让对方无路可选。

陈三山的心腹他早已收买，知道老人健康状况不容乐观，某些局，越早布置越好。

在替陈三山暗箱操作的过程中，他结识了一些见不得光的"朋友"，见证了他们的刀尖舔血，一夜翻身。他知道海外正时兴一种新型药物，价高得离谱，因为作为原料的植物刁得很，生长环境不能太热，不能太冷，要日照充足，还要海雾弥漫，四处找寻，终于寻到一个叫琴岛的地方，完全符合种植要求。

要干这笔买卖，自然是不能见光，就连喜福会的人也要防着。廖伯贤四处托人,以生态园的名义包下春山的几座山头。此地山高路远,到时候路一封,谁也不知他在里面做的是什么生意。

至于怎么走货,他也想好了,名叫坦岛的地方有处废弃码头,海路通达,夜航安全,唯一不足的是岛上有座厂子,名叫噼啪烟花厂。他找人探过几次口风,那个姓李的厂长死活不肯搬,满嘴跑火车,开出的价格高得上天。

廖伯贤不擅长打架,但是脑子活,忽然有了想法:一石二鸟。

得知陈三山要徐天恩学做生意后,他放出话去,故意让徐天恩知道这处码头的存在,又将未来吹得天花乱坠。急于求成的徐天恩果然上了当,加上廖伯贤早已买通的心腹在旁吹风,陈三山也没有怀疑,一行几人悄悄去了大陆实地考察。

当天晚上,心腹按照约定,点火炸掉烟花厂,试图以一场意外,既除掉碍事的陈三山和徐天恩,又破坏烟花厂的生意,趁机压低地皮价格。只是万没想到,陈三山命硬,竟然没有被当场炸死,用最后一丝游气留下口信,要将位子传给徐天恩。

返回橡岛之后,徐天恩顺势坐上大佬的位子。心腹自知理亏,心虚地退了会,逃到乡下老家避风头。廖伯贤哪里肯放,派人寻出地址,追去要他再次完成没完成的事宜。

"我们有约在先的,"老旧村屋里,廖伯贤坐在他对面,笑嘻嘻地呷了口茶,"拿钱就要办事,咱们当初是怎么讲的?"

"做掉老大。"

廖伯贤点点头,心不在焉地捻搓着手指:"现在的老大徐天恩,不是还活得好好的吗?"

"这——"

"莫怕,我不会为难你,只是想请你再帮一个忙。"

在众打手的监督下,心腹"十分配合"地录了段揭发徐天恩的视频,又领到了一兜子钱,千恩万谢。廖伯贤临走时,他连忙起身相送。

"贤哥,有个不情之请,"他双手合十,眼却看向地面,"今后组织的事情,我不想再参与了,只想在乡下安静过活。"

"了解，"廖伯贤笑着拍拍他的肩膀，"我保证这是最后一回了，日后不会再有人叨扰你。"

那人长舒一口气，真心实意地笑起来，两手不住地搓着裤缝，追着要将他们送出门去。

"欸，不必送了，"廖伯贤挥挥手，"我也不送你了。"

男人愣住，转瞬明白了什么，还没来得及跑，便被人按住肩膀，往地上一跪，冷冰冰的枪塞进口中，砰。

廖伯贤冷眼看着手下熟练地擦去周遭的指纹，又将枪塞进那人尚未僵硬的手中，录有"罪证"的手机摆在茶几上鲜明的位置。

他缓步迈出屋去，蹑跶着种在门前的花草，眯起眼来，抬头望天。

"天气不错。"他由衷地快乐。

枪响打爆了心腹的头颅，也打破了徐天恩短暂的大佬美梦。

廖伯贤手底下的人将"杀人夺权"的谣言散布开，另加上徐天恩本来就性情古板，整顿帮会纪律时得罪了不少人，几番煽风点火之后，各堂口明里暗里开始动作，逼得徐天恩只能要求再次寻陈三山的心腹出来做证。

廖伯贤嘴上说着信任恩哥，可是为保"公正"，早日证明清白，他也愿意跟着各堂口的头头一块儿去走一遭。自然，老屋之中，他们寻到的只是尸体，廖伯贤率先"发现"了手机里的视频。

"徐天恩为上位，设计杀了陈佬，又篡改了遗言，事后给了我一大笔钱，就在——"

亡灵声音一出，各派别剑拔弩张，廖伯贤的手下放出第一枪，果然引发了混战，只是没有想到，徐天恩命大，居然再次死里逃生，之后便销声匿迹。

打这之后，廖伯贤虽然如愿坐上了代理老大的位子，可是他知道，自己并不服众，旁的不说，单是徐天恩堂口的阿仁那一拨人就刺得他心烦。

他不想等，一方面早就挪用帮会的钱订了一批植物幼苗，再不种下去怕是会烂在手里，血本无归；另一方面，他总感觉徐天恩在筹谋着什么。徐天恩一天不死，自己的位子一天不稳。

毕竟变数还在，但凡到了二选一的境地，输的那个总是他。

初夏的时候，他再次来到坦岛，找到了东躲西藏的厂长，那时境遇逆转，烟花厂早已成了烫手山芋，厂长急于脱手。合同谈得很顺利，廖伯贤用不到一半的价格买下了厂子的地皮，不过却开出了自己的条件。

"答应我两件事，第一，将剩余的炸药库存给我。"

"好说好说。"对面的厂长点头如捣蒜，着慌地就要在合同上签字。

廖伯贤一把拦住："别急，听我讲完。"

他推过一张纸条，点了点上面的号码。

"第二，再帮我打一通电话，放个消息出去。"

46

走边（下）

廖伯贤至今想不通，究竟是哪一步出了岔子呢？

原本一切都很顺利，烟花厂的厂长以知情人的名义给徐天恩打了通电话，说是知道爆炸的真相，甚至直接抖搂出了当日的细节，以此换取信任，将他骗到了坦岛的密林里。

只身赴约的徐天恩万没想到，等待他的不是烟花厂厂长，而是心怀杀意的大只狗。

原本一切都很顺利的，就连杀人也只用了十分钟而已。背后偷袭，勒住脖子，含有剧毒的针管扎进颈脉，身亡命殒，悄无声息。

声名煊赫的喜福会二把手，从生到死也不过十分钟而已，像条餐馆里被食客选中的活鱼。死亡面前，众生终究是实现了平等。

接下来的任务更加简单，只要灌好水泥沉入深海，便可高枕无忧，然而……

廖伯贤每每想起接下来发生的事情，总忍不住朝地上猛掼一只茶碗。

"明明已经死了，你怎么会弄丢咧？"

"我做掉他之后，装进了袋子，然后……然后就靠在围墙根下，"大只狗识趣地朝后躲闪几步，"那时忽然想要吸支烟，提振下精神，一抬头，刚巧看到围墙上白底红字写着严禁烟火，我想着不可以在这里吸烟——"

廖伯贤冷哼一声："敢杀人，不敢随地吸烟？"

"不一样的，贤哥你忘啦，这烟花厂半年前不就是被咱点燃炸掉的吗？我想着还是小心些好，说不准空气中还浮着火药粉末，万一被我一支烟再炸了呢？"

他小心翼翼地靠前几步，食指摩挲着茶台，语带讨好。

"这厂子如今可是咱喜福会的财产，为了帮会，我不怕累，所以就决定躲去远处抽。大概跑了半个多山头吧，等我吸完烟回来，远远地就听到有声响。还好我机灵，躲在树后定睛一瞧，夭寿咧，居然有辆单车，正驮着装恩哥的袋子跑路。"

廖伯贤握紧茶杯，指尖攥得发白，这段话无论听过几次，他依旧会动怒。大只狗见他脸色不对，赶忙辩解。

"贤哥，你信我，我有追，真的有追！我一路狂飙，但是那人骑得好快哟，他……他……他——"大只狗弯腰蹬腿，连说带比画，"那人见我追他，不停加速，最后直接站起来蹬。哇，像哪吒一样，踏板简直要蹬出火星子。而且他又是下坡路，我哪里追得上。等我想起来开车去追的时候，单车早就驶入大路，无影无踪了。"

廖伯贤不开口，大只狗搓了搓后脖颈，只能自己把话接下去。

"其实，我至今也想不明白，为什么会有人偷这个。况且大半年过去了，外面也没什么风声，当地的条子似乎并不晓得这件事。搞不懂那人到底想要怎样。"

"会不会是那个厂长？想要藏起尸体，借此再敲我们一笔？毕竟知道时间地点的只有他。"廖伯贤猛地盯住大只狗，"你当时有看清脸吗？"

"那个……"大只狗觍着脸笑，"我不是没追上……"

见廖伯贤伸手要打，他赶忙补充："不过我看见背影了，再见到一定能认出来的！"

"背影？"

"对，背影有些熟悉，嗯……硬要讲的话，有点像我阿伯。"

"又像你阿伯，"廖伯贤气急败坏，揪住他的衣领捶打，"哪个都像你阿伯，李大金也像，厂长也像，你到底有几个阿伯?!"

大只狗一面躲闪，一面嘀咕："没办法啊，我家香火旺，阿伯自然也多啊。"

"等下，李大金这名字好像有几分耳熟，"廖伯贤跌回座椅，重新端起茶盏，"没记错的话，那个厂长也姓李，名字里好像也带个——"

"贤哥，哭爸啦！"

正说着，把门的小弟突然推门而入，大着嗓门喊嚷。廖伯贤被他一吓，茶水泼了自己一身，连忙掏出帕子来擦拭："说了几次了，不要把我的名字跟脏话一起念，你有话好好说。"

"大佬……大佬他——"

"什么大佬，陈三山那个老东西已经死了。搞搞清楚，现在的大佬是我，现在喜福会当家人是我廖伯贤。"

"是是，是您，不过，"小弟深呼吸，"陈佬的人，马上要来了。"

"来这里？"廖伯贤停止擦拭，脸色难看，"消息准吗？什么时候到？"

"我去确认下，"小弟匆匆跑到门口，探出头去张望，"贤哥，到门外了。"

话音刚落，他被谁推了一把，一屁股跌坐在地上。鱼头楠晃着膀子，大步迈进来，后面跟着六七个打手，鱼贯而入。几人进来也不说话，只将茶桌围拢起来，将廖伯贤困在当中。

廖伯贤转了脸色，笑盈盈地伸过手去拍鱼头楠的肩，不料对方身子一闪，躲了过去，歪斜着坐到对面的凳子上。

"贤哥，怎么也不跟兄弟们讲一下，神神秘秘地自己跑来大陆啊？"

"不劳大家烦心，只是有点小事情要办。"

鱼头楠的一双眼盯住桌上的那沓合同，廖伯贤本想去夺，可终究是慢了一步。

"大手笔哟，"鱼头楠抢过合同胡乱翻看，笑着抬起眼来，"包这么多地，预备做什么生意啊？"

"不过是打打闹闹罢了，给兄弟们挣点小钱。"廖伯贤抽回合同，顺势反扣在桌上，"别讲我了，说说你们吧，怎么突然想着来这边了？"

"还不是为大佬出山的事。"

鱼头楠身子朝后一靠，跷起二郎腿。

"弟兄们想给陈佬风光大葬，要办葬礼，那必然要钱。可是一查账目，不对头啊。"

"怎么不对？"廖伯贤不紧不慢地斟茶，"我这个做老大的，没觉得账目有什么问题。"

此话一出，双方人马皆屏住呼吸，握紧武器。

鱼头楠乜着他："贤哥，你刚来没多久，喜福会有些规矩您不了解，橡岛各处都有我们的眼线，谁挪了多少，大家心里有数，不过嘛——"他伸手夺过廖伯贤泡好的茶，"不过钱倒是其次，大家主要是想讨个说法。"

廖伯贤擦擦眼镜："什么说法？"

"大佬的死有蹊跷。"

廖伯贤一僵，紧接着干笑几声："这还用讲？不是人人都知道是徐天恩为了争位子，买通阿灿、炸工厂、改遗嘱，最后阿灿愧疚难当，在老屋以死谢罪吗？"

他重新戴好眼镜。

"眼下只要找到徐天恩，无论生死，陈佬都可以瞑目了。"

鱼头楠耐心地等他讲完，这才探过身子，戏剧性地以两指叩击桌面，压低了声音："原本是这样，可是前阵子，阿灿的女儿忽然找到我这里来了。"

廖伯贤愣住："他还有女儿？"

"干女儿啦，贤哥你来得晚，很多事不知道也正常。"

又一次提及"来得晚"，潜台词便是资历浅。廖伯贤心中明白，鱼头楠他们追随陈三山十多年，心中以"正派"自居，他们这一众瞧不上徐天恩，也未必看得起自己。眼下自己大佬的位子还没坐热，不想多生什么事端，因而对话里的硬茬只当作没听见，容着他继续讲下去。

"阿灿他女儿结婚要办酒，眼看着快举行仪式了，可是到处找不到他，寻回老屋，只见到血。你知道的，我们的事情，条子又不管，"鱼头楠夸张地摇摇头，"所以她没办法，只能大着胆子，找到我们讨说法。"

· 250 ·

廖伯贤不说话，手伸向桌下，桌底藏着备用的枪。

"你说，做阿爸的怎么会在女儿办酒之前想不开行短路呢？再怎么愧疚，也不差那几天吧？"

鱼头楠似是没察觉到大只狗的逼近，大大咧咧地端起杯，又灌了一口茶。

"再个，他女儿穿戴普通，如果阿灿真的要寻死，收的那些钱是不是也该先给她贴家用呢？何苦一股脑地堆在现场，白白染血。"

"那你的意思是？"廖伯贤面上平静，右手在底下握紧枪柄。

"没什么意思，只是死人没法开口，如今死无对证，难办哟。"

鱼头楠苦笑着挠挠头，廖伯贤叹了口气，左手提壶去帮他续水。

"是啊，难办。"

"不过，活人总可以讲话吧。"

此话一出，廖伯贤停住，水溢出杯子，他赶忙去擦："什么意思？"

"听线人讲，徐天恩前阵子跑来了这边，之后再没动向，我们要找到他，问问究竟。"

"若是找不到呢？"

"找不到他，还有阿仁，还有阿仁的手下，总不会突然都不见了吧？"鱼头楠笑笑，"贤哥，你不知道，前阵子陈佬给我托梦了。"

"哦？"廖伯贤冷笑，"他讲什么？"

"他说黄泉路长，寂寞得很，让我给他送个伴去。"

47

读 秒

半山腰上，李大金他们三个匍匐在地，扒拉开面前的野草，监视着下方的春山茶厂。

"怎么样？"大金胳膊肘捅捅宝进。

"打不通，冯哥他不接电话。"宝进苦着脸，"我再打一个试试。"

"别费事了，你看那边。"

顺着大金指的方向，宝进看见茶厂库房的后门开了，一个男人探出头来，东张西望，见四下无人，便旋身朝里面招招手。另两个跟在他后面，抬出一只大纸箱来。

天色昏暗，隔得又远，看不清箱子里装的是什么，只觉着沉重。抬箱的二人使劲抻了几下，才合力将箱子抬进货车的后箱。

"你冯哥怕是这辈子接不了电话了。"

阿仁忽然起身，一脸狰狞，大金赶忙拖住他的脚。

"上哪儿去？"

"去宰了他。"

"你自个儿下去只能被人宰！"大金死死勒住他的腰，"我数了圈，里面至少四十个人。"

"那我就一个打四十个！"阿仁挣扎，捶打着大金的胳膊，试图甩开，"廖狗杀了恩哥，铁证如山，我不能坐视不管，你放开我！"

"你等会儿，我跟你一块儿去。"大金抖落掉身上的草渣，声音也碎得不成个样子，"咱俩去胜算能大些，一人，呃，一人只需要打二十个。"

阿仁愣住："这是我和他的事，你没必要掺和进来。"

"这也是我的事，他炸了烟花厂，姜川的腿、老周的命，还有那十来号人的前程，他欠我的也不少，这笔账我都记着呢。"

"那我也——"

"不行。"宝进话没说完，就被二人几乎同时掐断。

"你不能去，这他妈又不是什么好事，我们这回去了——"大金捏捏他的膀子，"真不一定能回。"

"那你俩呢？"宝进又一次掏出电话，"咱要不报警吧？"

"要报警，但——"大金看了眼阿仁，"但不能现在就报。宝进你听我的，先回村子，以最快的速度跑回去，拦住你的老乡，千万别熔金子，那里面的东西一透出来，你们可就都没命了。另外，等我消息，如果十二点之前我俩没有联系你，那你就报警。"

"茶树的事情，对不起，"阿仁低垂着视线，"如果有今后，我一定补偿。"

宝进戳在那儿，延宕着还想要说什么，被大金用力搡了一把。

"白磨叽了，赶紧的吧，救你老乡要紧。"

宝进嘴巴张了几下，也只颤声吐出句"你俩保重"，转身奔向夜色之中。

支离破碎的恩哥颠簸了大半个夏天，今夜终于得以入土为安。

阿仁在他坟前倾上最后一抔土，跪下身来，端端正正地磕了个头。

"恩哥，阿仁无用，没法护您周全。我这就去索廖伯贤的狗命，希望您和阿嬷的在天之灵，保佑我一切顺利。"

他双手合十拜了几拜，抽出随身的匕首细细擦拭。大金挓挲着两只手从远处奔过来，在他面前刹住脚。

"你踩到恩哥了，挪开。"

大金越过坟头，揪住阿仁的腕子往边上拖。

"完了完了完了，你快过来看看，好像有人朝这边来了，乌泱泱一

· 253 ·

大片，弄不好咱得一人打四十个了。"

阿仁一面将匕首缠到手上，一面眯眼向下瞧。

"那是楠哥？"他有些诧异，"他怎么来这里了？"

"谁？这又是哪一边的？"

"哪边也不是，他是陈佬的手下，心狠手辣，但为人还算公正。"

大金点点头，嫌弃地看向阿仁手上的匕首。

"你就准备拿着把水果刀跟人家手枪拼命？"

"只有这个了，你也要找件武器，待会儿可能没人听你讲道理。"

"仁哥，我问你个事，待会儿——"大金咽了口唾沫，"待会儿咱要杀人吗？"

阿仁看看手，又看看天上的星，没说话。

"我有个法子，你能听我的吗？"大金上前一步，"咱俩现在是一根绳子上的蚂蚱，我会尽我所能配合你，我也需要你的掩护。"

阿仁只拿眼看他，没有表态。

"我知道李大金在外面的名声不好，"他定定地望着阿仁，"可是，你要信我。"

阿仁退后一步："你想怎样？"

大金东转西转，寻了块大石头回来，塞进他手里，又指指自己的脑袋。

"我先把命借你一会儿。"

廖伯贤身子贴在门后，侧脸看向大只狗。

"外面怎么样？"

大只狗收回脑袋，关紧屋门："鱼头楠的手下暂时不在。"

廖伯贤松了口气，抽出办公桌下面的小手提箱。

"没时间了，我在这里耽误太久了。这本来就不是我一个人的项目，是各方朋友卖我的面子，要是这单做不成，不仅搭进去的钱回不来，说不准命也难保，到时候喜福会和老客那边都不会放过我。"

他匆忙将大沓钞票和小金条甩进行李箱，头也不抬，拉开抽屉去寻护照。

"徐天恩的尸体有下落吗？"

"没。"

"罢了，眼下大事要紧。"

廖伯贤一面收拾，一面继续跟大只狗交代。

"事到如今我只信你，你留在这边替我善后。那个厂长留下的炸药我埋在了鹁鸪崖山顶的巨石下面，等我一走，你就点燃，炸平山头，直接埋掉下面的茶厂和鱼头楠的人，全部铲除，不能留下任何活口。要死无对证，明白吗？"

"贤哥，要不要让咱们的弟兄先撤？不然他们也会——"

"不行，那样鱼头楠会怀疑，维持现状。这是我们最后的退路了，务必要保证顺利。"

"可是，"大只狗有些迟疑，"山头下面就是村子，我怕碎石滑坡，到时候失控会连整个村庄一起碾平，会枉死很多村民啊。"

廖伯贤停下塞钱，惊讶地盯住他，就在大只狗抬头的瞬间，他戏谑的笑猛然收住，换上一脸沉重。

"大只狗，做大事总会伴有牺牲，我知道这个决定对你来说很艰难，可是学会舍弃，是我们不得不面对的抉择。我也很心痛，可是如今真的没有更好的办法——"

正说着，门外忽然传来打斗声，紧接着，紧闭的房门洞开，一个庞大的身影立在门前。廖伯贤赶忙将箱子藏到身后，大只狗则本能地护在他身前。

进来的人脚步有些趔趄，转身关严大门，又用桌椅顶住。他半边膀子是血，疲惫地丢来一个捆成粽子的人，又扔下一只蛇皮口袋，然后背倚桌角，气喘吁吁地看着廖伯贤。

廖伯贤眼中闪过一瞬的不解，待看清了来人是谁，他瞬间绷直身子，满眼警惕。

"你回来干什么？"

48

绝杀

"贤哥，我回来复命。"阿仁踢了脚被捆得结结实实的李大金，"人我捉到了，货沉进了海底，剩下的交你处置。"

廖伯贤听他如此开口，暗自松了口气，面上假笑着。"要回来提前打个招呼，我这边也好准备招待一下。对了，"他指指膀子上的伤口，"怎么弄成这副样子？"

"外面的兄弟，好像不是很欢迎我。"阿仁撩起衣角，拭去匕首上的血，"都是些生面孔。欸，我手下怎么都不见了？"

"他们——"

"我叫他们休息去了。"廖伯贤截住大只狗的话，绕到桌子后面，兀自拉开一段距离，"人交给我就好，你也早些回去吧。"

"不急。"阿仁矮下身，轻拍了几下鼓鼓囊囊的蛇皮口袋，"我还带了一样礼物。"

廖伯贤快速扫了眼："里面是什么？"

"你一直在找的尸体。"

"哦？"大只狗惊恐，"你在哪里寻到恩哥的？"

廖伯贤心道不好，赶忙去拉，可已经迟了一步，阿仁闻言果然转向大只狗。

"我有说过是恩哥吗？"他黑下脸来，"你怎么知道恩哥已经死了？"

大只狗语塞，三人僵持，阿仁将匕首横在面前，盯住廖伯贤。

"恩哥是不是你杀的?"

廖伯贤不开口,只是阴阴地笑。

阿仁瞥了眼袋子,略略提高音量:"那么陈佬呢?他的死是不是也跟你有关?"

"阿仁,重要吗?"廖伯贤两手撑住桌子,不解地摇摇头,"你搭上一条命回来,就为了问这个吗?真相如何,真的重要吗?"

阿仁呼吸急促,廖伯贤的回答与态度出乎他的意料,持刀的手微微发颤。

啪,对面的廖伯贤将桌底的枪拍到桌上,气定神闲,叼起一支烟,点燃。

"是又如何,不是又如何?实话告诉你,打一开始,我就不会让你活着回到橡岛。如今恩哥死了,刚好啊,你可以去那边继续给他做护法。"

"杀了我可以,但是放掉我们堂口的兄弟,你答应过的,只要我完成——"

廖伯贤笑着打断:"拜托,搞搞清楚,眼下你有什么资格跟我谈条件?"

他靠坐在太师椅上,跷起二郎腿。

"你知道吗?我烦透了你们,都是讲一套做一套的两面派。姓徐的故作清高假仗义,背后还不是不择手段,挤破头想要做大佬?还有陈三山那个老东西,他的死怨不得我,他是自作孽!

"哭爸,我挪用账上的钱又如何?这些年我替他赚回了多少。私底下口声声要培养我做接班人,结果咧?你们一个个地讲我精明靠不住,可是喜福会上上下下,哪个堂口不是靠老子洗回来的钱养着——"

"陈佬真是你杀的?"

廖伯贤吐出口烟,不耐烦地摆摆手:"我讲了一堆,你到底在听什么——"

"是不是你?"

"是是是,是我!是我杀了陈三山!炸死他算便宜了,怎样?"廖伯贤涨红了脸,"这里只有我们几个,出了这间屋,谁会信你?"

阿仁松了口气,笑着蹲下,用匕首挑开绑住蛇皮口袋的尼龙绳。

"你听到了,是他。"

"谁?"廖伯贤口中的烟被吓掉了,"你跟谁讲话?"

阿仁没有回答,廖伯贤和大只狗齐刷刷地盯住窸窣作响的袋子,里面的"尸体"忽然活了,缓慢挪动,将袋子撑开一条口,一张熟悉的面孔露了出来。

"想不到,真的是你。"

鱼头楠利落地钻出袋子,举枪对准廖伯贤。

"我这就送你去向陈佬赎罪。"

话音刚落,砰。

鱼头楠讶异地低头,看着血从自己胸口洇出来,像一朵缓慢绽开的花。

"你——"

砰砰砰,廖伯贤疯狂射击,温热的血沫子喷溅在脸上,他没有停,直到鱼头楠膝头一软朝后仰倒,抽搐了几下,不再动弹。

浓郁的血腥气在屋内弥漫,在场的其他人愣住,紧接着廖伯贤枪口一掉,阿仁就地一滚,赶忙躲去货架后面,砰,一枪打空。廖伯贤握枪要追,而屋外的人听到枪响则更加猛力地撞门。

"贤哥,救我——"身后传来大只狗的颤音。

回头看,只见大金身上的绳子早已松开,匕首抵在大只狗的颈脉上。

"你放下枪!"大金躲在大只狗身子后面尖叫,"想让他活命,你就放下枪!"

廖伯贤看看大金,又看看地上将将死去的鱼头楠,心下了然。

"你们骗我,你们合起伙来骗我,"他蹙紧眉头,"你们演这一出,就是为了套我的话。"

"白在那儿废话了,你想活命就放下枪!"

廖伯贤没有理他,只是看着大只狗。

"你跟我多久了？"

"贤哥，"大只狗红了眼圈，"从旧帮会开始，到今年秋天，就十三年了。"

"十三年，十三年，不知不觉陪我这么久，辛苦了。"廖伯贤喃喃低语，枪口垂低了几分，"所以，好好休息吧。"

砰，他一枪射向大只狗的方向，吓得大金拖着人就跑。

"你他娘的疯了！自己人也杀！"

"我不会再让任何人威胁我！我不会再上你们的当！"廖伯贤追在后面一路开枪，"你们都是串通好的吧？大只狗，你跟他们也是联起手来骗我的吧！"

"贤哥，我没有——"

砰，廖伯贤顺着回答的方向，又开了一枪。大金赶忙捂住大只狗的嘴，躲去货架后面。

"我廖伯贤一步一步，历尽千辛万苦才爬到今天的位子，绝对不会让任何人破坏掉！"

他低头，看见了地上的血迹，指引一般，他沿着向前摸索。

"阿仁，其实派你出去的当天，蛋仔就死了。你手下那些忠心耿耿的都死了。如果春山哪处花草格外繁盛，那是你兄弟们的功劳。怎样？是不是很恨啊？有种出来跟我拼命啊，躲着算什么男人？"

嗒嗒，他又近了几分。

"阿仁，出来吧，如今你的堂口只剩下你自己了，滚出来，让我给你个痛快！"

砰，又是一枪，子弹击穿装茶叶的纸箱，擦着大金的右耳飞过，他惊呼出声。眼看着廖伯贤就要找到他的藏身之处，阿仁的声音自他处响起。

"我在这里！"

廖伯贤回头，只见阿仁推开挡门的桌椅，大门瞬间被冲开，手持刀棍的打手们拥了进来，看到满屋飞溅的血迹，面面相觑，一时间没人敢动。

阿仁捂住膀子上的伤处:"这下你逃不掉——"

谁知廖伯贤忽然冷笑,下一瞬,抬手指着他大喊。

"阿仁,你杀了陈佬还不算,如今又回来杀了鱼头楠!你跟喜福会到底什么恩怨!今天众兄弟都在,这次你逃不掉了!"

阿仁蒙了:"你怎么——"

而廖伯贤完全不给他开口的机会,跳上桌子,抓起一大把美元狠狠扬起,漫天飞舞的钞票纷纷扬扬,纸钱一般,盖住鱼头楠尚且温热的尸身,掩住阿仁声嘶力竭的辩解。

廖伯贤神经质地大笑,更加疯狂地抬起手提箱,将里面的钱与金条尽数抛出,众人一哄而上抢夺。

"我有钱,很多很多钱!我是喜福会老大,我以大佬的名义发话!"

满脸鲜血的廖伯贤指着阿仁,面向红着眼的人群咆哮:

"谁能杀掉他替陈佬报仇,钱和地位,我统统给他!"

49

甘霖

混战之中,廖伯贤趁乱逃走,阿仁想要去追,奈何腿上负了伤,跑不快,头上挨了一棍,血顺着额顶往下淌,转瞬糊住了双眼,看不分明。

"小心!"

关键时刻,一个身影飞扑过来,脊背护住他,替他扛了一闷棍,在阿仁诧异的目光中,大只狗左抵右挡,驮着他向外冲去,而大金则背着鱼头楠的尸身做挡箭牌,谁要打他,他便将鱼头楠的身子凑上去,趁别人迟疑的空当溜之大吉,身上反倒是没挨几下。

一路兵荒马乱,连滚带爬,昏暗的山间树丛里,三人力竭,暂坐休息。

"为什么救我?"

大只狗背靠树干,手捂肚子,血从指缝间向外涌。"哟,恩哥是我做掉的,不关贤哥的事。"他倒抽冷气,痛苦地闭上眼睛,"要杀要剐,冲我来吧。"

阿仁挣扎着起身,攥住匕首就要冲他的脖颈划去,被旁边的大金一把拦住。"恁俩都省点劲吧,先抓住廖伯贤再说,"大金左右环顾,"那孙子躲在暗处,指不定盘算着什么幺蛾子呢,可千万白再闹出人命了。"

大只狗欲言又止,阿仁将他的异样看在眼里:"你是不是知道什么?"

大只狗耷拉下脑袋，看向肚腹处的伤口，不讲话。

"出来混，为的不过是道义二字。可你的贤哥，跟你讲道义吗？"阿仁嘲讽，"陈佬、恩哥、我堂口的弟兄们，还有阿灿和楠哥，都是他的砝码，刚刚甚至差点搭上你去。"

一口气讲了太多话，他有些气短，可仍吃力地稳住声线，不叫人看出他的硬撑。

"还要再拉多少冤魂垫背你才肯想得通，打一开始你就跟错了人，你所做的一切不是仗义，是为虎作伥，你做越多，错越多。"

大只狗别过脸去。

"你快白跟他说教了，省省劲，咱赶紧分头找去吧。"大金脱下汗衫抹了把脸，又顺手盖住鱼头楠那双不肯瞑目的眼睛，"这天黑黢黢的，什么也看不清，希望这姓廖的有夜盲症，跑不远——"

"鹁鸪崖山顶，贤哥在那里埋了炸药，"大只狗的声音很小，"他要炸平整个村子。如果赶得及，你们去拦他吧。"

他看向阿仁，脸上有泪，又慌忙转过头去，像是要给自己的"出卖"寻一个台阶。

"这件事本是帮派自己的恩怨，我不想再牵扯无辜的村民进来，你们务必拦下他，别让贤哥再错下去了。"

阿仁用碎布条简单地包住伤口止血，扶着树干起身，趔趄着，缓慢地朝山顶爬去。他失血过多，走了没几步就眼前一昏，一头朝前扑倒，大金赶忙搂住他，扶着他重新坐下。

"让我起来，我要去抓他。"

大金朝大只狗一指："你现在这样子，也就能抓着个他。"

说完一把将阿仁又按了回去。

"松手，他杀了那么多人，我不能坐视不管。"

大金二话没说，一巴掌甩在他脸上。阿仁震惊，愤怒地想要还击，可挥出去的拳头抵在大金胸口，动不了他分毫。

"看吧，眼下你连我都打不过，去了也是送死！"

阿仁垂下拳头，终于意识到如今的处境，紧绷着的面孔松弛下来，眼中第一次现出哀伤。

"大金,求你。"血淋淋的手攥住大金的肩膀,"算我求你,不要放过他。"

大金一愣,紧接着大力回握住。

"放心,他也欠我的。"

大只狗在不远处听闻,捂着伤处,艰难地跪了下去。"我也求你,这位兄弟,我求你们留贤哥一条命,不要杀他!留他个活口!"

而大金远远看着,没说话,只是捡起阿仁的匕首,朝山顶追去。大只狗止不住哀号,想去追,被阿仁锁住,只能哭着凝望大金远去的背影。忽然,他似是想起了什么,止了声,只是难以置信地瞪大一双眼睛。

大金提刀追在后面,跌跌撞撞地上了山顶。心中七上八下,既希望碰上廖伯贤,赶得及救下更多人的性命,又害怕真的碰上,真的赶得及打上一架论输赢。

杀人或者被杀,他都不愿意。

廖伯贤果然在那儿。

他正擎着火机,准备点燃炸药的引信。见有人来,警觉地停下手上的动作,待看清来人之后,又冷笑一声。

"我当是谁呢,"他不屑地抹了把头发,继续旋过身,用烟去点引信,"阿仁死了吗?剩你这种货色,我笑面狮可不会怕你这种小喽啰。"

"什么笑面狮,待会儿我给你打成哭脸狗!"

大金言罢扑了上去。二人都不擅长打架,反倒是势均力敌,抱在一起,挣扎着就地翻滚,你吃我一拳,我蹬你一脚的,打得难舍难分。

大金转头,却猛然瞥见星火跳跃,原来廖伯贤适才已经将引线烧着,再耽搁十几秒,炸药便会爆炸。廖伯贤根本没打算打赢他,扯住他不放,为的只是拖住他的行动。

大金一时间也顾不得烫不烫,下意识伸出手去握,想要用手捻灭。廖伯贤见他要扑过去,便死死抱住他的腿。

"哈哈哈哈,一起死——"任大金如何蹬踹,他就是不松手,牙齿和着泥,一并咬住大金的脚踝,含混不清地嘶吼,"一起死,谁也别想活!"

大金吃痛,可并不躲闪,只吃力地抻长胳膊,手指抠进泥地,拼了命地往前爬。只差几寸,廖伯贤拖得下了死劲,他愣是困在原地再难前行,只能眼睁睁地看着引线缩短,火光跳跃,一毫毫地逼近生命尽头。

呲呲呲,熟悉的声音,紧接着,引线燃尽,巨大的炸药包陷入短暂虚假的宁静。

时间在那一刻死去。大金愣在那儿,听不到声响,看不见任何画面,他又一次陷入那场噩梦,午夜的烟花厂、姜川的残肢、面目全非的老周、曼丽红肿的眼睛……

随后,炸药被点燃,巨响,轰鸣。

他紧闭着眼,等待死亡的降临。

可是,想象中的爆炸并没有出现,悬在村庄上头的山石也没有滚落,他上下摩挲,周身也没有缺失任何部分。

再睁眼,只见夜空灿如白昼,大朵大朵的烟花在头顶绽放,象征着祥和的烟花在春山上空闪耀。红的、绿的、黄的,人造的神迹,俯瞰庇护着群山之中千百年的古村庄。

"哭爸!奸商!把滞销烟花当成炸药卖我!"廖伯贤绝望号叫,朝着天空扔石头,"不讲诚信!一个个都是骗子!骗我!"

"哈哈哈哈哈……"大金放肆狂笑,笑出了眼泪,不住地拍打地面,"李大金啊李大金,你小子奸诈了一辈子,临了他妈的总算是做了件好事!"

"奸商,奸商骗我!"廖伯贤还在挣扎着怒骂,山路间的警笛自远而近,应该是宝进报了警,而升空的烟花更是为他们的抓捕指明了方向。大金抓起一块石头,用尽最后的气力敲晕了廖伯贤,将他捆在原地等着警察,而他必须离开。

他精疲力竭,扶着山腰上的松树,半跑半滑,跑去与阿仁他们会合。

一切终于结束,这荒诞诡异的夏天终于画上了句号。

大金又哭又笑，突然间，有什么落在脸上。一滴，又一滴，空气中翻腾着泥土的腥气，微凉的潮湿。

是雨。

"下雨了？"他仰着头，诧异地抚摸脸上的湿润，"下雨了？"

烟花腾空，苍天悲悯，久旱的春山终于落了雨。

干涸的大地汩汩吞着水，萎靡的茶苗在细雨中舒展振奋，院子里的老狗甩动尾巴，转着圈，对着天空狂吠。而老迈的茶农坐在门槛上，抽了口旱烟，吧嗒吧嗒嘴，泪困在皱纹里。

他知道，挨过了恶时节，又将是一年的好收成。

雨越下越大，宝进、阿仁和大金在恩哥的坟前碰了面。

阿仁虽然做了简单包扎，暂时止住了血，可仍脸色蜡黄。他一言不发地抱住胳膊，看大金和宝进将剩余的金条尽数埋进地底，不再祸害世人。

等两人回填好泥土，他这才拿出藏在暗处的一只小箱。

"这些钱是廖伯贤的小金库，宝进你拿去，买下茶园，就当是赔你的茶树。"他抖着胳膊，抓起另一部分，塞到大金怀里，"这些给你，拿去补偿你的员工。"

宝进不解："都分给我俩，那你呢？"

"我？我未必有机会用了。"阿仁捂着伤处苦笑，"廖伯贤生性狡诈，就算被捕，有些事也不会坦白，而大只狗对他忠心，可能也不会讲。他的事情我多少知道一部分，我打算去找条子自首，就算是搭上自己，我也必须把他送进去，替恩哥报仇。"

见其余二人担忧的目光，他故作轻松地笑笑。

"安啦，我没有杀过人，应该出得来。"

大金挠挠头，将手里的钱一股脑也推给宝进："这个钱，你帮我拿着吧。"

宝进见状刚要推辞，紧跟着就听大金说道："这样，我给你写几个地址，回头你给我送过去。"说完，径自去寻能写字的东西。

阿仁拉住宝进："后面警察应该会找我们录口供，你一定要记得，万要按照我教给你的讲。"

他忍着痛，拉住宝进一遍遍地对词，而大金抹了把脸上的雨水，冥思苦想，列了一长串的地址和联系方式。

阿仁不耐烦地招呼："喂，你好了没？"

"等等，还没写完。"

"夭寿，再等我要休克了，我可是中了几刀啊，你搞搞清楚状况！"

"好了好了，白吃喝了，省点劲去医院里号吧。对了，"大金兜住宝进的脖子，指着其中一处，点了点，"这个小店，钱不多，拢共就一百来块钱，但也辛苦你帮我跑一趟吧。"

宝进抱着钱箱，立在雨中，眼见着另两人蹒跚着向前，在长路尽头即将消失。一个夏日的结束，一段故事的终止，胸口的某种情绪愈发奔涌，脱口而出。

"金哥，仁哥，以后咱还会见面吗？"

阿仁皱眉，将涌到嘴边的"谁知道呢"咽了回去，挥挥手。

"如若有缘，定会再见。"

"一定会再见！"宝进拼命地挥动胳膊，"要是有空，回来看我，我一直在这片茶园等你们！"

阿仁笑着抬手："那回见。"

大金则踮着脚，双手拢在嘴边大喊：

"千万白忘了，那是一家小饭店！"

50

大金与大骏

五年之后,春山茶园。

烈日当头,宝进在田埂边弯腰查看着茶树,他捻了捻叶片,咂咂嘴,起身朝身后斜躺在太阳椅上的人喊话。

"再不下雨,茶都晒蔫了。"

"快了,"太阳椅上的人抖抖手中的杂志,"天气预报讲今晚有雨。"

宝进抹了把脸上的汗,捶打后腰:"实在不行,咱多雇几个人吧,蹲了一上午,我这个老腰都快断了。"

"小孩子家哪有什么腰,"那人悠然地翻了一页,"再说,你不是有下属吗?"

"哼,有他没他都一样,"宝进手搭凉棚,眯起眼来四下寻找,"从今早上起就不见人影,谁知道跑哪儿去了。"他扭头,冲着男人笑,语气带着讨好:"要不你下来,我教你怎么采摘,怎么炒茶——"

"你想教我做事?"阿仁抬了下墨镜,"搞搞清楚,我可是你老板欸。"

他抓起折叠椅上的茶杯,咝咝哈哈地抿了一口。

"快些干,莫要闲扯,小心扣你钱。"

"仁哥,我从早上干到现在,一口气没敢喘,你这未免也太黑心了。"

"刚认识的时候我就跟你讲过,我不想做好人,你们也不要擅自对我抱有什么期待，我只想做个不那么坏的坏人，黑心老板的身份刚好适合我。"他笑着指向远处，"喏，你亲徒弟回来了。"

小路尽头，穿花衬衫的男子停下电动车，气喘吁吁地小跑过来。

"阿苟，你上哪儿去了？"

退出组织后，大只狗弃用了江湖上的诨号，重新回归了本名，如今长居春山，跟着宝进学种茶，在园子里打打下手。

"宝哥，我带来一个重要消息。"阿苟揩去下巴上的汗，"刚才我骑车去山脚看热闹，不是，去山脚买菜，然后咧，看到好多好多人围在一起，外面摆摊的阿嬷说有家饭店新开张，好像前十位免单。我一想这种好事怎么能错过，赶忙扒开人群，结果呢，我听见有人叫——"

"哩哩啰啰的，"阿仁翻过一页杂志，"讲重点。"

"他出来了。"

阿仁僵住。

"啊？"

三人鬼鬼祟祟，挤在农家宴最靠里的一桌，菜单挡脸，偷着四下打量。

阿仁压低声音："没错吗？"

"我发誓，千真万确，"阿苟不住地点头，"我真的听见有人叫大金。"

"不会错，"宝进点了点不远处正一瘸一拐笑着招揽客人的男子，"这个人叫姜川，以前金哥让我给他送过钱。"他一努嘴，指向在厨房里忙活的高挑女子，"那个是老板娘，名叫曼丽，听说她跟金哥从小一块儿长大，她男人以前就在金哥厂里打工。"

阿仁一声不吭地翻着面前的菜单，眼却瞥向背对着他们擦桌子的中年男子。矮了，胖了，头发稀疏了，这背影怎么看也难以跟记忆里的面孔对上号。

"我打听了下，说是出来后改过自新了，"阿苟手挡住嘴，碎碎念，"跟我一样，都开始重新来过。他眼下在朋友开的小饭店里端盘子。"

"怪不得一连几年杳无音信，"宝进遗憾地摇摇头，"原来金哥是进去了。"

"谁让他厂子爆炸后逃避责任直接跑路的,吃点苦头也好,"阿仁盯住男人,"不过这大金也真不地道,回来也不告诉我们一声,明明这么近——"

说话间,宝进早已按捺不住,径直走上前去,一只手搭在男人的肩上。

"金——"

男人一扭头,一张全然陌生的脸。

宝进一把推远:"你谁啊?"

"我?"国字脸的男人也愣了,"我李大金啊。"

"不对,"宝进摇头,"你不是李大金,你是假的。"

"我是啊,真是。"男人上下摸索,像是要找什么证明自己的身份,摸了一圈什么也没找到,只得拉住宝进的手,一笔一画地写,"喏,这个李,这个大,这个金。"

宝进眨眨眼,依然摇头:"那你不是烟花厂的那个厂长李大金——"

"他就是啊,"曼丽恰好端着菜出来,"我能做证,他确实干过厂长。"

"嘿,白提以前的事了,什么厂长不厂长的,"陌生的大金臊红了脸,冲他们几人一睬眼,"现在我就是个小服务员。几位小哥,今天想吃点什么?"

宝进后退一步,左看右看,不住地龇牙花子。

"不对劲,不对劲。"

他挠挠脸,不解地望向阿仁。

"如果你是厂长李大金,那我们认识的那个,又是谁呢?"

五年之前,初夏。

狭小逼仄的暗室里,大骏怀抱老人,听着外间猛烈的踹门声。

咚,咚,咚。

一下又一下,像是鼓点,又像是他生命的倒计时。

在锁舌即将被冲破的瞬间,踹门声被另一阵急促的敲门声打断,门外瞬间鸦雀无声。

隔着几道门,走廊上一个遥远的声音响起。

"开门，警察。"

警察？警察来这里干吗？不明就里的混混和大骏同时提起一颗心。

"开门，我知道里面有人，再不开门，我们直接进去了。"

隔了二十来秒，卧室里的脚步声渐渐撤去，紧接着咔嗒一声，有人锁住了卧室的门。与此同时，外间的大门敞开一道缝，混混头子探出脑袋。

"警官，什么事？"声音有些含混。

"你们干什么呢？"

"朋友，一起聚聚而已。"

"有人报警称你们深夜扰民。"对话中断，大概是民警正打量对方。几秒之后，另一个警察的声音响起："有身份证吗？身份证给我们看下。"

"警官，我们没干什么——"

"身份证，身份证没有吗？"警察提高了音量，声音里添了几分警惕，"不是本地人吧？大半夜聚在这里干吗？"

趁外面拉扯的机会，大骏悄悄走出暗室，眼前一片漆黑。他轻轻去拉卧室的门，拉不动。也许喜福会的人也怕自己的事情被发现，所以锁上了卧室门，将他困在里面。

大骏心底焦急，不敢在此地久留，带着死因不明的黑帮老大，无论是警察，还是黑道，他通通得罪不起。

他四下张望，最终看向窗子——眼下唯一的出路。

大骏跪在窗台上，探出身去朝下望，虽不会摔死，可多少也有些高度。夜风猛打在脸上，将他的额发朝后撩去。此时外间的声响愈发嘈杂，一阵匆忙的脚步声靠近，似有人要开门进来。

大骏来不及多想，抱住老人，心一横，闭住眼，跳。

漫长短暂的失重之后，咚，他沉重落地。

身子一歪，各关节震荡，明明做好了受伤的准备，可五脏六腑并不太痛。再睁眼，发现不知何时，老人的尸身竟换到了下面去，像垫子一般替他减了震，冥冥之中托了他一把。

·270·

"谢谢啊,大爷。"

他伸手去扶老人的歪脖,话一出口,又想起对方的身份。

"那个……"他双手合十,恭恭敬敬地拜了几拜,"谢谢啊,大佬。"

老人不讲话,径自死着,懒得理他。

大骏不敢懈怠,扛着尸体一路狂奔,逃到街角一处无人的公共厕所,躲进最里面的隔间,反锁。

夜半无人,密闭腥臭的空间里只剩他自己的喘息声,兼有几声被唾液呛住的咳嗽。

绝境脱险后,马大骏陷入新的绝望:他既无法证明自己是无辜的,也找不到李大金去追问个究竟。这老头的尸首若是处理不好,就算警察能听他辩解,道上的人也不会让他活命,到时候不仅是他自己,恐怕连父母也脱不了干系。

一想到以前港片里看到的黑帮做派,他怕到打战,思来想去怎么也寻不出一条活路。末了,他起身,摘下裤腰带,缓缓挂在厕所里的污水管上,挽起个绳结。

事到如今,只有死路一条。

他只希望能一命抵一命,对方姑且平了怒气,不要牵扯到自己的父母。

绳结打好,大骏颤颤巍巍地站过去,两手撑住,抻长了脖子就要往里面套。

有凉冰冰的水滑进脖子,一摸,才发现是自己的泪。

想他大骏这短暂的一生,虽窝囊,却并没做过什么伤人的事情,不知道为什么会落得个死在公厕的下场。

"老天爷,你睁睁眼吧。"他抽噎着,"我不想死,求你,求你给我指条活路吧。"

话音刚落,他看见不远处的瓷砖上有张小卡片。

"欸?"他愣住,"老天爷,你这是点我吗?"

他从绳套里缩回脖子,快步走过去,捡起来一看,卡片四四方方,名片大小,正面粉唧唧的,印刷得像是张折起来的百元大钞,远远就能引人注意，反面则粗制滥造地印着广告。

二手菊花殡葬公司，埋过的都说好。

"恁爹的，真晦气！"大骏甩手扔了出去，"我还没死呢，广告就打上门了，呸！"

这扭头一吐，却又瞥见底下一行艳粉色的小字：

专业团队，服务到位，千年深山，谁埋谁安。

（客户信息保密，钱到位，可上门自取。）

眼前最大的难题是处理不好尸身，大骏盯着这行字，忽然想通了什么，连忙掏出手机，颤抖着手指，按下了一连串的数字。

"喂？"对面传来冯平贵不耐烦的声音，"喂？哪位？"

"喂，我要——"

大骏觉得口干舌燥，他瞥了眼旁边的老头，深吸一口气。

"我要埋个人，咯，埋我爹。"

是的，最光明正大的抛尸，便是下葬。

"你们这儿安全吗？"他小心地试探，"我听说，现在不是不让土葬吗？不会被人发现举报了吧？"

一听见生意上门，冯平贵登时改了口风，语气谄媚。

"没问题没问题，您放一万个心，我们布噶庄有自己的祖坟，合乎规定的，最近也帮不少老人家完成入土为安的心愿了。我们这边还有个白事一条龙的服务，到时候凡事不用您亲自操心，连哭丧都有专业人士——"

大骏一颗心扑通扑通地撞着腔子，柳暗花明，绝处逢生，攥着手机呼哧呼哧地忍着笑。等回过神来，才发现电话那边的人还在不住地"喂喂喂"。

"啊，怎么？"

"我说，您留个联系方式，怎么称呼啊？"

"我叫大——"

他突然停住，不能暴露自己的名字，这是他最后一次全身而退的机会。

编个什么身份好呢?

一个现成的名字浮到了嘴边。

李大金啊李大金,你顶了我名字那么多次,这回我也借一次你的身份,此后,咱俩就算是扯平了。这么一想,心静了,声音也稳了,大骏知道自己已经站在了故事的开篇,接下来,只管走下去就好。

他在脑海中极力回忆着往昔大金的做派,听见一个陌生的嗓音回道:

"我是噼啪烟花厂的厂长,我叫李大金。"

(正文完)

番外·他乡旧友

一年后，夏门，某菜市场。

阿仁哼着歌，在菜摊前挑挑拣拣，后面跟着愁眉苦脸的宝进。

"笑一个。"

"笑不出来。"

辛勤劳作一整年，王宝进赢过了阿苟，当选了年度优秀员工，得以享受国内七日游的奖励，只是他万没想到，旅游的地点是跟琴岛极其相似的夏门，而参观的第一个景点，是当地最大的菜市场。

"老板亲自下厨，是你的荣幸，"阿仁一番杀价，只买了颗西红柿，"菜钱从你工资里扣，我只管路费，食宿自理。"

"包茶园时候挺大方啊，怎么现在抠成这样。"

"哦，茶园花的是廖伯贤的钱，现在花的是我的，自然不一样。"

廖伯贤的名字一出来，尘封的记忆也跟着抖落了浮尘，二人不约而同地想起缺失的那一个。六年了，音信全无。

"这么久，也不知他到底怎么样了。"

没指名道姓，可阿仁自然知道宝进嘴里的"他"是哪一个。

"名字身份都是假的，无异于大海捞针，他要是真心想躲，我们是找不见的。"阿仁顿了顿，"随缘吧。"

他停在海鲜摊位前，隔着墨镜，专注地挑选起食材。

"老板——"

摊主一家恰巧窝在低矮的餐桌上吃饭，店主岔腿坐在马扎上，背对他们，正给对面的老太太夹排骨。旁边轮椅上的老头半眯着眼，摇头晃脑，唱着只有自个儿能听懂的歌。见有人招呼，老板抹把嘴就起身，两条胖嘟嘟的宠物狗跟在他身后颠颠地跑。

"这蛤蜊怎么——"宝进抬头，怔住，"大金？"

对面是那张他们寻了六年的脸。黑了，瘦了，头发短了，但轮廓确实是他们认识的那个"李大金"。男人听他叫自己大金，一愣，随即慌忙戴好口罩，又低头去摆弄缸里的管子，不跟他们对视。

"什么大金小金的，认错人了。"

阿仁挑起墨镜，盯住他："老板，我们是不是在哪里见过？"

"没有，"男人干脆地拒绝，"我本地人，从没去过外地，你该是记错了。"

"我有说过在外地吗？"

男人脸上的肉一抽，背过身去，不作答。

"开什么玩笑，白闹了，你明明就是金——"

宝进还要再讲，被阿仁一把拉住。

"行了，既然老板说认错了，那就是认错了。"他冷下语气，"抱歉，你跟我们一位旧友很像，一时间花了眼。"

男人缓慢地别过身来，讷讷半天，才指着蛤蜊开口。

"那你们还要吗？"

"要，帮我称六斤。"

男人点点头，手脚麻利地用网捞起来，沥干水上秤。宝进全程想要插嘴，奈何阿仁紧攥住他的胳膊，不让他多言。他只得憋红了脸，不知是气是急，全程沉默地看着男人在围裙上擦擦手，将盛蛤蜊的红色塑料袋递过来。

"忘记讲了，帮我分三份装。"

迎着对面人诧异的眼神，阿仁平静地开口。他指指宝进："给他三斤，给我一斤，剩下的两斤留给老板你，算我们请客。"

男人愣住。

· 275 ·

当时在岛上分金条时，他也是这么讲的，宝进三根，阿仁一根，剩下的两根归自己。往事涌到鼻尖，坠得他不住地吸鼻子。

　　"好了，给。"

　　强绷住颤抖的胳膊，递过两只袋子。

　　"只收你们四斤的钱，我这份不用你们请，喀，希望你们早日找到那位兄弟。"

　　阿仁接过袋子点点头："嗯，我们一直很挂念他。不过，也许他有他的苦衷，总之，平安就好。"

　　转身离开，丝毫不拖泥带水，而宝进则是一步三回头，憋红了脸，却也没说什么。男人撑住鱼缸，呆呆望向前，看着两人越来越小的背影，转瞬间便要淹没在涌动的人群中。他围裙一甩，追了上去。

　　"等等。"

　　阿仁和宝进刹住脚，等着他开口。

　　"二位小哥有些面善，"他低头搓着手，"说不定，喀，说不定我们日后也能成为好兄弟。"

　　再抬头，对面二人早已笑着伸出手来。

　　"我叫阿仁。"

　　"宝进。"

　　男人如释重负，也笑着回握。

　　"正式介绍一下，我叫马大骏。"

关于金子

原本想写个令人捧腹的笑话，写着写着，我就成了"笑话"。

在每个对着电脑抓耳挠腮想破梗的深夜，我都想抽自己大嘴巴子：老陆啊老陆，你糊涂，好端端的人生不过，为什么非要去碰喜剧呢……

对啊，我当初为什么死乞白赖非要搞喜剧呢？

前些日子，跟一位消失了快十年的朋友重新取得了联系，她坐在我对面，平静地讲述自己是如何走出人生中的暗夜的。她说那段时间，每日每夜躲在房间里，切断所有社交，不接触任何外界的消息，那时的她不想听，也听不进任何安抚与宽慰，只想将自己静置，像是对待一瓶浑浊的泥水。

当所有情绪放空之后，她开始有意识地筛选要接收的信息，因为神经过于敏感脆弱，她选择短暂地"逃避"，只看能让自己发笑的东西，喜剧、综艺、二十世纪九十年代的小品和情景剧。她一开始笑得很勉强，后面笑着笑着，心底真的轻松了些许，脑海中无时无刻不在叫嚣的纠结成团的痛苦念头，也渐渐消了声。

她感慨，一直以为没营养、不够深刻严肃的喜剧，居然在关键的节点给予她某种支持，让她在混乱中得以短暂停歇，不至于全盘崩溃。

每个人都会有一段艰难时光，我也如此，焦虑、沮丧、出离愤怒。随着恐惧的放大，心智和素质直线下降。每天整个人都像是悬浮在雾中，看不清，攥不住，只想合法地发疯。那时候我在想，我能做些什么,让日子不那么难熬。

然后,我想起了她的故事。然后,我决定创作一部轻松无脑的喜剧。

人心是很脆弱的东西,不停地施压打击只会破碎,悲剧很庄严崇高,但压力过载时,我们需要的是笑一笑。笑是一种疗愈,笑有一股冲破的力量,这大概也是我写《迷人的金子》的初心,只要有一位读者因我的破梗获得了快乐,哪怕从窒息的生活中抽离出一瞬,也算功德一件。

再说说人物设定吧,我还是甩不掉文以载道的毛病。

年纪越大我越明白一个残酷的事实:世界是不公的。有的人出生在山顶,有的人出生在平地,还有的人出生在深渊。世间总是习惯于称赞那些站在山顶的勇者,却时常忽略了从深坑爬到普通的地面,也需要相当的毅力与勇气。

我们不仅要赞颂英雄,也应赞颂那些在坏年景中没有堕落成恶徒的普通人,就像大骏、阿仁和宝进,他们有无数次向下走的机会,但他们总会在最后一瞬选择善良,选择守住人性的底线。

《迷人的金子》是一首写给普通人的赞美诗,小人物也可以成为故事的主角,拥有波澜壮阔的一生。最后,祝世间所有的大骏、阿仁和宝进坚持住,当你身处谷底时,无论往哪儿走,都是向上攀升的过程。

身陷绝地,百无禁忌,好人终会寻到属于自己的金子。

© 中南博集天卷文化传媒有限公司。本书版权受法律保护。未经权利人许可，任何人不得以任何方式使用本书包括正文、插图、封面、版式等任何部分内容，违者将受到法律制裁。

图书在版编目（CIP）数据

迷人的金子 / 陆春吾著 . -- 长沙：湖南文艺出版社，2024. 12. -- ISBN 978-7-5726-2125-3

I. I247.5

中国国家版本馆 CIP 数据核字第 20240UV899 号

上架建议：畅销·悬疑

MIREN DE JINZI
迷人的金子

著　　者：	陆春吾
出 版 人：	陈新文
责任编辑：	吕苗莉
监　　制：	邢越超
策划编辑：	郭妙霞　刘　筝
特约编辑：	王玉晴
营销支持：	周　茜
装帧设计：	商块三
版式设计：	梁秋晨
内文排版：	百朗文化
出　　版：	湖南文艺出版社
	（长沙市雨花区东二环一段 508 号　邮编：410014）
网　　址：	www.hnwy.net
印　　刷：	三河市鑫金马印装有限公司
经　　销：	新华书店
开　　本：	640 mm × 915 mm　1/16
字　　数：	268 千字
印　　张：	18
版　　次：	2024 年 12 月第 1 版
印　　次：	2024 年 12 月第 1 次印刷
书　　号：	ISBN 978-7-5726-2125-3
定　　价：	49.80 元

若有质量问题，请致电质量监督电话：010-59096394
团购电话：010-59320018